新潮文庫

風と行く者

—守り人外伝—

上橋菜穂子著

新潮社版

11634

目次

風と行く者

守り人外伝

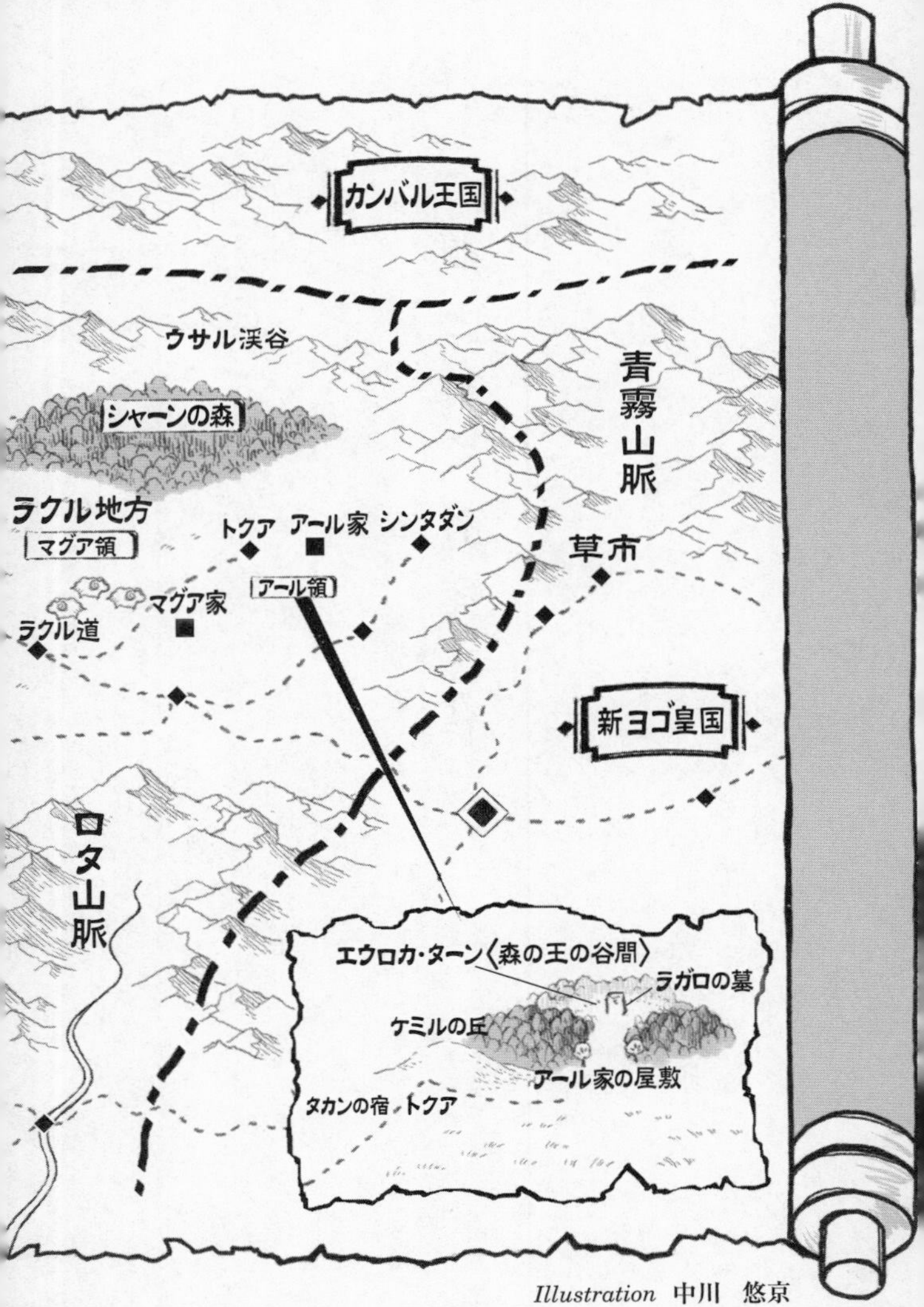

Illustration 中川　悠京

禁域の森
ロタ王国
N
S
ホカル
ジタン
交易宿場
トルアン
マッハル沼
アハラン
ヤッカル
ホウラ河
ローアタ湖
ロタ王都

人物紹介

バルサ　この物語の主人公。護衛士。〈用心棒〉。

タンダ　バルサと一緒《いっしょ》に暮らす薬草師。

ジグロ　バルサの養父。幼いバルサを引きとり用心棒をしながら育てた。

ナルーク　ジグロを追ってきたカンバルの〈王の槍《やり》〉。

❖サダン・タラムのメンバー

エオナ　現在のサダン・タラムの女頭《おんなかしら》。19歳《さい》。

サリ　サダン・タラムの女頭。エオナの母。

ガマル　サリの弟。

キイ　太鼓《たいこ》担当の踊《おど》り手。

サンサ　ベテランの女性メンバー。

オクリ　男性メンバー。勘定係《かんじょうがかり》。

トリン　女性メンバー。

❖アール家（ターサ氏族）

ルミナ　アール家の若き女当主。20歳。

クム　ルミナの弟。

アガチ　アール家の家令《かれい》。

シッサル　アール家の若殿《わかとの》。ルミナとクムの父親。

ラガロ　謎《なぞ》の死を遂《と》げたアール家の先祖。

❖マグア家（ロタ氏族）

アザル　ルミナの伯父《おじ》。オリアの兄。

オリア　ルミナとクムの母親。マグア家からアール家に嫁《とつ》ぐ。

ユリーマ　オリアと一緒にマグア家から来た侍女《じじょ》。

❖ロタ王国の人びと

イーハン　現ロタ王。

ヨーサム　前ロタ王。

サーダ・タルハマヤ　〈神と一つになりし者〉ロタ国で恐怖政治を敷《し》いた女性。

キーラン　タルハマヤの恐怖政治を終わらせたロタの英雄《えいゆう》。

カイナ　ジタンの情報屋。

タカン　ケミルの丘《おか》付近の街道《かいどう》沿いにある宿の主人。

用語集

カサル・ア・ロタ………〈生粋《きっすい》のロタ〉。ロタ主流氏族。マグア家が属する。

マグア・ア・ロタ………ロタ氏族マグア家のこと。

ユギ・ア・ロタ………〈名誉《めいよ》のロタ〉。ロタの枝《えだ》氏族。アール家が属する。

トー・シャル・ハンマ…〈ハンマの星祭り〉。反目するターサ氏族とロタ氏族がともに女神《めがみ》ハンマに感謝する祭り。

トル・アサ………〈楽しみの子〉。ハンマの星祭りの際にターサ氏族とロタ氏族の間にできた子の総称《そうしょう》。

サダン・タラム………〈風の楽人《がくじん》〉。ロタの草原を旅しながら鎮魂《ちんこん》の歌や舞《ま》いを舞う楽隊。トル・アサ出身者が多い。

シャタ………〈流水琴《りゅうすいきん》〉。サダン・タラムの頭のみが奏《かな》でることができ、その音は異界の扉《とびら》をあける。

ヤス・ラトル……………〈鎮魂の儀礼《ぎれい》〉。

トウ・ラトル……………〈鎮魂の歌舞《かぶ》〉。

エウロカ・ターン………〈森の王の谷間〉。ロタ国の北東部アール領にある森。異界の入り口。ラガロが眠《ねむ》る。

マハラン材………………祭儀場建設に使われる高価な木材で、一部がアール家領にある。

ヒル・タァ………………湿原《しつげん》に現れる燃える瘴気《しょうき》。

ティカ・ウル……………〈逆さ狩《が》り〉。

パジャ……………………自然死に見えるが骨にあとが残る毒。

トカ………………………熱すると眠気を誘《さそ》う煙《けむり》を出す毒。通称・火虫《ひむし》。

イキーマ…………………毒矢に用いる毒。

序章　風の旅立ち

うすい橙色《だいだいいろ》の光が、ラサル葦《あし》で編んだ壁《かべ》の隙間《すきま》から射《さ》しこんでいる。

目をさましたサリは、つかのま、夕暮れまで寝《ね》すごしてしまったのかと、どきりとした。ここしばらく、高い熱のせいで、時の感覚がなくなっている。

——みな、わたしを起こさずに、行ってしまったのかしら。

さびしさが胸をさしたとき、外から、鋭《するど》い鳥のさえずりとともに、人びとのざわめきが聞こえてきて、サリは、いまが夕暮れではなく、早朝なのだと気がついた。

だれかが戸布《とぬの》をあげた。ほっそりとした人影《ひとかげ》がこちらをすかし見て、サリが目をさましているのに気がつくと、外の者に手で合図をした。

ガタガタ音がして、埃《ほこり》が盛大《せいだい》に舞《ま》いあがった。そして、ガタン、と最後に大きな音をたてて壁が一面はずれ、さあっと、まぶしい朝の光が、家全体にひろがった。

サリは低い寝台《しんだい》に横たわったまま、目を細めて、白い光の中に立つ人びとを見た。

「……お母さん」

ほっそりとした人影が、家の中に入ってきた。入ってくるにつれて、光にふちどられて陰《かげ》になっていた顔が、はっきりと見えはじめた。

彫《ほ》りの深い顔立ちの中で、深みのある茶色の瞳《ひとみ》がきらめいている。その瞳を見たとたん、我《わ》が子が、もはや少女ではないことを感じて、サリは痛みにも似た感情をおぼえた。

「お母さん、大丈夫《だいじょうぶ》？」

不安そうな声とともに、エオナのひんやりとした手が額に触《ふ》れた。

「大丈夫よ。わたしのことは心配せずに、お行きなさい。……風が変わってしまうわ」

エオナが頰《ほお》を寄せてきた。その頰の冷たさを感じながら、サリはつぶやいた。

「気をつけていくのよ。月が十回満ちる頃《ころ》に、またこうして、わたしの頰にあなたの頰が触れるのを、待っているわ」

エオナはうなずいて、旅立ちの言葉をささやいた。

「……流れる川が、やがて海に憩《いこ》うように、吹《ふ》く風が、やがて大樹の葉陰に憩うように、また、この母のもとへ、わたしはもどり、憩うでしょう」

エオナが頰をはなすと、サリは手をのばして娘《むすめ》の髪《かみ》に触れた。そして、娘に、みなのもとへもどるように、そっと手をふった。

エオナがあとずさりしながら、光の中にたたずむ人びとの中にもどると、サリは、病《や》んだ身体《からだ》がゆるすかぎりの声を張りあげて、人びとにむかって、旅立ちの言祝《ことほ》ぎをささげた。

「サダン・タラム〈風の楽人《がくじん》〉！　おお、流れゆく民《たみ》よ！
つかのまの宿りと、長いさすらい。風と流れゆく、古きトル・アサの民よ！
そなたらの舞いと歌声が、よどみをはらう風となり
地に眠《ねむ》る古《いにしえ》の民の怒《いか》りを、かなしみを、恨《うら》みを、白く、白くさらし、鎮《しず》めるように！」

それを受けて、旅だっていく四人の人影から、低く高く歌声があがった。

「サダン・タラム〈風の楽人〉！　おお、我ら流れゆく！
千の谷を巡《めぐ》り、千の山を巡りゆく風とともに
草原を揺《ゆ》らす風とともに
サダン・タラム〈風の楽人〉！　おお、我ら流れゆく！」

高い笛の音《ね》が鋭く宙を裂《さ》き、天空へ舞いあがった。

ドン、ダダン、ドン、ダダダン、と太鼓《たいこ》が打ち鳴らされ、小太鼓の軽快な打音が、はぜるように宙を舞い、やがて、この小島に暮らす人びと全員が足を踏《ふ》み鳴らしなが

ら、うたいだした。

──サダン・タラム〈風の楽人〉！　おお、流れゆく同胞《はらから》よ！
　千の谷を巡り、千の山を巡りゆく風とともに
　草原を揺らす風とともに
　サダン・タラム〈風の楽人〉！　おお、流れゆく同胞よ！
　谷間に、山に、草原に、田に、畑に、川に、海に
　そして、ラダルォ〈精霊《せいれい》〉と人に、命をわきあがらせよ！
　サダン・タラム〈風の楽人〉！　おお、流れゆく同胞よ！

ラサル葦の小島は、足踏みとともに、ゆうらゆうら揺れて、おどろいた鳥たちが、いっせいに羽ばたいて天空に舞いあがり、チイチイ鳴きながら散っていった。

歌舞《かぶ》に見おくられて、揺れる地を踏みしめながら、四人の人影が歩きはじめた。

病床《びょうしょう》に横たわるサリは、背の高い髭面《ひげづら》の男──弟のガマルが、ふりかえって、一瞬《いっしゅん》、自分にうなずいたのを見た。彼《かれ》は、すぐに顔を前にむけて、あとはふりかえることなく歩み去っていった。

ロタ王国の北部と南部のちょうど境目に位置する細長いローアタ湖に、この小島は

浮《う》かんでいる。湖の水をふんだんに使えるうえに、温暖で湿潤《しつじゅん》なこのあたりは、ロタではめずらしく水田がひろがっていて、農家がいっせいに水路の堰《せき》をあけるこの時季、ローアタ湖の水位もわずかにさがり、岸に近いこの小島から陸へ渡《わた》り道があらわれる。むかしから、サダン・タラムが旅だつときは、この渡り道を行くようにと、語り伝えられていた。

朝の光の中を、ゆっくりと消えていく、三人の女たちと護衛のガマル。――サダン・タラムは、なんと少なくなってしまったことか……。

サリは、不安が胸にうごめくのをおさえられなかった。病が、この旅立ちの朝までに癒《い》えることを、ずっとラバル〈守護精霊〉に祈《いの》っていたが、ラバルは、自分を病床にしばりつけ、彼女《かのじょ》ぬきでサダン・タラムを旅だたせることを選んだ。

タルシュ帝国《ていこく》との大きな戦《いくさ》の記憶《きおく》が、戦死者への思いが、まだなまなましく残る、この荒《あ》れた大地を、彼女らは、経験の浅い頭《かしら》に導かれて旅をすることになる。はじめて頭を任せられたエオナを、みながささえ、導いてくれることを祈るしかない。

同胞《どうほう》たちが、葦の壁をもとどおりにはめてくれて、静けさと陰がもどってきた小さな家の中で、サリは、そっと目を閉じた。

第一章　新たな旅へ

1　草市《くさいち》で

　草市のざわめきが風にのって聞こえてきた。

　かたわらを歩いているタンダが足取りをゆるめて、背の荷を揺《ゆ》すりあげたので、バルサは、ちらっとタンダの顔を見た。

　死の淵《ふち》をのぞくような大怪我《おおけが》をしてから、遠出といえば都へ行くくらいのものだったから、この長旅が身体《からだ》にこたえているかもしれない。そう思って、顔色をたしかめたのだったが、タンダの顔には微笑《びしょう》が浮《う》かんでいた。

「……なんだい？」

　バルサが問うと、タンダは、いや、と言った。

「人ってのは強靭《きょうじん》なもんだと思ったのさ。踏《ふ》まれても踏まれても、身を起こして、繁《はん》茂《も》する」

　バルサも、ふっと笑《え》みを浮かべた。

タルシュ帝国《ていこく》との戦《いくさ》から、そろそろ一年半が経《た》とうとしている。

このあたりは戦場にはならなかったが、それでも多くの働き手たちが、タンダと同じように草兵《そうへい》としてかりだされ、その大半は、遺体さえ家族のもとにもどることはなかった。

タンダは戦で片腕《かたうで》を失ったが、街を行けば、手足を失い、身体のどこかに傷を負った者を見ることは稀《まれ》ではない。

あれは、そういう戦だった。むごい戦だった。火をかけられて全焼《ぜんしょう》した街もある。そのうえ、ナユグ（異界）の春がもたらした天災が光扇京《こうせんきょう》を襲《おそ》い、栄華《えいが》を誇《ほこ》った美しい都は、泥《どろ》の中に消え去った。

それでも、人びとは、その泥の中から立ちあがろうとしている。

新たな都では、いまもまだ、あちらこちらで家屋が建てられ、鉋《かんな》をかけたばかりの木材のにおいがただよい、槌《つち》の音が響《ひび》いているし、豊作続きの隣国《りんごく》のロタからは、商人がひっきりなしにやってくる。新ヨゴの新しき帝《みかど》が食糧《しょくりょう》の買い付けには補助の金を出していると聞きつけた商人たちが隊商を組んで入ってきているのだった。

ロタとの国境に近い都《と》西街道《せいかいどう》沿いにたつ〈ヨゴの草市〉は、わずか、三日ほどで終わってしまう市だったが、貴重な薬草が集まることもあって、新ヨゴの各地からはもちろん、隣国のロタや、カンバル、サンガルからも多くの商人たちがおとずれる、なかなか賑《にぎ》やかな市だった。

終戦から半年も経っていなかった去年ですら、数軒《すうけん》の露店《ろてん》がたったというし、今年はもう、いつもの年とさして変わらぬ市の賑わいがもどってきている。売っている薬草に負けぬ、たくましい商人たちの営みが、この市をささえていた。

透明《とうめい》な秋の陽射《ひざ》しが、露店の店先を白く浮かびあがらせている。

今年の草市は、ロタ人の姿が目立った。通りを流していく楽人《がくじん》たちも、ヨゴ人より、ロタ人のほうが多いくらいだ。

（あの戦のおかげで、ロタはむしろ、活気づいているのかもしれない）

ロタ人とすれちがいながら、バルサは思った。

（まあ、いいことさ。なんにせよ、活気があるってことは）

人馬が行きかうたびに土埃《つちぼこり》がたつ、露店の間の通りを歩きながら、バルサは、商人たちが発している熱気をたのしんでいた。

道を行きかっているのは商人だけではない。楽人たちも多くいて、陽気な曲を奏《かな》でていた。いくつもの曲が、競《きそ》うように演奏されているのに、ふしぎと耳ざわりではなく、かえって心を浮きたたせる。

この市に来るたびに、かならず立ち寄る薬問屋の店先に来ると、タンダは身をひねるようにして、肩《かた》から斜《なな》めがけにしていた頭陀袋《ずだぶくろ》をはずし、右手にぶらさげて、暗い店の中に入っていった。その姿を見ながら、バルサは、ふと、以前ここへ来たときのことを思いだした。

あのときも、こうしてタンダを待ちながら、この戸口に背をあずけて、外の賑わいを見ていた。——そして、アスラとチキサに出会ったのだった。

目を細めて、白い陽射しを顔にうけながら、バルサはぼうっと通りを見ていた。

この市で聞く歌声や笛の音《ね》は、なぜ、これほど耳に心地《ここち》よいのだろう。ヨゴの楽人だけでなく、ロタやカンバルからの楽人が多いせいだろうか。

わずか六歳《さい》で離《はな》れたといっても、カンバル特有の高く天へと昇《のぼ》るような調べは、遠く消え去った家族団欒《だんらん》の記憶《きおく》とどこかでむすびついていたし、隊商の護衛士や、商人たちの用心棒として各地を巡《めぐ》り歩いたロタの調べもまた、身にしみこんだものだった。

だが、いま雑踏《ざっとう》の中を、馬のいななきや、人の声をぬって響いてくる、澄《す》んだ笛の音は、たんに耳になじむというだけではなく、妙《みょう》に心に響いた。——聞いていると、胸の底がうずくほどだった。

（なんの曲だったかな、これは……）

そのとき、背後でタンダの声が聞こえたので、バルサは店の奥《おく》に目をやった。

タンダが話しかけているのは、朱色《しゅいろ》と黄色で派手な縫《ぬ》い取りをほどこした衣《ころも》をまとった背の高い女性だった。長い茶色の髪《かみ》を三本に編んで、それを頭の上にゆいあげている。肩からかけている小太鼓《こだいこ》の帯の鈴《すず》が、彼女《かのじょ》がうなずくたびに、チリチリとかわいい音をたてた。

（へえ、サダン・タラム〈風の楽人〉だ……）

そう思ってから、バルサは、はっと気がついた。外から聞こえてくる笛の調べが、なつかしいはずだ。あれも、サダン・タラムが演奏しているのだろう。

むかし、サダン・タラムの一行と旅をしたことがある。十六、七くらいだったか、まだ、養父のジグロと暮らしていた頃《ころ》のことだ。

たそがれの草原を、風に吹《ふ》かれながら、ゆったりと歩いていく、派手な衣装《いしょう》の陽気な女たちと、その用心棒をしていたジグロの後ろ姿が、目の奥に浮かんできた。

ジグロは、カンバル王国の王を守る最高の武人集団〈王の槍《やり》〉のひとりだった。百年にひとりの天才といわれた短槍《たんそう》の使い手だったが、親友だったバルサの父が、王の暗殺という陰謀《いんぼう》にまきこまれたとき、まだ六歳だったバルサの命を守るために、身分を捨て、国を捨てて、バルサを連れて放浪《ほうろう》の旅へ出たのだ。

ジグロと暮らした日々は、追ってくる刺客《しかく》と戦いながらの殺伐《さつばつ》としたものだったが、その中でも、いくつか、あざやかに心に残っている人びとがいる。

出会い、しばらくの間ともに旅をし、また別れていった人たちの中で、サダン・タラムと旅した日々は、いまも消えない思い出だった。――いい思い出というには、すこし複雑すぎる思い出ではあったけれど……。

ロタ語訛《なま》りのヨゴ語が聞こえてきた。サダン・タラムの女性が、表情豊かに腕をふりまわしながら、タンダに話しているのだ。

「そうそう！　これはたしかにヤラル・シャア、緑の光よ！　なかなか手に入る薬草じゃないわ。銀貨二枚でここの主人に売るつもりだったけど、あんたがほしいならさ、かわいいタンダさん。まんざら知らない仲じゃないんだし、銀貨一枚と銅貨五枚で売ってもいいわよ。あとの銅貨五枚分のかわりに、わたしに口づけをしてくれればね！」

「……三十を過ぎた男に、かわいいは、ないだろう」

タンダがたじろいで、ちらっとこちらを見たので、バルサはにやっと笑って肩をすくめた。サダン・タラムの女性がバルサの方をすかし見た。外からの光を背負っているので、顔は見えないだろうが、短槍に目をとめて、あらっという表情になった。

彼女がなにか言いかけたとき、店の外から、馬が駆《か》ける音が聞こえ、威圧《いあつ》的な怒号《どごう》が響きわたった。

バルサは戸口にあずけていた背を起こして、外へ出た。

騎馬《きば》の武人たちが六人、こちらに背をむけて立っている。

ヨゴの武人で、帯飾《おびかざ》りには〈緑ノ荘《しょう》〉の紋章《もんしょう》が縫いこんであった。〈緑ノ荘〉は、ここから、ほんのすこし東へ入ったところにある貴族の別邸《べってい》だ。そこからやってきた衛士《えじ》にちがいない。

彼《かれ》らがとりかこんでいるのは、陽気な演奏をしていたサダン・タラムだった。

「サダン・タラム！　まだ、こんなところで、しゃあしゃあと金を稼《かせ》いでいるとは、なんとずぶといやつらよ」

騎馬の武人がどなっている。

「我《わ》が主人の恩を仇《あだ》で返しおって！　だれも気づかぬと思っておったのか？」

若い娘《むすめ》の声が聞こえてきた。ふるえてはいるが、それでも、しっかりと問いかえしている。

「なにをおっしゃっているのか、わからないのですが、衛士がた。我《われ》らが、いったいなにをしたとおっしゃるのですか」

「あくまでも、しらをきるなら、力ずくで、その分厚い面《つら》の皮をはいでくれる。こやつらの持ち物を調べよ！　かならず、奥方さまの腕輪を隠《かく》しておるにちがいない！」

衛士長らしい年長の男の命令に、三人の衛士が馬をおりた。残りの二騎は、わずかに輪を離れて騎馬用の槍を構え、だれかが逃《に》げたら追える態勢をととのえた。

サダン・タラムの女の、ふてぶてしい声が聞こえてきた。

「なんだろうねぇ？　こちらはちゃんと礼儀《れいぎ》をつくしているのにさぁ。はじめっから、わたしらが盗人《ぬすっと》だって決めつけるなんて、ひどいねぇ！

ほら、ごらんよ。とっくりとさ。奥方さまの腕輪みたいな、高価なもんが入っているなら、こんなところで、ぼさぼさしてるもんかい」

衛士たちは、女の文句にはかまわずに、彼女らの頭陀袋を逆さにふって、中身を道にぶちまけた。化粧《けしょう》道具やら、なにやらが、音をたてて道にちらばった。腕輪も、いくつか転がったが、それはどう見ても、ヨゴ貴族の奥方が持つようなものではなかった。

「なんなら、身体も調べてみるかい？　ほらよ！」

年かさの女が、笑いながら、さっと帯をとき、衣を脱《ぬ》ぎすてたので、やじうまたちから、どよめきが起きた。なかには、手をたたいて、彼女の威勢のよさを褒《ほ》める者もいた。

衛士長が口を開いたが、その口調はさっきの怒声とはうってかわって、低く平坦《へいたん》になっていた。ヨゴの武人は、からかわれることをなによりもきらう。

「……裸体《らたい》をさらすことさえ恥《は》じぬ、下劣《げれつ》な輩《やから》め。そうやって身をさらすことは、はなから、わかっておった。衛士、そやつらの楽器を調べよ。断《た》ち割って、中を調べるのだ」

（まずいな……）

バルサは胸の中で舌うちをした。

衛士長は、挑発《ちょうはつ》している。

どなっていた間は、彼女らを捕《と》らえて、別邸に連れていこうと思っていたのだろうが、体面を傷つけられたいまは、挑発し、手むかわせることで、ようしゃなく斬《き》りすてる口実を得ようとしている。

それは、サダン・タラムもわかっているだろう。だが、知ってか知らずか、衛士長は、サダン・タラムの急所をつかんでしまった。――命をかけても、守らずにいられない急所を。

衛士のひとりが、若い娘のかかえている琴《こと》に手をのばそうとしたとき、脇《わき》から手がのびて、衛士の手首をつかんだ。

髭面《ひげづら》の男が、手首をつかんでいる衛士ではなく、馬上の衛士長をにらみつけた。

「ヨゴの武人に申しあげる。我らは、古きトル・アサの民《たみ》。楽《がく》の音《ね》で幸運を呼びさまし、不幸を鎮《しず》める者。我らの楽器は、聖なる呪物《まじもの》。……シャタ〈流水琴《りゅうすいきん》〉に触《ふ》れられるのは、サダン・タラムの頭《かしら》のみ」

その男の目を見、声を聞いた瞬間《しゅんかん》、バルサの脳裏《のうり》に記憶《きおく》がひらめいた。

（……ガマル？）

衛士長は鼻で笑い、くいっと顎《あご》をふった。口笛を吹かれた猟犬《りょうけん》のように、衛士が刀を抜《ぬ》き、髭面の男に襲いかかった。

とたん、髭面の男は、手首をつかんでいた衛士を、ものすごい力でふりまわして、襲いかかってきた衛士にたたきつけた。サダン・タラムの女ふたりも、道に転がしておいた短い棍棒《こんぼう》をとりあげると、乱闘《らんとう》にくわわった。

しかし、さすがに衛士たちは鍛《きた》えぬかれた武人だった。女たちの棍棒をたたきおとすと、髭面の男に攻撃《こうげき》を集中させた。髭面の男の怪力《かいりき》はすさまじく、太い棍棒をヒュウ、とふって衛士の刀ごと、肋骨《ろっこつ》までたたきおった。

だが、棍棒が衛士の身体にあたった瞬間、後ろから別の衛士が、髭面の男の背をざっくりと斬りおろした。血しぶきがあがり、やじうまたちから悲鳴があがった。

髭面の男が背負っていた革袋《かわぶくろ》が、致命傷《ちめいしょう》をうけるのを、かろうじて救った。男は、うなり声をあげて、背後にとび、刀を斬りおろした衛士の右肩に肘《ひじ》をたたきつけた。

衛士を下敷《したじ》きにして、男は仰向《あおむ》けに倒《たお》れた。

騎馬の衛士が馬上で槍を構え、そのがらあきの腹に穂先《ほさき》を突《つ》き立てようとした……

と、ピィン、と高い音がして、その穂先が折れてキラッと光りながら宙を舞《ま》った。

つぎの瞬間、槍の穂先を折られた衛士は、腹に衝撃《しょうげき》をくらって、馬から転げおちた。

人馬がもつれあう土埃の中に、短槍を構えた人影《ひとかげ》が立っていた。

髭面の男を背後にかばうように立ち、しずかに短槍を衛士長にむけている。

衛士長は眉《まゆ》をひそめた。穂先をぴたりとこちらにむけているのが、なんと中年の女だったからだ。――バルサはひと言も発さずに、じっと衛士長を見つめていた。

もう一騎残っていた衛士が、蹄《ひづめ》の音を響かせて駆けより、騎馬用の槍をバルサめがけて突きだした。鋭《するど》い穂先が陽をはじいて光り、バルサの右肩を突き刺《さ》す……と、おもわれた刹那《せつな》、衛士は槍を持った自分の腕から腋《わき》の下が、はさまれて、ねじられ、からめとられるのを感じた……とたん、声をあげる間もなく、身体が、ぐうんと持ちあげられ、宙を舞った。

見物人たちからは、騎馬の衛士が旗竿《はたざお》かなにかにぶつかって、ぐるんと舞いあがったように見えた。風に立てる幟《のぼり》のように、一瞬、衛士の身体が宙を舞い、馬だけが前へ駆けぬけていった。

粉袋が落ちるような音が響いて、衛士は、地面に、仰向けにひっくりかえった。

衛士が槍を突きだした瞬間に、バルサはわずかに上に飛んで、その槍を自分の脇にかかえこみ、短槍と槍の間に衛士の腕をはさみこんだのだ。前へ出ようとする馬の力と、槍を梃子《てこ》にして身体をそらしたバルサの力とで、衛士は宙を舞うはめになったのだった。

衛士長は、目の前でそれを見ていたにもかかわらず、バルサがどう短槍を使ったのか、見きわめることができなかった。

五人の衛士はすべて、地面に倒れている。女たちにかかえられているサダン・タラムの男も、動けないようだった。

むかいあっているのは、バルサと衛士長だけだった。

「……きさま、何者だ。なぜ、こやつらの加勢をする」

「わたしは、バルサと申します」

バルサの息は、まったくみだれていなかった。

「加勢をしたのは、この人たちに宿飯の恩義があるからです」

バルサは、ひょいっと頭をかたむけて、髭面の男を示した。

髭面の男――ガマルは、浅く息をしながらバルサの後ろ姿を見つめていたが、その目には驚《おどろ》きの色が浮かんでいた。

「自分がなにをしたか、わかっているのだろうな？　盗人をかばうのは、盗人と同罪だぞ」

バルサはうなずいた。

「彼女らがほんとうに盗人なら。だが、彼らの荷からは、その盗まれた腕輪とやらは、出てこなかったでしょう」

「荷からはな。だから楽器を調べようとしたのだろうが。ここまで抵抗《ていこう》したということが、楽器に隠していることの、なによりの証拠《しょうこ》だ」

そのとき、衛士長の背後から声がかかった。

「しかし、サダン・タラムを知っている者なら、彼らが楽器になにかを隠すなんて、ありえないことは、ご存じのはずでしょう」

それは、この場にそぐわない、おだやかな声だった。

こっちへ歩いてくるタンダを見て、バルサは顔をしかめた。

出てこなければいいがと思っていたが、タンダの気性《きしょう》からすれば、この状態で隠れていろというのは無理な相談だろう。

タンダは、バルサの脇を通りすぎて、ガマルの上にかがみこんだ。そして、器用に片手だけでガマルの衣の襟《えり》をはだけさせ、その傷を見ながら、言葉を続けた。

「サダン・タラムの楽器はトル・アサの守護精霊《せいれい》たちが姿を変えたもの。サダン・タラムにとっては、なによりも大切な聖なるものです。その中に、腕輪なんて、入れるはずがない」

そう言ってから、タンダは独り言のようにつぶやいた。

「……こりゃ、思ったより深いな。言いあいをしている場合じゃない」

タンダは首をひねって衛士長を見あげた。

「そちらの衛士たちも、早く手当てしたほうがいい。話はあとにして、そこの宿屋に怪我人を全員運びこみましょう。この傷で逃げられるわけもないし、手当てをしてから、ゆっくり問いただせばいい」

衛士長はあおざめた頰《ほお》をこわばらせて、だまっていた。タンダの言葉が正しいのはわかっているのだろうが、平民に意見をされて、それを聞くのは武人の誇りがゆるさなかったのだ。

もし、そのとき早馬が駆けてこなかったら、衛士長は、バルサたちを手打ちにして、面目《めんぼく》をたもとうとしただろう。

早馬が一騎、駆けてくる蹄の音が聞こえてきて、道まではみだして見ていた見物人が、あわてて道をあけた。

早馬に乗っていたのは緑ノ荘の衛士で、目に飛びこんできた光景におどろいて、手綱《たづな》をしぼった。

「なんだ？」

衛士長が問うと、その衛士は衛士長の脇に馬をすすめ、小声でなにかをささやいた。——話を聞くにつれて、衛士長の顔がくもり、やがて、にがにがしげにゆがんだ。

彼は、しばらく考えこんでいたが、やがて、ため息をついて、顔をガマルの方にむけた。

「……腕輪のことは、奥方さまの思いちがいであったそうだ。

こちらも、いささか性急であったが、その方《ほう》らが素直《すなお》に取り調べに応じておれば、このようなことにはならなかったのだぞ」

どよめきと、非難のつぶやきが見物人の間からあがったが、衛士長は、それを無視して、懐《ふところ》から銀貨一枚とりだすと、ガマルのそばにほうった。

「薬草代だ」

ガマルにつきそっていた若い娘が、きっと顔をあげて衛士長をにらみつけた。

娘が、衛士長にむかってどなろうとした瞬間、カチン、と小さな音がして銀貨が宙に跳《は》ねあがった。バルサが短槍で銀貨を跳ねあげたのだ。落ちてきた銀貨を、小気味よいしぐさで手にとると、バルサは、あっけにとられている娘に言った。

「刀は、抜《ぬ》くより、おさめるほうがむずかしいものだよ。……ここらが潮時《しおどき》だ。ガマルの手当てのほうが大事だろう」

バルサは、手に持っていた銀貨を、タンダの懐に入れた。

「こいつは、わたしらがもらおうよ。ガマルに使う薬草代にしようや」

タンダは、にこりともせずにうなずいた。

「この人もだが、そこの、棍棒にやられた衛士が、口から血を吐《は》いているのが気になる。早く手当てをしたほうがいいぞ」

タンダはふりかえると、見物人に呼びかけた。

「おーい、ぼうっと見ていないで、医術か薬草の心得《こころえ》がある人、手伝ってくれないか？」

場所が草市だけあって、見物人のなかには、医術の心得があるものが多かった。ばらばらと数人が駆けよってくると、その場にはりつめていた争いの緊張《きんちょう》は、怪我人を気づかう緊張へと変わっていった。

2 エオナ・ル・サリ

草市がたっている宿場には、よい温泉が湧《わ》いている。その湯につかるのも、この市にやってきた人びとのたのしみだった。

バルサもタンダも、それをたのしみにしていたのだが、とんだ騒《さわ》ぎにまきこまれたせいで、湯につかるどころではなくなってしまった。

ガマルの傷は致命傷ではなかったが、深かった。

タンダは傷をていねいに洗って、薬水《やくすい》をふりかけた。バルサが傷をつまんでふさいでいる間に、タンダは右手一本で器用にその傷を縫いあわせていった。

「……手なれたもんだね」

脇で見ていたサダン・タラムの女が、ふたりの手もとを見ながら、つぶやいた。薬種問屋でタンダに薬草の取引きをもちかけていたこの女は、キイという名の、小太鼓打ちだった。

タンダの目もとに、ちらっと笑みが浮かんだ。

「なれないと、お飯《まんま》の食い上げだからな」

「まあねぇ。そうだろうけど、それにしてもさ。見てると小気味いいよ。あんたらふたりの呼吸は、古仲間の太鼓の掛《か》け合《あ》いを見てるようだ」

タンダが糸を切りやすいように傷口をおさえながら、バルサは苦笑《くしょう》した。

治療《ちりょう》はうまくいったが、それでも、熱が出はじめている。

「これだけの刀傷だからな。熱が出るのはしかたがない」

できるだけの処置を終えて、タンダがつぶやくと、かたわらでじっと処置を見まもっていたサダン・タラムの若い娘が、不安そうにつぶやいた。

「命にかかわるということは……？」

タンダは、おだやかな口調でこたえた。

「まず、大丈夫《だいじょうぶ》だろう」

「起きて歩けるようになるには、どのくらいかかりますか？」

タンダは娘を見た。

「そうだな。彼の体力次第《しだい》だが、どんなに早くても五日はかかるだろうな」

後ろにたたずんでいたサダン・タラムの女たちが、ため息をついた。

「こまったね」

キイが言った。

「五日もここにいて、そのあとも、怪我人を気づかいながら旅をするわけにはいかないよ」

タンダは、ずいぶん不人情なことを言うな、という顔をしたが、バルサは、言い方はともかく、キイの言いたいことはよくわかった。

サダン・タラムは歌と踊《おど》りで金を稼ぐ旅芸人だが、彼らの旅は、風にさすらう楽人の印象とは裏腹に、道筋も、どこに、いつまでに着かねばならないかも決まっている、厳しさを秘《ひ》めた旅だった。

先ほど威勢よく衣を脱いでみせたサンサが、口を開いた。

「だけど、ガマルなしで旅をするのは、無理じゃないかい？　護衛がいない旅芸人なんて、異国では盗賊《とうぞく》どものいい餌食《えじき》だし、ロタにもどっても狼《おおかみ》がいるし……」

盗賊といっても、むやみに襲ってくる連中はそう多くない。むしろ、旅芸人や商人たちは彼らに一定の金を渡《わた》して、見のがしてもらうほうが多い。だが、ガマルという男の用心棒がついていないと見たら、金を渡しても、見のがしてもらえるかどうかわからなかった。

ロタ王国にもどれば、サダン・タラムを襲う盗賊は稀だ。そのかわりに、森と草原がひろがるロタ北部には狼が多く、野宿をせねばならない彼女らにとっては、棍棒の一撃で狼を屠《ほふ》れるガマルがたよりだったのだ。

「どこかの隊商にくわえてもらえないのかい」

タンダが問うと、サンサは苦笑した。

「行く道筋がわたしらと合う隊商なんて、そうそうないし、隊商の男連中だって、わたしらにとっちゃ、盗賊とさしてかわらない場合があるからね」

サンサは、若い娘に目をむけた。

「どうしようね、お頭」

お頭、と呼ばれた娘は、叔父《おじ》のガマルを見つめて真剣《しんけん》に考えていたが、やがて、壁《かべ》にもたれているバルサを見た。

「あなた……バルサ、さん、でしたっけ？」

バルサは眉をあげた。

「あなたを護衛に雇《やと》えないかしら」

サンサとキイが、かすかに笑みをたたえてバルサと娘を見ていた。彼女らは、はじめから、お頭がそう考えるだろうと思っていたのだ。

バルサは、じっと娘を見つめて、こたえた。

「わるいが、わたしは新ヨゴを離れる気はない」

娘は眉のあたりをくもらせた。

「なぜ？」

バルサは肩をすくめた。

「つれあいが左手を必要としてるからさ。——新ヨゴの都あたりでの用心棒稼業《かぎょう》なら、なんとでもなるし、食っていくために、ちょこちょこ請《う》け負っちゃいるが、ロタくんだりまで行く気はないよ」

タンダの顔に、つかのま、複雑な色が浮かんで消えた。

キイが眉をあげた。

「へぇ……。なんか、ふしぎな気がするね。あんたの口からそういう言葉を聞くとさ」

バルサはほほえんだ。

「そうかい？　まあ、いまは、こういう状態だってことさ」

娘は、こわばった顔をしていた。はじめて遭遇《そうぐう》した困難を、なんとか、うまく解決せねばとあせっていることが、その目の揺れに見てとれた。

その顔を見ているうちに、タンダは娘が哀《あわ》れになってきたのだろう、バルサに目をむけて、おだやかな声で言った。

「おい。おれのことなら、いいぞ……」

それを聞くや、バルサの笑みが、苦笑にかわった。髪をかきあげながら、バルサはため息をついた。

「やめとくれよ、あんたがぶちこわして、どうするんだい」

タンダが、瞬《まばた》きをした。

「え……？」

ふたりを交互《こうご》に見ながら、とまどっている娘に、キイが助け舟《ぶね》を出した。

「お頭、バルサはね、きっと〈一流〉なんだろうよ。用心棒や護衛士には、そういう等級みたいなもんがあるのを、お頭も知ってるだろ？」

あ……と、思いあたった顔をして、タンダはバルサを見た。ようやく、バルサが娘に示していた気遣《きづか》いに気がついたのだ。

タンダのそばを離れたくないという気持ちも本心だろうが、それだけでなく、バルサは、サダン・タラムの頭という地位にある娘が、護衛士との交渉《こうしょう》になれていないことを仲間の前でさらして、恥《はじ》をかかぬような断り方をしたのだった。

護衛士を雇うときには、それなりの礼儀があるのだと母から教えられていたことが、記憶の底から浮かびあがってきて、娘は赤くなった。知識としては知っていても、なれぬことというのは、とっさには思いだせぬものだ。それに、ガマルが護衛として守ってくれていることになれきっていて、別の護衛を雇うことなど考えてもいなかったので、母の話も身を入れて聞いていなかった。

「ごめんなさい。——あなたの値段と条件を、うかがっていなかったわ」

娘は背筋をのばし、つとめて冷静な口調で聞いた。

「あなたを雇う値段と、条件を教えてください」

バルサが日割の値を言うと、娘はたじろいだ。裕福《ゆうふく》な商人ならばともかく、旅芸人の彼女らに払《はら》える値段ではなかったからだ。娘は唇《くちびる》を湿《しめ》した。

「……あなたは、ガマル叔父さんに、宿飯の恩があるって言っていたけど、知り合いなら、すこし、まけてもらえないかしら」

娘がそう言うと、キイが首をふった。

「お頭、口をはさませてもらうよ。それはよくない。もし、バルサを護衛として雇うなら、身内でもないのに命をかけてもらうんだよ。知り合いだから、なんてなまぬるい理由でまけてもらったら、わたしらの心の負担が大きくなるだけさ。まけてもらっていいのは、バルサがその気になったときだけだよ」

キイは、バルサに笑いかけた。

「でもさ、ほんと、奇遇《きぐう》だね。もう二十年くらい経つんだね、いっしょに旅をしてからさ。あのときの娘っこに、こんなふうに助けられるとは思わなかったよ。あんた、ほんとうに強くなったね。短槍の腕前も、ジグロに負けないくらいじゃないか」

バルサも、ほほえんだ。

いっしょに旅をしたとき、バルサより三つ年上のキイは、若木のように、のびやかで美しい娘だった。陽気で奔放《ほんぽう》だが、一本筋が通った考え方をする人で、バルサとは気が合った。

サンサはバルサより十は上だったから、もう五十に近いはずだ。

ほかの人びととはどうしたのだろう。あの頃は、食糧を運ぶ者たちをふくめて十二人くらいいた。きつい旅ができなくなった年寄りははずれたとしても、もうすこし残っていてもいいはずだった。

だが、バルサは、なにもたずねなかった。——たずねれば、彼女らと距離《きょり》をおいていられなくなる。用心棒を引き受けることになってしまうだろう。

タンダのそばを離れたくないということのほかにも、バルサには、彼女らの用心棒を引き受けるのをためらう理由があった。彼女らと旅をすれば、いやおうなく、むかしのことを思いだす。あの頃——十六の頃の自分のことなど、思いだしたくもない。

そのとき、ガマルが目をあけた。眠《ねむ》っていると思っていたが、どうやら、話を聞いていたらしい。苦しげに浅く息をしながら、顔をかたむけてバルサに目をむけた。

「……バルサ」

ガマルは、かすれた声で言った。

「あんたを雇う金は、おれが出す。だから、どうか護衛を引き受けてくれ」

バルサはだまってガマルを見つめていた。髭面の中で、目だけが、十八だった若者の面影《おもかげ》を思いださせた。

ガマルは、サンサに目をむけた。

「……バルサとふたりで話がしたい」

サンサはうなずいて、立ちあがった。

「そろそろ、商人がたも湯から出た頃だろう。わたしらも湯をもらおうや」

若い頭だけが、心残りのようすでガマルとバルサを見ていたが、ふたりがだまっているのと、あきらめて立ちあがり、ほかの女たちのあとを追った。

「おれも、湯を浴びてくる。ガマルに長話をさせるなよ」

タンダは、ガマルの血のついた前かけをはずして、まるめながら立ちあがり、部屋の外へ出ていった。

　急に、広く、静かになった部屋の中で、ガマルの苦しげな呼吸音だけが、いやに大きく聞こえた。ガマルは唇を湿して、苦しい息の下から、ゆっくり話しはじめた。

「……サダン・タラムは、少なくなってしまった。五年前に大流行した疫病《えきびょう》で、多くの芸人たちが死んでしまったし、鎮魂儀礼《ちんこんぎれい》を依頼《いらい》するターサの名家が激減して、大人数を養えなくなったから。

　だからこそ、いまのサダン・タラムたちは、とても大切なんだ。……たのむ、バルサ」

　ガマルの熱に浮かされた瞳《ひとみ》が、いやに大きく見えた。

「衰《おとろ》えゆくサダン・タラムにとって、唯一《ゆいいつ》の、明るい希望は、シャタ〈流水琴〉が、エオナをうけいれたことだ。おれたちが、お頭って呼んでいる、あの娘だよ」

　そう言って、ガマルは言葉をきり、バルサの目を見つめて、言った。

「あの娘の名は、エオナ・ル・サリ（サリの娘エオナという意味）。……年は、十九」

　バルサの胸の中で、鼓動がひとつ、強く打った。

　バルサは厳しい顔でガマルを見つめながら、心の中で、あの娘の顔を思いかえしていた。彫《ほ》りの深い顔立ち。日に焼けているが、なめらかな肌《はだ》。そして、深い茶色の瞳。

　あの頃サダン・タラムの頭をしていた、気高く、美しいサリの面影がたしかにあった。

バルサは深く息を吸い、沈黙《ちんもく》をやぶった。

「サリの娘ね。……父親は？」

ガマルは、瞬きをした。

「知っているだろう？　サダン・タラムには父親はいない。身内すべてが、父親さ」

バルサは長い間ガマルを見つめていた。——そして、ついに、ため息をつくように言った。

「……あんたの勝ちだよ、ガマル。用心棒を引き受けよう。報酬《ほうしゅう》は、さっき言った額の半分でいい。あとの半分を、昔話で支払《しはら》ってくれればね」

その謎《なぞ》かけのような言葉に、ガマルは、熱でまっ赤な顔をゆがめて、うなずいた。

＊

女たちが湯場《ゆば》からもどってきたのと入れちがいに、バルサは部屋を出た。

もう夜もだいぶふけた。宿の客たちは、湯を浴びて、うまい飯を食べ、それぞれの部屋にひきこもっている。小さな宿屋全体が、ぼんやりと人の気配でざわめいていたが、宿の裏手にある温泉までの通路には、人気《ひとけ》はなかった。

湯場は屋外にある。林の中に竹編みの衝立《ついたて》が立ち並び、湯気が、ぼうっと夜気に白くたちまじっていた。半月の夜で、足もともさだかでないほどに暗かった。

だれが決めたわけでもないが、こういう宿場の湯に入るには、いくつか暗黙《あんもく》の決まりごとがあった。早い時刻に入れるのは、武人や地元の商人たちで、そのあとは行商人たち、最後が旅芸人と決まっている。

サダン・タラムの女たちがあがったあとは、湯場はひっそりとしていた。

バルサは衝立にもたれて、のんびりと夜空を見あげている人影に近づいていった。

タンダのかたわらに身を寄せると、湯上がりのいい匂《にお》いがした。

「いいお湯だったぞ。――ここの湯場は、湯の量が豊富だし、川に湯を流すように工夫《くふう》しているから、終《しま》い湯でも、気分がいいよ」

そう言って、タンダはバルサを見た。

「請け負ったのかい？」

バルサは、うなずいた。

そして、しずかな口調で、自分がこの護衛を請け負った理由を、つぶさに語った。

長い話だったから、バルサは途中《とちゅう》で、自分が羽織っていた上衣《うわぎ》を脱ぎ、湯冷めをせぬようタンダの肩にかけてやった。

話を聞くうちに、タンダの顔に驚きの色が浮かび、やがてそれは、深い理解の色に変わっていった。

「……そうか。そんな縁《えん》があったのか」

バルサは苦笑した。

「正直、彼女らと旅をするのは気が重いんだけどね。――あの頃のわたしは、自分の気性の荒《あら》さに鼻面をふりまわされてた若駒《わかごま》だったから、思いだしたくないことのほうが多いんだよ」

それを聞くや、タンダは笑いだした。

幼なじみである、このつれあいが、なにを思いだしたかは、聞かなくともわかる。

バルサも、にやにやしながら、夜空を見あげた。

やがて、笑いをおさめて真顔になると、タンダは低い声で言った。

「おまえが、命のやりとりをする旅に出るのを見おくるのは、いやでたまらん。なれるってことは、一生ないだろうな」

バルサはなにも言わず、ただ夜空を見ていた。

タンダは言葉を継《つ》いだ。

「だけど、おまえが思いだすのがいやだといった、そういう旅が……ひとつ、ひとつの旅が、おまえを、おまえに、してきたんだろうな……」

それを聞いたとたん、思いがけぬ強さで、なにかが胸の底からこみあげてきて、バルサは歯をくいしばった。眉をぎゅっと寄せ、バルサは無言で、薄《うす》い雲が星を隠している秋の夜空を見つづけた。

風が出てきたのだろう。木々がさざめいている。

「ガマルは、どうするんだい？」

ひとつ息を吸って、バルサは答えた。

「傷が癒《い》えたら、ゆっくり、サダン・タラムの村まで帰るそうだよ」

「そうか」

「あんたは、どうする？」

タンダは、うーん、と息を吸った。

「乗りかかった船だからな。ガマルが、旅ができる身体になるまで、つきあうよ。それから、家に帰る」

そう言ってから、タンダは、ちょっと笑った。

「おれも旅をしたいな、異国をさ」

タンダの師匠《ししょう》、大呪術師《だいじゅじゅつし》トロガイは、しょっちゅう、あちらこちらを旅している。

タンダも、むかしはトロガイとともにヨゴの各地をまわっていたが、薬草師として頼りにされるようになってからは、遠出といったら、この草市《くさいち》に来るくらいで、あとは青霧《あおぎり》山脈に抱《いだ》かれた小さな家で暮らしていた。そのあたりの里には、タンダのほかには、薬草師はいない。街場《まちば》とちがって、医術師もいない。

——生死は時の運。いあわせたら、面倒《めんどう》をみてやるよ。いあわせなかったら、しかたがない。

と、トロガイ師は言うが、いま、病にふせっている人びとの顔を思いうかべると、タンダは、その人たちを置いて長旅に出る気にはなれなかった。

「発《た》つのは、いつだい？」

「明日《あした》の朝」

これまで、幾度《いくど》、同じような言葉をかわしただろう。

いつ帰る？　と、タンダはけっして聞かなかったし、バルサもけっして言わなかった。命の危険がある旅に出るとき、「帰る」話をするのは不吉《ふきつ》な気がしたからだった。先を予想せず、期待をかけず、時に任せれば、案外無事に帰ってこられる——そんな気がした。

ふたりが、いつの頃からかともに心に刻んでいた、小さな縁起《えんぎ》担《かつ》ぎだった。

3　母の秘密

――真実は、エウロカ・ターン〈森の王の谷間〉に！

その声は、深い闇《やみ》の中を、一瞬、白い閃光《せんこう》のように照らして消えた。稲妻《いなずま》が轟《とどろ》き、闇の底になにかが見えそうになった……。

ルミナは、びくん、と、身体《からだ》をふるわせて目をさました。

肋骨にあたるほどに心臓が脈打っている。ルミナはせわしなく息をつきながら、顔を手でぬぐった。

夕暮れの光が大きく開いた窓から射《さ》しこんでいる。毛足の長い絨毯《じゅうたん》が、夕日に明るく浮《う》きあがって見えていた。

窓から入ってくる風にのって、はるか遠くから羊の鳴き声が聞こえてくる。幼い牧童たちが、羊の群れを草原から追ってきて、狼よけの囲いへ移しているのだろう。

椅子《いす》に腰《こし》をおろして考えごとをするうちに、うとうとしたらしい。

それにしても、わずかの間に、なんとふしぎな夢をみたものか。ルミナは、なめらかな肘掛《ひじか》けをなでながら、ぼんやりと夢を思いかえしていた。

亡《な》き父が、この椅子に座《すわ》ると、同じように肘掛けをなでる癖《くせ》があったことを思いだしたとたん、あの夢の中に閃光のように轟いた声が、父の声だったような気がしてきた。

――真実は、エウロカ・ターン〈森の王の谷間〉に！

あの声は、たしかに、そう言った。ルミナは両手に顔をうずめ、祈《いの》るように目を閉じた。

「……姉上」

そのとき扉《とびら》のむこうから、クムが呼びかける声が聞こえてきた。

「お入り」

答えると、クムが扉を開いて入ってきた。白い毛織の胴着《どうぎ》を着て、長靴《ちょうか》を履《は》いた弟は、頬と鼻の頭を赤くして、うっすらと汗《あせ》をかいている。

「サンズ村の羊は、やはり狼にやられていたよ、姉上。狼猟師たちに西森《にしもり》の狼狩りを命じていいだろうか」

そういえば、今朝、サンズ村の羊が五頭も食い殺されたという知らせがきていた、とルミナは思いだした。クムは自分でサンズ村まで行って、たしかめてきたのだろう。この頃、こういう仕事は家令のアガチに任せきりにしているが、今年十三になるクムは、自ら望んでアガチたちとともに領内をまわっている。

「ありがとう、クム。そうしてちょうだい」

ルミナがほほえむと、クムはうれしそうな顔をした。しかし、すぐに真顔にもどって、眉のあたりをくもらせた。

「姉上、顔色がよくないね」

ルミナは苦笑した。

「……うたた寝《ね》をしていて、夢をみたのよ」

「夢？」

ルミナは、弟に、ふしぎな夢の話をした。クムはだまって聞いていた。ルミナが口を閉じても、しばらく、じっとルミナを見つめていたが、やがて、低い声で言った。

「姉上、もしかして、迷っているの？」

ルミナは答えなかったが、クムは足早に近づいてきて、腹だたしげに言った。

「迷いがあるのは、きっと姉上にもわかっているからだよ、ほんとはやめたほうがいいって。夢に父上があらわれたのは、姉上がマグア家に嫁入《よめい》りするのを、父上が反対しているんだよ！　ターサ氏族の北の守りとうたわれた由緒《ゆいしょ》あるアール家の血筋を、これ以上ロタとまじえちゃだめだって」

その口調の激しさに、ルミナは眉をひそめた。

（クムは、いつから）

こんなにロタ氏族をきらうようになったのだろう。

以前は、こうではなかった。

母は、このラクル地方をまとめるロタ系氏族の大領主マグア家の生まれだったから、祖父にあたる大領主の誕生日の祝いや、さまざまな儀礼のおりに、よく母に連れられてマグア家に滞在《たいざい》したものだ。

大領主であった祖父ギリアムはいかめしい感じで、その前に出るといつも緊張したけれど、母の兄のアザル伯父《おじ》のことは、ルミナは、なんとなく好きだった。

祖父はがっちりとした体形だったが、アザル伯父は、ほっそりと背が高い。あれやこれや細かいことを気にするたちだが、母と話しているときなどに、ふと見せる笑顔《えがお》はやさしかった。自分の子どもたちに玩具《がんぐ》をあたえるときは、かならず、ルミナとクムにも同じものを用意してくれるような心遣いのある人でもあった。

ただ、祖父が逝《い》って、大領主の重責を担《にな》うようになると、アザル伯父は、めったに笑顔を見せなくなった。線が細く見えたのに、商取引きなどにおいては父親よりやり手で、マグア領はギリアムの時代より栄えている。

一方で、アール家は衰退《すいたい》の一途をたどっている。臣下も領民も、自分たちの不運の理由をあれこれ論じては、あることないこと、さまざまな噂《うわさ》を信じるようになっている。

なかでも、ある噂が、噂の域を超《こ》えて、大きな意味を持ちつつあった。

（やはり、あの噂が……）

クムの心を傷つけているのだろうか。

若い頃《ころ》のアザル伯父を知るルミナとちがい、クムは大領主になってからの伯父しか知らないから、そのせいもあるのかもしれないが、日々を家臣たちと過ごしているクムは、いつしか、ターサの誇《ほこ》り、という言葉をよく口にするようになり、母からロタの血をひいていることに引け目を感じるようになっていた。

ルミナは、窓の外に目をやった。

馬車の転落事故で一気に両親を失ってから、多くのことが変わってしまった。

息子《むすこ》の死に激しい衝撃を受けた祖父は、それからわずか四日後の朝、突如《とつじょ》倒れた。命はとりとめたものの半身が萎《な》えて、寝たきりになった祖父にかわり、ルミナは二十歳《さい》の若さで東ラクル地方の小さな領地を治めるアール家の当主とならざるを得なかった。

幸い、祖父の代から家令を務めてきたアガチは頑健《がんけん》な男で、まだ充分《じゅうぶん》に領内の管理を任せられたが、父が生きていた頃から、アール領では麦の凶作《きょうさく》が続き、羊が狼に殺され、領地経営はとても苦しくなっていた。

そのうえ、タルシュ帝国《ていこく》との戦《いくさ》が隣国《りんごく》ではじまり、通常の税にくわえて戦費の負担までせねばならず、坂道を転げおちるようにアール家の資産は目減りしていた。領内の管理はアガチに任せられても、高額の商取引きなどの対外交渉は領主の務めだ。

まだ若いルミナが領主になったと知ると、経験の浅いルミナを軽《かろ》んじて、さまざまな手で取引きを有利にすすめるしたたかな近隣領主たちもいた。

両親が逝ってから、ルミナにとっては毎日が闘《たたか》いだった。

次から次へと起こる難題に必死で対応しつづけてきたけれど、ものごとはいったん下降にむかうと、それを止めるのは容易ではない。

しかも、わるいときにはわるいことがかさなるもので、この夏、祖父が亡くなった。ぎりぎりの状態の中でも、先代の領主が逝去《せいきょ》したとなれば、縁のある領主たちを招いてそれなりの葬儀《そうぎ》をせねばならず、立派な墓も建てねばならない。わずか半年の間に、続けざまに二度の葬儀をおこなって、墓を建てたことは、アール家の領地経営にとって決定的な痛手になった。

そのとき、救いの手を差しのべてくれたのが伯父のアザルだった。

アザル伯父は、それまでも、自分の妹の娘《むすめ》であるルミナをかばい、陰《かげ》に日向《ひなた》にささえてくれていたが、ルミナが、祖父の葬儀を終えたら、ロタ王へ納める税さえ支払えない状態にあるのを知ると、条件つきで、税を全額たてかえよう、と言ってくれたのだ。

その条件とは、次の春がおとずれたら、彼《かれ》のひとり息子オールの妻になることだった。

オールとは気心が知れていたし、彼の妻になることはいやではなかったが、弟のクムはまだ十三歳で、領主にはなれない。

マグア家に嫁《とつ》ぐのであれば、クムが成人ノ儀を終えて、ロタ王イーハン陛下から、正式にアール家の領主として認められてからにしたいと答えたのだが、アザル伯父は、その願いには、首を縦にふらなかった。

「貧しい小さな領地を、いつまでも持ちつづけていても意味はない。むしろ、これを機に、アール家はマグア家に併合《へいごう》すべきだ」

と、アザル伯父は言った。

「そなたは聡明《そうめい》だ。領民のためになにをすべきか、わかっているはずだ」

そう。ルミナにも、わかってはいた。——もはや、アール家をたもつことは無理だ、ということは。

アール領の領民は、ラクル地方で、ただひとつ残っているターサ氏族民だった。

ロタ王国の商取引きでは氏族の関係が重視される。近隣の領主はすべてロタ系氏族。その中で、ぽつん、と離れ小島のように残ったターサ系氏族のアール領民は、長く、有利な商取引きから締《し》めだされてきた。

ほかの地方でも事情は同じで、ターサ系氏族の領主たちは次つぎにロタ系氏族の領主と婚姻《こんいん》の絆《きずな》をむすび、おだやかに吸収されて消えていた。領主はもちろん、領民たちにとっても、それは苦渋《くじゅう》の決断だったはずだが、実際には、その結果不幸になったということもなく、むしろ暮らし向きもよくなって、いまでは多くの人びとが、領主の決断に救われたと思っているという話をよく耳にする。

（でも、わたしが子どもの頃は……）

アール領はもっと豊かだった。

母の実家であるマグア家が、祭儀場の再建のために膨大《ぼうだい》な出資をし、北部の名誉《めいよ》をささえたことで、一気に北部領主たちの中で頭角をあらわし、アール家もマグア家の盟友として、旨味《うまみ》のある商取引きにくわえてもらえたからだ。

しかし、祖父は頑《かたく》なな人だった。ターサ氏族の名家としての誇りが邪魔《じゃま》をして、ささいなことで激昂《げっこう》しては、大切な取引き相手のロタ系氏族の長《おさ》たちと仲違《なかたが》いをし、豊かなみのりをもたらすはずの蔓《つる》を、いくつも切ってしまった。

ロタ系氏族の出である母は、そのことでずいぶんと不満をためていて、マグア家からつきそってきた侍女《じじょ》のユリーマに、毎晩のように、胸の中にある思いをうちあけていたものだ。

クムはまだ幼すぎて、母の言葉の意味はわからなかっただろうが、ルミナはわかった。

（いまは、もっとわかる）

母の怒《いか》りはもっともなことで、祖父は古木を守らんとするあまり、その木が実をむすぶために必要なほかの木を伐《き》りたおしてしまうようなことをしていたのだ。

かたむきつづけるアール家とは対照的に、マグア家は、高価な木材の製材と出荷《しゅっか》を基盤《きばん》として、着実に北部における地盤を盤石《ばんじゃく》なものにしてきた。

アザル伯父が当主となってからは、国王陛下が南北の融和《ゆうわ》を積極的に推《お》しすすめている機運をたくみに利用して、南部の領主との間にも取引きの絆をつくり、マグア家の繁栄《はんえい》はとどまるところを知らない。

そのアザル伯父から見れば、アール領など、瀕死《ひんし》の老木にしか見えないのだろう。

「おまえたちふたりは、わたしの妹の子だ。ロタの名家マグア家の血をひいている。ろくな収穫《しゅうかく》もないアール領などにいつまでもしがみつかず、ふたりでマグア家をもりたてていったほうが、おまえたちも、領民も、ずっと幸せになれる」

アザル伯父の本音は、東ラクル地方の安定なのだろう。

はるかむかしに同盟をむすび、長くその誓《ちか》いを守りつづけている仲であるとはいえ、かつては激しい戦をした敵同士であったタ－サ氏族のアール領の者たちと、ロタ系氏族であるマグア領の者たちの間には、いまも、たがいを異族とみる意識が根強く残っている。

アザル伯父の父ギリアムが、ルミナたちの父に娘が嫁ぐことをゆるしたのも、ふたつの氏族の血を合わせることで、しだいにタ－サをロタへととけこませるための布石だったのだろう。

ルミナの婚姻で、アール領民が正式にマグア領民となれば、アール家がこれまで積みかさねた借財の負担が消える分、税の負担も著《いちじる》しく減り、領民の暮らしは楽になる。

しかし、ルミナがマグア家に嫁ぎ、アール家をマグア家に統合するという話に、アール家の家臣たちは猛烈《もうれつ》に反発した。

自分たちは、ターサ氏族の中でももっとも古い血を伝える者。ロタと血をまじえることはあっても、ロタに完全にのみこまれ、消えることはゆるせないと。

ルミナも、彼らの気持ちはよくわかった。――けれど……。

「姉上！」

クムが大きな声で言った。

「口にするジャノ（種入りのパン）の量がふえても、マグアの領民たちに見くだされる立場になった領民たちが感謝すると思うのか？　もともと、我らターサ氏族のものであるこの土地で、やっかい者のようにあつかわれて？」

ルミナはだまって、弟を見つめていた。

「姉上。僕だってもう子どもじゃない。アール領の借金の額だって知っている。でも、僕たちの母上がこのアールを呪《のろ》ったのなら、僕たちは死ぬまで苦労をしても、母上の罪をすすぎ、アールにかけられた呪いをはらうべきではないか」

ルミナは眉根《まゆね》を寄せた。

「──おまえは、本気で、そんなことを信じているの?」

クムは顔をしかめた。

「姉上……」

「羊が子を産む数が減った。すぐ隣《となり》のマグア領の麦畑は豊作なのに、我《わ》がアール領の麦畑は凶作続き。いやな風が吹《ふ》いて、狼がふえた。──これらすべて、マグア家から嫁いできたお母さまが、アール領を呪ったせい?」

ルミナは、挑《いど》むように弟を見つめた。

「どこに、そんな証拠《しょうこ》があるの? すべて、噂にすぎないわ。マグア家から嫁いできたお母さまを、領民たちが中傷してきた、そのあれこれを、わたしはおまえなどより、ずっとずっと、よく知っている。お母さまが、どれほど傷ついてきたか……! あのやさしかったお母さまをわたしたちが信じないで、どうするの!」

クムはぎゅっと奥歯《おくば》をかみしめた。それから、吐きだすように言った。

「ただの噂ではないことを、姉上も知っているくせに」

ルミナはぎゅっと肘掛けをにぎりしめた。

母がアール領を呪ったという噂には、二十年近く前の、あるできごとがかかわっていた。それをルミナたちが知ったのは、今年になってからだった。

マグア家との婚儀の提案を忠臣たちに伝えたとき、腹を立てた彼らは、おそれながら……と、それまで口を閉《と》ざして語らなかった秘密を、ルミナとクムに伝えたのだった。

「シッサルさまは、心からオリアさまをいとおしんでおられたゆえ、我らも口を閉ざしておりましたが、こうなったら明かさずにはおれません。――マグア家出身の奥方さまの影《かげ》が、ついにこのアールの地をおおってしまうことを、だまって見すごすわけにはいかないからです」

ルミナはいまも、そう言ったときの、家令のアガチの表情を思いだすことができる。

軽がるしく噂話をすることをきらう実直なアガチが、舌に苦いものをのせているように顔をしかめ、言葉を選びながら、母と、エウロカ・ターン〈森の王の谷間〉にまつわる奇妙《きみょう》な話を、うちあけたのだった。……それは、たしかに、母がなにかをしたのではないか、と思わせる話だった。

あのときのことを思いだすと、いまも胸に冷たいものがひろがる。その不安をうちけそうとするように首をふりながら、ルミナは弟に言った。

「わたしは、おまえよりずっと長くお母さまと過ごしてきたから、お母さまがこの地を呪ったとは、どうしても思えないのよ。お母さまは、そんな方ではなかった。ほがらかな人だったけれど、いつまでも自分を異氏族の女としてうけいれぬ頑なな家臣たちに、苛立《いらだ》ちを見せることがあったから、家臣たちとのいさかいはあったでしょう。でも、お父さまとお母さまの絆は、とても強いものだったわ。

お母さまが、お父さまを裏切るはずがない」

クムの顔がゆがんだ。

「僕だって、そう信じたいよ。だけど……」

「わかっている——わかっているわ」

ルミナは弟の肩《かた》に手をおいて、日が暮れおち、黄色がかった青い闇におおわれはじめた草原をながめやった。

「だからこそ、夢の中の声が、お父さまの声のように思えてならないのよ」

——真実は、エウロカ・ターン〈森の王の谷間〉に！

雷《かみなり》のように、闇をひきさいて轟いたあの声。

「お父さまもお母さまも、あまりにも突然に逝ってしまった。わたしたちに伝えておきたかったことが、きっと、たくさんあったでしょうに、それを言う間もなく……」

ルミナは息を吸い、つかのま、目をつぶった。

運命に、情けはない。我が子に伝えたいことがあるから、ほんのすこしだけ生きのびさせて、と必死で願ったとしても、かなわない。

「わたしが嫁がないかぎり、アール領民が救われる道はないのよ、クム。ほんとうに、もう、無理なの」

ささやくように、ルミナは言った。

「それでも、わたしが迷っているのはね、お母さまはむしろ、アール家の存続を必死でささえておられたからなのよ」

クムの視線が揺《ゆ》れた。

まだ幼さの残るその顔を見つめ、ルミナは言った。

「お母さまが、本当はなにをなさったのか。それを知らずに、最後の決断をしてはいけない。お父さまは、そう、わたしに伝えたかったのではないかと、そんな気がしてならないの」

ルミナはまた、窓の外に視線をむけた。

「もうすぐ、サダン・タラムがやってくるわ。頭《かしら》のサリに、たずねてみましょう。むかしなにがあったのか。アガチが見たというできごとの真相は、なんだったのかを……」

クムは不安げに姉を見た。

「答えてくれるだろうか？」

「答えさせるわ。なんとしても。真実を」

ルミナの目には、心を決めた光が宿っていた。

4　歌声の誘《さそ》い

天はうす青く、はるかに高かった。澄《す》んだ大気の彼方《かなた》に、低く青く丘陵《きゅうりょう》がうねって見える。

黄金色《こがねいろ》の草原が、ぼうぼうと波うちながら、見はるかす果てまでひろがっている。

新ヨゴ皇国《おうこく》から峠《とうげ》を越《こ》えてロタ王国へ入ると、都西街道《とせいかいどう》は、ヤムシル街道と名をかえる。その街道を西へすすむと、やがてヤムシル街道は二股《ふたまた》に分かれ、本道はロタ王国の都へ、そして、ラクル道と呼ばれる北へむかう道は、どんどん細くなって、草原と森林地帯がひろがる、このラクル地方へと入っていく。

短い夏は暑くなるが、冬が長く寒冷で、乾燥《かんそう》したこの地方は、あまり農耕に適していない。人びとは、寒さに強い種類の麦をつくるほかは、毛の長いシク牛《うし》や、羊を放牧して、日々の糧《かて》を得ていた。ロタ王国の中でも、貧しい地方だったが、ここ数年、サグ（こちら側の世）とかさなって存在する異界ナユグに春がおとずれているせいで、あたたかくなり、麦もよくみのり、家畜《かちく》の子も多く生まれて人びとの暮らしはすこし楽になっていた。

あのタルシュとの戦で食糧《しょくりょう》や戦費を徴収《ちょうしゅう》されても、なんとかのりきれたのは、ナユグの春のおかげだった。

草原の細い道を、バルサは、サダン・タラムの女たちと歩いていた。サダン・タラムは、めったに馬に乗らない。長い旅のほとんどを、ただひたすらに歩きとおす。サダン・タラムにとっては、大地を自分の足で踏《ふ》むことが大切な務めであるからだ。

先頭を大股で歩いていくキイの衣《ころも》が風にはためき、鈴《すず》がチリチリと鳴っている。キイの後ろにサンサが続き、しんがりをバルサが守っていた。

サダン・タラムのお頭であるエオナは、前へ行ったり、後ろへ来たり、気まぐれな歩き方をしていた。そういうしぐさのはしばしに幼さが感じられて、とても十九歳には見えない。

エオナは、サダン・タラムの女としてはずいぶん無口な娘だった。ときおり、バルサと目が合うと、にこっとほほえむけれど、ほとんど話しかけてくることはない。

キイとサンサは、よく話し、うたいながら、賑《にぎ》やかに歩いていく。おどろくほど健《けん》脚《きゃく》で、足がはやかった。

エオナがバルサの脇《わき》に並んだ。目が合って、バルサがほほえむと、エオナは、それに勇気づけられたように、小さな声でたずねた。

「……ね、バルサさん。あなた、毎朝、短槍《たんそう》の訓練をしているのね。休むことは、ないの？」

「よっぽどのことがないかぎり、休まないですね」

「なぜ？　ああしていると、どんどん強くなるの？」

バルサは苦笑《くしょう》した。

「いや、もう強くはならないでしょう。体術はともかく、短槍の技《わざ》には、やはり身体の力や瞬発力《しゅんぱつりょく》がかかわってくるから、若い頃のほうが、もっとはやく短槍を操《あやつ》れましたよ。でも、身体ってのは、一日でも動かさないと、すぐになまってしまうから。訓練だけは、ずっと続けていないとね。お頭だって、シャタ〈流水琴《りゅうすいきん》〉の練習を毎日欠かさないじゃないですか」

エオナは、いぶかしげな顔をした。

「わたしが毎日練習している琴《こと》ね、あれは本物のシャタ〈流水琴〉じゃないの。知っていると思ってた」

エオナは、ぽん、と肩から斜《なな》めがけにしている楽器袋《がっきぶくろ》をはたいた。それから、襟《えり》をちょっとはだけて見せた。ふるぼけているが、高価な錦織《にしきおり》だとわかる布が、ちらりと見えた。

「本物のシャタ〈流水琴〉はここ。寝るときと、行水《ぎょうずい》するとき以外は、ずっとこうしてお腹《なか》にぴったりくくりつけているのよ」

バルサは、おどろいて、エオナのお腹のあたりを見た。

「シャタ〈流水琴〉って、そんなに薄くて小さいものなんですか」

エオナは、にこっと笑った。

「ふだんはね。でも、これが本領を発揮するときは、魂《たましい》の風をはらむから、小さいとはだれも思わないわ」

そう言ってから、エオナは、バルサを見あげた。

「お母さんが弾《ひ》いているのを見たことがあると思っていたわ。むかし、いっしょに旅をしたって言ってたから」

バルサは、まばたきした。

「シャタ〈流水琴〉は、ふつうのトウ・ラトル〈鎮魂の歌舞《かぶ》〉では使いませんよね」

「あ、ええ。そうね、シャタ〈流水琴〉を奏《かな》でるのは、ケミルの丘《おか》と、エウロカ・ターン〈森の王の谷間〉でおこなうヤス・ラトル〈鎮魂の儀礼〉だけ」

バルサはちょっと考えてから、短くこたえた。

「……その二回とも、わたしは、離《はな》れたところにいたのです」

ふーん、とエオナは、うなずいた。

サリを思わせる、エオナの横顔を見ながら、バルサは、十六の頃の自分の気持ちを思いだしていた。

トウ・ラトル〈鎮魂の歌舞〉をしてあげようとサリが言ってくれたときに、思ったこと。

――非業《ひごう》の死をとげた者の、苦しみや、かなしみを、癒やせるものなんてあるはずがない。彼らの時は、死の時点でとぎれてしまったんだから。

いまでも、そういう気持ちは、バルサの心の中にある。……ただ、鎮魂によって救われる者もいることを、いまは、知っていた。

「お頭がシャタを奏でるとき、見せてもらってもいいですか」

バルサがたずねると、エオナは、うれしそうな顔でうなずいた。

しばらく草原の道を歩いていくうちに、道の両脇に小石を積みあげた石積みがあらわれた。たくみに組んであるのだろう、風雨でくずれることもなく、下の方はすでに苔《こけ》むしている。

先頭のキイが、その石積みの間に達した瞬間、タターンッと小太鼓《こだいこ》を打ち鳴らした。

そして、張りのある美しい声でうたいはじめた。

「ラシャルー（風の精霊《せいれい》たちよ）！ 青星《あおほし》ノ年のいさかいにて、はなばなしく討《う》ち死《じ》にしたる、ターサ氏族の勇士トラン、ヤガル、ソーラの馬上の姿は、天を駆《か》けるがごとく、勇ましく、美しかった！」

石積みの間を通りながら、エオナがトーンッ、と跳《は》ねあがり、小気味よく宙返りをうった。それから、エオナとサンサは、澄んだ声でキイの歌に和した。

「ラシャルー！ 時ははるかに流れ去った。トラン、ヤガル、ソーラの思いを白くさらし、はるかなる天へ導きたまえ！」

のんびりと草を食《は》む羊のほかには、だれもいない草原に歌と楽の音が響《ひび》いて消えていく。

石積みは、ここでかつてだれかが死んだことを示すしるしだった。このあたりに暮らす人びとは、たたられるのを恐《おそ》れて、近づくこともない。

とくに、ロタ氏族に敵対したターサ氏族の勇者が討ち死にした場所は、大地に血がしみこみ、恨《うら》みの残る恐ろしい場所とされている。

ロタ王国がまだロタルバルと呼ばれていた頃、この地には多くの異なる氏族が暮らしていた。この北のラクル地方にいた氏族の中には、はるかに時をさかのぼれば、カンバルの氏族と根がひとつであったのではないかと思われる人びともいた。

むかし――畏《おそ》ろしき異界の神タルハマヤを宿した、サーダ・タルハマヤ〈神と一つになりし者〉が支配者として君臨した時代より、なお、むかし――この地方では、羊の放牧を生業《なりわい》とするターサ氏族と、麦をつくり、牛を飼うカサル・ア・ロタ〈生粋《きっすい》のロタ〉がとなりあって暮らしていた。

ふたつの氏族は、自分の氏族の者としか結婚せず、ほとんど触《ふ》れあうことはなかったが、一年に一度、領土がとなりあっているターサ氏族の者と、ロタ氏族の者が一堂に会する祭りがあった。それは、ふたつの氏族がただひとつ、ともに信仰《しんこう》する女神《めがみ》ハンマが、天に昇《のぼ》る夜を祝う、トー・シャル・ハンマ〈ハンマの星祭り〉だった。

女神ハンマは、天の神の妻だ。春から秋は、あたたかい大地に宿って、草や木々を豊かに生やすが、冬の魔物が大地をおおう季節になると、天に宿る夫のもとへ昇り、長い冬の間は、星の原で夫と暮らして、春になると豊穣《ほうじょう》の子を身ごもって大地に帰ってくるといわれている。

雪が根雪にかわる頃、北西の空の、もっとも大地に近いところに、〈ハンマの梯子《はしご》〉と呼ばれる星座があらわれる。その星の梯子を昇っていく女神に感謝をささげ、かならずまた、来年の春にもどってきてくれるよう願うのがトー・シャル・ハンマ〈ハンマの星祭り〉なのだ。

この祭りの夜だけは、両方の氏族の若い男女が一夜の恋《こい》をすることをゆるされていた。その短い恋の結果生まれてきた混血の子らには、ふしぎと、歌や踊《おど》りの才にめぐまれた者が多かった。

いつの頃からか、その子らは、父の氏族と母の氏族の間を旅して、歌や踊りで人びとをたのしませるトル・アサ〈楽しみの子〉と呼ばれるようになった。

だが、ロタに、戦と統治の才能にめぐまれた首長ダナアが誕生したとき、ふたつの氏族の関係は大きく変わった。

ダナアはロタ七氏族をまとめ、強大な騎馬《きば》軍団を有する巨大《きょだい》な氏族をつくりあげたのだ。

やがてダナアはほかの氏族も支配下に治めようと考えるようになり、彼らに、配下に入るよう声をかけはじめる。それに応じた氏族もあったが、応じない氏族もあった。

ターサ氏族は、ダナアの呼びかけにこたえなかった氏族のひとつだった。

かくして戦の時代が幕をあけた。ターサ氏族が住んでいた土地のあちらこちらにダナアの兵が攻《せ》めこみ、そのいずれの地でも、血で血を洗う激しい戦が起きた。

戦士の数は少なくとも、勇猛なターサ氏族はよく戦い、戦は長く続いたが、あるとき、ひとつの大きな変化がロタルバル全体を揺るがせた。

シウルという小さな氏族の中に生まれた娘が、異界ナユグの畏ろしき神タルハマヤをその身に招き、その圧倒《あっとう》的な神の力によって、次つぎに他氏族を征服《せいふく》しはじめたのだ。

この脅威《きょうい》に立ちむかうために、ダナアの孫息子ロカは、ターサ氏族に和睦《わぼく》を申しいれた。

生粋のロタ氏族民がカサル・ア・ロタ〈生粋のロタ〉であるとするなら、同盟をうけいれた氏族はユギ・ア・ロタ〈名誉のロタ〉としてあつかい、自らの領地での自治を認める。いわばロタの枝氏族としてむかえるので、ともに脅威に立ちむかおうという提案をしたのだ。

圧倒的に数で勝《まさ》る相手との、未来を見いだせぬ戦の泥沼《どろぬま》に落ち、疲《つか》れはてていたターサの人びとにとって、それはある意味、ふりあげた拳《こぶし》を名誉あるかたちでおろせる道だったのかもしれない。

サーダ・タルハマヤという畏ろしき神の脅威が迫《せま》るなか、ターサ氏族とロタ氏族は争うことをやめ、共通の敵に立ちむかうために、共闘《きょうとう》することになったのだった。

しかし、サーダ・タルハマヤの力はすさまじく、ロタもターサも戦に敗れ、百年もの長きにわたる恐怖《きょうふ》の時代が幕をあける。

神を身に宿し、老いることのなかったサーダ・タルハマヤの首をとり、人びとを恐怖の圧政から解放したのは、ロタ氏族の若き勇者、キーランであった。キーランは、すべての氏族の長たちの忠誠を受けて王となり、王国を築いた。これが現在のロタ王国のはじまりである。

王国はしかし、ずっと安定していたわけではない。代々キーラン王の子孫が王となって国のかたちがととのっていくうちに、ターサなど枝氏族とされた少数氏族の者たちの中に、同盟氏族としてともに戦ったはずなのに、カサル・ア・ロタ〈生粋のロタ〉ばかりが国の中枢《ちゅうすう》に就《つ》き、さまざまな恩恵《おんけい》にあずかっていることに憤懣《ふんまん》を抱く者たちが多くあらわれるようになり、各地で、いくつもの争いや衝突《しょうとつ》がくりかえされた。しかし、その衝突がロタ王権を揺るがすことはなく、そういう小競《こぜ》り合《あ》いや衝突は、やがて下火になっていく。

いま、ターサ氏族の末裔《まつえい》たちは、ロタ王国の内側に点在する小さな領地の領主となっている。領地から得る収益の一部を税としてロタ王に納め、ロタ王国が異国に攻められるようなことがあれば、配下の兵として戦陣《せんじん》にくわわることを誓っている。

大海にかこまれた小島が、ゆっくりと侵食《しんしょく》されて消え去っていくように、ロタの領主家との婚姻によって、ターサ氏族はすこしずつ血統上もロタ氏族にのみこまれ、もはや純粋なターサの血を残す領主は、とても少なくなっている。

はるかロタルバルの戦乱の時代、ふたつの氏族が争っていた時代は、トル・アサにとっては、つらく、かなしい日々だった。自分たちの父と母、祖父母の氏族が争っているのだから……。

トル・アサたちは、母の氏族で育てられることが多かったから、多くの子らは母の氏族に忠誠を誓い、自らトル・アサであることをやめた。

けれど、どちらの氏族にもつく気持ちになれなかった人びとは故郷を遠く離れて、ふたつの氏族どちらもかえりみなかった、さびしい湖の岸辺に近い葦《あし》の島にトル・アサだけの隠《かく》れ村をつくった。そして、父と母の氏族が争う地を、戦死者へのかなしみをうたいながら歩くサダン・タラム〈風の楽人《がくじん》〉となった。

戦の時代も、恐怖の圧政の時代も、小競り合いの時代も過ぎ、おだやかな日々がおとずれても、サダン・タラムは、うたうことをやめなかった。

サダン・タラムは、もはや、人びとが忘れ去ってしまった死者の勲《いさおし》をうたいながら、かつて戦があった、呪われた地を巡《めぐ》っていく。

うたわれることで、死者たちは、自分たちが忘れられていないことを知り、心安らかに眠《ねむ》るのだという。

長く歌にうたわれて心安んじた霊は、善き霊に変わり、やがて、この地を守る守護精霊へと変わっていくのだと、サダン・タラムは信じていた。

彼女《かのじょ》らはおどろくべき記憶力《きおくりょく》で、すべての戦場と、そこで亡くなった戦死者の名をおぼえている。

石積みの天辺《てっぺん》の石までびっしりと苔がおおえば、死者が安らぎ、善き霊に変わった証《あかし》。その石積みは壊《こわ》し、大地にならす。そのときから、その地は祝福された地へと変わるのだという。

その後も、サダン・タラムは鎮魂《ちんこん》をやめることはない。守護精霊に変わった魂が、ずっと善き霊のままでいてくれるように、鎮《しず》めと言祝《ことほ》ぎを続けていくのだ。

彼らが巡る地は、ロタ王国の中だけではない。たとえば、山をひとつ越えた、新ヨゴ皇国の、あの草市がたっていたあたりにも、かつて負け戦で逃《に》げおちていったターサ氏族民が追討されて殺された場所があった。サダン・タラムはこういう場所も巡っていくのだった。

新ヨゴ皇国の人びとは、そんなことは知らず、そういう場所は、ただ気味のわるい、不吉《ふきつ》な場所と思われている。異国では、サダン・タラムは、ただの旅芸人としか思われていなかったし、サダン・タラムも、異国人に過去のかなしい歴史を語ることはなかった。ただ、歌と踊りで金をもらう旅芸人の姿しか見せなかった。

ロタ王国でも、むかしといまとでは、サダン・タラムを見る目はずいぶん変わった。むかし、ロタ王国がようやくその姿をととのえはじめた頃は、ロタの人びとも、サダン・タラムが安らげぬ戦死者を弔《とむら》いながら古戦場を巡っていくのを、歓迎《かんげい》していた。けれど、戦の時代がはるかな記憶の彼方へと消え去ったいまは、ロタの人びとは、サダン・タラムを、古い物語をうたいおどる旅芸人としか思わなくなっていた。

ただ、彼らが霊を鎮め、地を清める力を持っている、という言い伝えは、いまも力を持っていて、ちょうどサダン・タラムが巡ってきたときに死者が出れば、葬儀をつかさどってもらい、赤子が生まれれば、その魂を歌と踊りで言祝いでもらうことで、厄祓《やくばら》いをしてもらう風習は残っていた。

一方、わずかに残る、かつてのターサ氏族の血を伝える領主たちは、祖先たちの華《はな》やかな勲と悲運をうたい、氏族の誇りをかきたたせる旅芸人として、サダン・タラムを歓迎した。

サダン・タラムは、毎年約半年かけて、ぐるりと輪を描《えが》くように古戦場跡《こせんじょうあと》を巡るが、巡る古戦場跡は年ごとにすこしずつちがう。王国の西側を集中的に巡る輪もあれば、東西をむすぶ細長い輪を巡ることもある。

ただ、一か所だけ、彼女らが毎年かならずおとずれる場所があった。

このラクル地方でただひとつ、ターサ氏族の血をひく領主アール家の館《やかた》である。アール家の領土には、サダン・タラムがシャタ〈流水琴〉を贈《おく》られたという伝説の地、エウロカ・ターン〈森の王の谷間〉があったからだ。そこでおこなう鎮魂の儀式は、なにより大切であるとされていた。

エオナたちの一行は、いま、アール家を目指して旅をしているのだった。

草原を金色に染めて、日がゆっくりと暮れおちていく。

サダン・タラムの一行とバルサは、風よけになる岩がある窪地《くぼち》を、今日の宿とさだめた。

「明後日《あさって》の夜は、熱い湯を浴びて、あたたかい寝床《ねどこ》で眠れるよ」

サンサがなれた手順で野宿の支度《したく》をしながら、うれしそうに言った。

「キイの寝床は、わたしらのよりあたたかくていいねぇ。走っていきたいんじゃないかい？」

サンサがからかうと、キイは、にやっと笑って肩をすくめた。

サダン・タラムは結婚をすることはない。女も男も、おとずれる地で恋人とであい、その結果、子どもができれば、サダン・タラム全体の子として育てていく。――キイは、これからおとずれる小さな街に恋人がいるのだった。

「あら、走っていきたいのは、わたしだけじゃないわよね。もっとも、そっちは、走っていける距離《きょり》じゃあないけどさ」

そう言って、キイが意味ありげな視線をエオナにむけると、エオナはまっ赤になった。エオナは別の街に、いとしく思う人がいるのだ。女たちは、そんなエオナのういういしいようすを、にこにこしながらながめ、からかったりしながら、夕食の支度をしている。

石でかこっただけの簡単な炉《ろ》に、火が入った。はじめは大気がゆらめいて見えるだけだったが、日が暮れおち、あたりがうす闇《やみ》につつまれると、炎《ほのお》の色がはっきりと浮《う》かびあがった。

バルサは、夕食の支度は手伝わず、短槍を持ったまま岩にもたれていた。足もとには弓矢を置いてある。火矢《ひや》として使えるよう細工《さいく》を済ませてある矢は、湿気《しけ》らぬように岩に立てかけてあった。

女たちのたのしげな会話は耳に入っていたが、心の半分は、つねに狼《おおかみ》の気配に気をくばっている。バルサは、さっき、この周囲に、いくつか狼よけのしかけを張ってきた。幸い、これまでは狼の気配はなかったが、気を抜《ぬ》くわけにはいかない。

むかし、まだ、養父のジグロが生きていた頃、ロタを巡る隊商の護衛をしたときは、狼よりも盗賊《とうぞく》にそなえることが多かった。それでも、ロタ北部の草原から森林地帯では、よく狼に襲《おそ》われることがあったから、この手のしかけをつくることも稀《まれ》ではなかった。
ひさしぶりに、狼よけのしかけや罠《わな》をつくったのだが、手を動かしているうちに、むかし、そのしかけの作り方や狼の習性を教えてくれたロタの狼猟師《りょうし》の言葉が、ひとつひとつよみがえってくるのにおどろいた。

——ロタの牧童はよ、十《とお》になるかならないかの頃から、凍《い》てつく冬の夜に、外で毛布にくるまって眠ることをおぼえるんだぜ。

老猟師のかすれ声が耳の奥に聞こえた。

——おれも、兄貴と従兄弟《いとこ》たちと、よく狼番をしたもんさ。夜中によ、まっ暗闇の中で、羊が、ぴょん、と跳ねあがったら、やつらが来たってことさ。青白い目玉めがけて火矢を放ってよ、命中すると、悲鳴といっしょに、ふわぁっと白い湯気があがるのよ。寒くて、寒くてよぉ……。

記憶というのは、ふしぎなものだ。きっかけがあると、闇の底から、するすると釣《つ》り糸にひかれるように、思いがけぬ鮮明《せんめい》さで過去がよみがえってくる。もうおぼえているとも思っていなかった、なにげない人の言葉まで。

炉にのせられた鍋《なべ》が、グツグツと音をたてはじめた。野草と豆と干し肉が煮《に》えるいい匂《にお》いがただよってくる。

サンサとエオナは、炉の縁《ふち》の石に、粉をわずかな水で練って薄《うす》くのばしたものを器用に張りつけ、焼けるとかたわらの木皿にかさねている。

こんな草原での宿りなのに、彼女らは、けっして食事をおろそかにしなかった。食べられる野草をよく知っていて、みつけると摘《つ》んで、食事のたびにたのしむのだ。降るような星が満天をおおう頃、あたたかい夕食がはじまり、バルサも脇に短槍をおいて、食事をはじめた。木椀《もくわん》によそわれた、においの強い野草と干し肉の煮込《にこ》みに、薄焼きをつけながら食べる。

それらを食べおわる頃には、キイが灰に埋《う》めておいた、サッコというクルミほどの大きさの木の実が食べ頃になっていた。

サンサが、胸のすくような香《かお》りのする熱いお茶をついでくれると、みんなは思い思いのかっこうでくつろぎながら、お茶を飲み、灰をはらって、ほっこりと甘《あま》いサッコに、ちょっと塩をふってほおばった。

キイが愛《いと》しい子どもの頰《ほお》をなでるようなしぐさで小太鼓をなで、それから五本の指の爪《つめ》で、はじくように太鼓をたたいた。シャラララ……シャラララ……と、米粒《こめつぶ》をゆするような音を伴奏《ばんそう》にしながら、キイは、張りのある声でうたいはじめた。

――愛しておくれ、と、ささやくツバメ。
　軽《かろ》やかなきみ、風にのり、
　わたしの耳もとで、指を鳴らして、行きすぎる……

その哀愁《あいしゅう》をひめた調べを聞いた瞬間、バルサは、胃をぎゅっとつかまれたような気がした。

鼻の奥に血のにおいがよみがえってきた。

サダン・タラムと出会ったとき、バルサは血まみれだった。髪《かみ》も顔も衣も。右腿《みぎもも》の傷が、歩くたびに、ひどく痛かった。バルサをなかば担《かつ》ぐようにして、ゆっくりと歩いていくジグロのかたい身体《からだ》。バルサの手首をにぎっているその手も、衣も血まみれで、ふたりが触れあっているところは、ニカワではりつけたようになっていた……。

暗い波にのまれるように、バルサは、遠い記憶の中へとひきずりこまれていった。

5　死闘《しとう》

はめられたのだ、と気づいたのは、闘いはじめてかなり経《た》ってからだった。

盗賊たちがふりおろしてくる血まみれの刃《やいば》と、わめき声の、目がくらむような死闘の渦《うず》の中で、ほんの一瞬、あたりを見まわす余裕《よゆう》ができたとき、商人を逃がすために闘っているのは自分たちだけになっていることを知った。

倒《たお》れている味方は、わずか三人。残りの護衛士たちの姿はどこにもなかった。

これ以上は無理だ。逃げるべきだ。

そう思った気持ちの底に、焦《あせ》りがあったのだろう。ガレ場の斜面《しゃめん》をジグロの方へむかって走りはじめてから、バルサは自分が判断をあやまったことに気づいた。

敵をすべて倒したあとで動くべきだったのだ。

砕《くだ》けた岩や石が混在している足もとのわるい斜面を駆《か》けていくバルサは、敵にとってはかっこうの弓の的だった。

右の太腿に、棍棒《こんぼう》でたたかれたような痛みが走り、バルサはつんのめって、ひっくりかえった。腿に矢が突《つ》きたっている。

歯をくいしばり、ふるえながらバルサは腿の肉ごと矢をおさえ、長い矢柄《やがら》をへし折った。

そこから先は、ほとんどおぼえていない。――ただ、ジグロが助けにこないよう祈《いの》りながら、追ってきた男の腹に折ったばかりの矢を突き刺《さ》し、音もにおいもない赤い靄《もや》のような光景の中で、もがき、闘い、転げながら、じりじりとガレ場をすすみ、ジグロに近づいていった。

返り血がしみて、よく目が見えない。自分の息が火のように熱く、肺が焼けてしまいそうだった。

それでも、肩をつかまれたとき、バルサはとっさに身をねじって短槍を自分の腋《わき》の下をくぐらせ、背後に立っている男を刺そうとした。

しかし、背後の男は、さっと短槍をつかみとめた。恐《おそ》ろしい力だった。引いてもおしても短槍はぴくりとも動かなかった。

なにか言っている。

歯をむきだし、うなりながらバルサはもがいた。

「……バルサ、おれだ！」

その声がようやく耳にとどき、バルサはせわしなく息をつきながら、もがくのをやめた。

「おれだ。……もういい……終わった」

ジグロの言葉の意味が頭にしみこんだとたん、目の前が暗くなった。くずれおちそうになったバルサの身体を、ジグロが抱《だ》きとめた。

「しっかりしろ！　まだ、気を失うな」

浅く息をしながら、バルサは歯をくいしばって、うなずいた。

ジグロはバルサの左の手首をがっちりにぎり、その腕《うで》を自分の首の後ろにまわした。なかば担がれるようにして、バルサは歩きはじめた。腿の痛みが激しくなってきた。足を地面につけるたびに、激痛が走る。

ふたりは、倒れてうめいている男たちの身体をよけて、慎重《しんちょう》に足もとをたしかめながら、ガレ場の斜面を谷川へと下《くだ》りはじめた。この盗賊たちに仲間が残っていたら、この状態で追撃を受ければ、命はない。谷川沿いにひろがっている森に入って、隠れるべきだった。

最後は、ふたりとも、ずるずるとすべりながら、河原におりていった。

＊

血のにおいに満ちた苦痛の靄をつらぬいて、天に昇っていくような、澄んだ歌声と哀愁をおびた調べが、風にただよっている。なかば気を失ったまま、バルサは、その歌声を、ずいぶん長いこと聞いていたような気がした。

だれかと話しているジグロの声が聞こえた。

「……ああ、そうだ。おれは、怪我《けが》はしていない。これは返り血だよ。娘《むすめ》は、右足に矢傷を負っている。それほどの深手じゃないが」

ひんやりとした手が、足の傷に触れたので、バルサはびくっと目をあけた。

だれかが、片膝《かたひざ》をついて、バルサの腿の傷を調べていた。

「深手じゃないなんて……これほどの傷なのに」

なめらかな絹布《けんぷ》で、頬をなでられたような気がした。――こんな声は、聞いたことがなかった。乾《かわ》いた返り血がこびりついているせいで、まつげが重い。それでも、必死に目をあけて、バルサはその声の主を見た。

声がそのまま姿になったような美しい人だった。まっすぐこちらを見つめている目は、深い茶色をしている。

「こんな傷を負っていて、ふたりだけで野宿するのは危険でしょう。ここから、人家があるところまでは、二日はかかるし」

そう言うや、女人《にょにん》は、背後にたたずんでいる奇妙な衣をまとった女たちの一団をふりかえった。

「今夜は、ここで宿りをしましょう。野宿の準備をととのえてちょうだい」

女たちの間に、ざわめきが起きた。なかのひとりが、遠慮《えんりょ》がちに口を開いた。

「でも、お頭……こんなところで、いまから野宿をしてたら、明日《あした》、アハランに着けません」

お頭と呼ばれた美しい女人が口を開きかけたとき、ジグロが太い声で言った。

「サダン・タラムのお頭、お心づかいはありがたいが、おれたちは、大丈夫《だいじょうぶ》だ。――こういうことには、なれている」

「……でも」

言いかけたお頭の言葉を、手でさえぎって、ジグロは言った。

「もし、手持ちに余裕がおありなら、薬草と酒と食糧をすこし、分けていただけるか。もちろん、相応の対価をお支払《しはら》いする」

お頭は目を細めて、ジグロを見つめた。髪にも鬚《ひげ》にも血がこびりついているというのに、自宅の炉辺《ろばた》にいるように平静なその表情を見て、お頭は、うなずいた。

「もちろん、お分けしましょうよ。でも、すこしばっかりの薬草と食糧に、お金なんぞいりません」

首をふろうとしたジグロを、今度はお頭がさえぎった。

「サダン・タラムの心意気を、無駄《むだ》にしないでくださいな。わたしらはね、いい男には、いい顔をしたくなるんですよ。……ねぇ？」

なかば後ろの連中をふりかえりながら、お頭がほほえむと、後ろの連中も笑いながら同意した。

ジグロは苦笑した。

「……ならば、ありがたくご厚意《こうい》をお受けしよう」

男衆が荷馬から薬草と酒と食糧をおろしてくれている間に、女たちが焚《た》き火《び》をたいてくれた。たのんだわけではなかったが、彼女らは小さな鍋に水を汲《く》んできて、手早く湯をわかし、薬草を煮出してくれた。

「だれか、もっと水を汲んでおいでな。この娘さん、血まみれのまんまじゃ、気持ちわるいでしょう」

そう仲間に声をかけているお頭に、ジグロが言った。

「いや、もうこれで充分《じゅうぶん》だ。アハランは遠い。どうぞ、出発してくれ」

「でも……」

言いかけたお頭に、ジグロがこたえるより早く、バルサが言った。

「わたしは、大丈夫です。……血をかぶってたって、死ぬわけじゃない。明日の朝になったら、川で水を浴びれば、いいことです」

お頭がおどろいたように、わずかに目を大きくして、バルサを見た。なにを考えているのかわからぬ目で、じっと、バルサを見ていたが、やがて、うなずいた。

お頭は、仲間たちに、さっと手をふって、出立《しゅったつ》の合図をした。それから、ジグロとバルサをふりかえって、ほほえんだ。

「一度行きあったご縁《えん》。また、どこかで会うことがあったら、今度はおいしいお酒でも酌《く》みかわしましょう」

ジグロが立ちあがり、深ぶかと頭をさげた。

「ご厚情に、感謝する。——つぎに行きあったときは、かならず、うまい酒をご馳走《ちそう》いたす」

バルサも身体を起こして、頭をさげたかったが、手足に鉛《なまり》が入ったようで、どうしても動かすことができなかった。

そんなバルサに、ちらっと笑いながらうなずいて、お頭は、待っている仲間の方へ歩いていった。

サダン・タラムが去ってしまうと、とたんに、あたりが静かになった。バルサは、ぼうっと、彼《かれ》らが歩み去った方を見ていた。

「……矢を抜くぞ」

ジグロの声に、バルサは我にかえった。

太腿に刺さっている矢の周囲を太い指でさぐられて、バルサは顔をしかめた。

「よかったな。やはり、太い血管をそれている」

ジグロは手早く、バルサの腿の付け根に紐《ひも》をかけると、ぎゅっとしばって血止めをした。

「なんか、噛《か》んでろ」

言われるまでもなかった。バルサは、さっきお頭が置いていった布を、自分の口におしこんで、噛みしめた。

ジグロは、酒壺《さかつぼ》から直接酒を口にふくむと、バルサの傷口に吹《ふ》きかけた。刺すような痛みが走ったが、バルサはうめきもしなかった。

だが、矢を抜かれたときは、うめいた。刺さってから長い時間経っているので、肉が矢をまきこんでいたからだ。返しがついていない菱形鏃《ひしがたやじり》だったが、それでも、ジグロは額に汗《あせ》を浮かべて、ぐいぐいと揺すぶりながら抜かねばならなかった。その痛みは、あまりにもすさまじく、抜きおえたあとに、薬草の汁《しる》を傷口にそそがれたことさえ感じないほどだった。

ジグロは大きな手で、ぐっと傷口をおさえると、長くそのままおしつづけた。やがて、出血がおさまってくると、厚布の上に、もう一枚布をきっちりと巻いてくれた。

その間、バルサは声を出さず、ただ頰に涙《なみだ》が流れるにまかせていた。

ほんのすこし、痛みがひきはじめたとき、バルサは口から唾《つば》にまみれた布を吐《は》きだし、つぶやいた。

「……ドジを踏《ふ》んだ」

ジグロが、鼻で笑った。

「そうだな。足場がわるい場所に、自分からおりていくばかがいるか」

ほうりなげるように言うや、鮮血にまみれた布をまるめて、ジグロは立ちあがった。

バルサは目を閉じた。

見なくとも、ジグロがなにをしにいったか、わかっていた。ジグロは、木々の間に細い糸を張り、鳴子《なるこ》を吊《つ》るしにいったのだ。夜襲《やしゅう》を受けぬよう、野宿をするときには、かならずやるしかけだった。だが、今日は、いつもより長く、ジグロはもどってこなかった。

痛みにさいなまれながら、何度か目をあけて、ジグロがもどってこないか森のあたりを見ていたが、日がとっぷりと暮れおちた頃《ころ》、ジグロはようやくもどってきた。サダン・タラムにもらった食糧が入っていた革袋《かわぶくろ》を手に持っている。革袋の底から、ぽたぽたと水滴《すいてき》が落ちていた。

ジグロは、バルサをかかえおこした。革袋に口をつけると、革のにおいがしたが、渇《かわ》ききった喉《のど》にすべりこむ、ひんやりと冷たい水は、天にも昇るほどうまかった。

バルサがたっぷり飲んだのを見とどけると、ジグロは、革袋の水で布を湿《しめ》して、バルサの顔をふきはじめた。

「……いいよ。あした、自分で……」

言いかけたバルサを無視して、ジグロは、ごしごしとバルサの顔にこびりついた血をふきとった。

怒《おこ》ったような顔で、血をぬぐってくれているジグロの目は、底なしに暗かった。ジグロがなにを思っているのか、考えたくなくて、バルサは目をつぶった。

＊

いつの間にか、キイはうたいおえ、サダン・タラムたちは炉に新たな薪《たきぎ》をくべて就《しゅう》寝《しん》の支度をはじめていた。

淡《あわ》い影《かげ》のようなその姿をぼんやりとながめながら、バルサはまた、はじめてサダン・タラムと行きあった、あの遠い日のことを思っていた。

（……迷惑《めいわく》ばっかりかけていたな）

あの頃は、やりたいことと、やってしまうことが、いつもどこかずれていた。それがなぜかわからなくて、ただただ、いらついていた。

あのあと、自分がやってしまったことを思いだし、バルサはおもわず苦笑いを浮かべた。

偶然《ぐうぜん》、自分たちを裏切った護衛士と酒場で出会ったのがいけなかった。あの偶然は、闘犬の目の前で、肉片《にくへん》をふったようなものだった。

ひとりで片をつけようと、勇んで罠にすすんで突っこんでいって、ずだぼろになった。みじめな犬っころみたいなかっこうでジグロのところに行き、もう、ひとりで生きられるから、別れよう、と言ったバルサに、ジグロはただ、詩をひとつ吟《ぎん》じて、言ったのだ。

——そんな借金をしているような顔でおれを見るな。

（よくまあ、あんなばかな娘に、淡々《たんたん》とつきあえたもんだ）

バルサはため息をついた。

あたたかく火が燃える暖炉の脇で、クルミを割っていたジグロの顔が目に浮かんだ。

（父さんは）

迷うこともあったのだろうか。ただでさえむずかしい年頃の、狂犬《きょうけん》のようにおさえがたい衝動にふりまわされていた娘を、どう育てるか、悩《なや》むこともあったのだろうか。

まるでそんな素振《そぶ》りは見せなかったが……。

血を流しつづけている娘の心の傷を、分厚い手でおさえるように、夏はトロガイの家で過ごそう、と言ってくれた声を、いまも思いだせる。

（わたしがずだぼろになると、いつも、あの家に帰ろう、と言ったなあ）

なににも頼らぬ人に見えたが、考えてみれば、トロガイとタンダには、ずいぶんと頼っていたのだ。

（あの家がなかったら）

自分たちはもっと、ずっと、悲惨《ひさん》だっただろう。

いつしか月もかたむき、わずかに残る空明かりのもとで、大地が黒々と闇に沈《しず》んでいる。

サンサたちはもう夜具にくるまって、すうすう寝息をたてていた。

（あの年は、結局、タンダのところへは帰らなかった）

トルアンまでの契約《けいやく》にして護衛に入った隊商もまた、トルアンまで行きつかなかった。

（縁というのはふしぎなものだ）

ときに、しかけたように人と人の運命をつなぐ。

バルサは夜風の声を聞きながら、また、遠い日々へと心をさまよわせていった。

第二章　遠き日々

1　奇妙《きみょう》な隊商

朝食の皿に、タハル（塩と香辛料《こうしんりょう》で漬《つ》けこんだ豚肉《ぶたにく》料理）がのっているのを見て、バルサは、おもわずジグロにささやいた。

「ずいぶん豪勢《ごうせい》な朝食だね。この隊商には、大金持ちの息子《むすこ》でもくわわっているのかな」

タハルに甘酢《あまず》漬けの野菜をのせながら、ジグロはうすく笑った。

「そうだな。規模に似合わん食事だな」

出発して一日目の夜が明けたところだった。

隊商を指揮している商人頭《しょうにんがしら》は、急ぐ旅であることをさかんに強調していて、若い馬方たちは朝食にありつく前に天幕をたたまされていたが、商人たちと護衛士たちには、早々に朝食が出た。草地の上で、めいめい膝《ひざ》の上に皿をのせて食べるだけの朝食なのに、タハルや、つけあわせの甘酢漬けまで出されるというのは、めずらしいことだった。

このくらいの規模の隊商の場合、野営をした朝は、埋《うず》み火《び》をかきおこして湯をわかし、隊商にくわわっている者たちが、それぞれ熱いお茶をいれ、かたくなっているバム（無《む》発酵《はっこう》のパン）をお茶にひたして食べるぐらいで、こんなふうに皿まで出して食事をすることなど、まずありえない。

ひと口タハルを口に入れて、バルサはまたおどろいた。香辛料のぴりっとした辛《から》さと、とろけるような脂肪《しぼう》の甘さがあいまって、じつにうまい。

「……うまいだろう、このタハルは」

向かい側に座《すわ》っている、大柄《おおがら》な護衛士が、バルサの表情を見て、にやっと笑った。

「これは、豚の腰肉《こしにく》のタハルだ。食べるのは、はじめてか？」

バルサがうなずくと、護衛士は、そうだろう、という顔をした。

「アルザが落馬して、おまえたちには幸運だったな」

アルザというのが、この隊商の道案内として雇《やと》われていた護衛士だったことは、バルサも聞いていた。その男が落馬して足を骨折したせいで、急遽《きゅうきょ》、北部の道にくわしい護衛士を探すことになり、その結果、ジグロとバルサが雇われたのだ。

こういう朝食を食べられる隊商に雇われて幸運だというのはそのとおりだったが、

男の言い方に、バルサはむっとした。ジグロは一流の護衛士だ。雇われて幸運という立場ではない。むしろ、雇えた隊商が幸運だったと言われる立場にあるはずだ。

そう考えたとき、ふっと、なんともいえぬ違和感《いわかん》が胸をさすり、バルサは言いかえそうとした言葉を口に出さずにのみこんだ。

朝食を食べながら、バルサはさりげなく、隊商についてきている七人の護衛士たちを見まわした。最初にこの隊商に引きあわされたときも思ったが、わずか三人の商人たちを守るために、七人の護衛士というのは、いささか多すぎる気がした。自分たちをふくめると九人もの護衛士を雇って、しかも、こんな豪勢な食事を出して、採算がとれるのだろうか。

朝食を終え、皿を料理番に返しにいっている護衛士たちの後ろに並んだとき、バルサは、もうひとつ、あることに気づいた。

「……父さん」

隊商が動きはじめて、しばらくしてから、バルサは馬を寄せて、ジグロにささやいた。

「この隊商、変だよ」

隊商の先頭になって隊を導いているジグロは、周囲に気を配りながら、バルサの顔を見ずに短く問うた。

「どういうふうに」

「もとからこの隊商についている護衛士たち……護衛士じゃないと思う」

ジグロは、ちらっとバルサを見た。

「根拠《こんきょ》は？」

バルサは、朝食のときの会話の違和感を説明した。

「あいつら、ジグロの評価状を見ているんだから、ジグロが一流だって知っているはずでしょう？　生《は》え抜《ぬ》きの護衛士なら、あんなことを言うわけがないよ」

護衛士は、一流の護衛士に対しては敬意をはらうものだ。たとえ自分も一流であったとしても、見くだすような言葉を吐《は》くはずがない。

「それに、あいつらの短剣《たんけん》、柄《つか》の巻き革《がわ》が、鞘《さや》に比べて新しすぎる。ひとりなら、巻き革を換《か》えたばかりだってこともあるだろうけど、七人全員がそろって真新しい巻き革を巻いているなんて、変だよ」

護衛士は、しょっちゅう短剣を使う。短剣は闘《たたか》うときに使うだけでなく、食事のときに肉を切ったり、野営をするときに枝をはらったりもするからだ。バルサの短剣の巻き革も手の脂《あぶら》がしみこんで黒ずんでいる。

ジグロがつぶやいた。

「護衛士でなければ、なんだ」

バルサはジグロを見あげた。

「兵士だと思う。——巻き革で、主家の紋章《もんしょう》を隠《かく》しているんだよ、きっと」

それを聞くと、ジグロは正面をむいたまま、ほほえんだ。

「……おまえも、目ができてきたな」

かすかに手綱《たづな》をひいて、馬の速度をおとし、後ろの隊商との距離《きょり》を調節しながら、ジグロはささやいた。

「耳と目を、働かせていろ。——気《け》どられんようにな」

バルサは前を見たまま、ささやき声でこたえた。

「わかった」

日暮れが迫《せま》り、馬方たちが野営のための天幕を張りはじめたとき、隊商の商人頭がジグロに近づいてきた。

「先導、ご苦労だったね」

商人頭は、小柄《こがら》だが、貫禄《かんろく》のある男だった。まだ五十代のはじめだったが、側頭部の髪《かみ》はまっ白で、夕暮れの光がその白髪《はくはつ》を光らせている。

ジグロは、商人頭のねぎらいの言葉に、軽く頭をさげた。

「北部は道がわるいと聞いていたが、それほどでもないようだね」

「このあたりはトルアンにむかう隊商が多く通る道ですから。トルアンまでは、ご心配になるような悪路はありません」

「そうか。それはありがたい。それなら、明日《あした》はヤッカルの宿場街まで行かれるかね？」

「道中なにごともなければ、大丈夫《だいじょうぶ》でしょう」

ジグロがうけあうと、商人は、ほっとしたような顔をした。

「よかった。ならば、明日は屋根の下で、あたたかい寝台《しんだい》に眠《ねむ》れるな」

そう言ってから、商人頭は顎《あご》のあたりをなでた。

「ところで、あなたは、マッハル沼《ぬま》というのを知っておられるかね」

ジグロはうなずいた。

「知っていますよ」

「行くとしたら、ここから、どのくらいかかるね？」

ジグロは、じっと商人頭を見つめた。

「……一日半ぐらいですが、ヤッカルの宿場街の先で枝道に入らねばなりません。トルアンに行くには、かなりの遠まわりになりますが」

商人頭は、ほほえんだ。

「急がせておいて、なんでわざわざ遠まわりをと思っておいでだろうが、それなりの理由があるんですよ。

わたしの家は、代々、カッチナ（占《うらな》い師《し》）の言葉を信じて商売をしているんです。カッチナの言葉など信じないという方《かた》もいますがね、身代がゆらぐことなく、それどころか代ごとに大きくしながら、五代も商売を続けてこられたのは、カッチナの言葉をないがしろにしなかったからだと、わたしは思っているんですよ」

ジグロはだまって商人頭の言葉を聞いていた。商人頭は言葉を継《つ》いだ。

「この旅に出るときにも、カッチナにお伺《うかが》いをたてたんです。すると、カッチナは、三つの地名を紙に書き、たとえ大変な遠まわりになっても、かならずこの地に立ち寄りながら、目的地まで行くようにと言ったんですよ」

「そのひとつが、マッハル沼ですか。あとのふたつは、どこと、どこです？」

商人頭は、ジグロの目をまっすぐに見ながらこたえた。

「ケミルの丘《おか》と、エウロカ・ターン〈森の王の谷間〉です」

ジグロは商人頭の目を見つめかえし、静かに問うた。

「あなたは、ターサ氏族のご出身ですか」

商人頭は首をふった。

「いいえ。カサル・ア・ロタ（ロタの幹。ロタの主流氏族出身という意味）ですよ。だからこその道筋なんです。わたしの祖先は、どうもターサ氏族に恨《うら》まれるようなことをしたらしい。カッチナは、北部との商売に手をひろげるなら、最初の隊商を組むときに、ロタとターサの古戦場や、因縁《いんねん》が深い土地をまわって、鎮魂《ちんこん》をしてくるようにと忠告してくれたんですよ」

夕日が山陰《やまかげ》に沈《しず》み、山の稜線《りょうせん》が淡《あわ》い金色に輝《かがや》いている。夕日の残光を背にしている商人頭の顔は、ぼんやりと陰に沈んでみえた。

「あなたもご存じのようだが、マッハル沼は〈マッハル沼の悲劇〉の舞台《ぶたい》となったところです。沼で鴨猟《かもりょう》をしていたターサ氏族の若者たちが、襲撃《しゅうげき》のために潜《ひそ》んでいると思われて、ロタ氏族の戦士たちに射殺《いころ》されたという伝説がある沼だ。カッチナは、その悲劇が起こったというウグルサム〈青葉ノ月〉の十五日にその沼で鎮魂の祈《いの》りをささげれば、幸運が巡《めぐ》ってくるとわたしに告げてくださったのです。

トルアンには、無事に着いて商売ができればいいので、到着《とうちゃく》を急ぐ必要はありません。逆方向へ大まわりするような旅になりますが、わたしにとっては、カッチナが占ったとおりの順序で三つの場所を巡って、商売の成功のための厄祓《やくばら》いをすることのほうがずっと大切なのです」

風が、カッル（マント）の裾《すそ》をパタパタとおどらせている。両手をこすりあわせながら、商人頭はたずねた。

「どうでしょうね、ウグルサム〈青葉ノ月〉の十五日に、マッハル沼に着くことはできますか？」

ジグロはうなずいた。

「ええ。間にあうでしょう。だが、沼に着くのは日暮れどきになりますよ」

商人頭は苦笑《くしょう》した。

「沼地で野営というのはつらいですな。だが、これも商運を招くため。すこしくらいの苦労は我慢《がまん》しましょう」

商人頭が、仲間の商人たちの方へ歩み去ると、バルサは馬の手綱を木の幹にむすびながら、ジグロに顔をむけた。

「ほかの商人たちも、遠まわりすることを承知しているのかな」

ジグロは、それにはこたえず、商人たちと護衛士たちが、天幕の前で、なにか話しあっているのをながめていたが、やがて低い声で言った。

「バルサ、おまえ、明日からは、しんがりを守れ」

肩《かた》に鼻面《はなづら》をおしつけてくる馬をなでてやりながら、バルサはうなずいた。

隊を先導せねばならないジグロは、背後のようすを把握《はあく》することがむずかしい。最後《さいこう》尾《び》について、隊全体のようすを観察しろと、ジグロは言っているのだ。

やがて、チィン、チィンと真鍮《しんちゅう》の食器を打ちあわせる音が聞こえてきた。料理番が、夕食の用意ができたことを告げる合図だった。

歩きだしたジグログロに追いついて、歩きながら、バルサはささやいた。

「夕飯はなにかな」

ジグロはなにも言わずに、ほほえんだ。

2　マッハル沼の悲劇

宿場街を出て、マッハル沼へむかう枝道に入ったのは、そろそろ日がかたむきはじめる時刻だった。

いま、この枝道をすすんでいるのは、商人頭と護衛士だけだった。沼へむかう枝道は悪路だろうからと、商人頭が、ほかの商人たちや料理番は、荷とともに宿場に残し、あとで合流すると決めたからだ。

「わたしのために、みんなが沼地での野営の苦労をする必要はありません。なに、一晩くらい、なんとかなるでしょう」

商人頭はそう言ったが、おどろいたのは護衛士たちの行動だった。荷を守るために数人が残るべきだろうに、だれも宿に残らず、商人頭についてマッハル沼にむかうという。

「宿の用心棒に、たっぷり心づけをしてありますから、荷は大丈夫でしょう。護衛士たちも有名な〈マッハル沼の悲劇〉の舞台を見たいと言っていますし、ついてきてもらえば、わたしも安心ですからね」

ジグロは異を唱えずにうなずいたが、バルサは、ジグロの顔を見たくなる気持ちをおさえて、心の中でつぶやいていた。

(なんだ、そりゃ。物見遊山《ものみゆさん》じゃあるまいし)

この護衛士たちが、じつは兵士なのだとすれば、いったいなんで、こんなことをしているのだろう? その疑問が、いよいよ胸の中でふくらんでいたが、どう考えてみても、答えは浮《う》かんでこなかった。

かたく踏《ふ》みならされた街道《かいどう》から、枝道に入ったとたん、ひどい悪路になった。ところどころに泥濘《ぬかるみ》のあるでこぼこ道で、馬の脚《あし》がとられ、乗り手の身体《からだ》を揺《ゆ》さぶった。

中年の護衛士が手綱をゆるめて、しんがりを務めているバルサの脇《わき》に並んだ。

「ひどい道だな」

話しかけられて、バルサはうなずいた。

「ええ」

護衛士はほほえんだ。

「なかなかみごとな手綱さばきだ。こんな道なのに、身体の重心がくずれていない」

「ありがとうございます。こういう道にはなれていますから」

その答えを聞くと、護衛士は、ふっと眉《まゆ》のあたりをくもらせた。

「失礼だが、きみは、いくつだね」

「十六です」

護衛士は、ため息をついた。

「十六か。わたしの長女と同い年だ。……娘《むすめ》は昨年の暮れに嫁《とつ》いで、わたしが家を出るすこし前に、子ができたと知らせてきた」

ずっと前をすすんでいるジグロを見やりながら、護衛士はつぶやいた。

「いくらカンバル人でも、十六の娘をこんな仕事にひきずりこむのは感心せんな」

バルサは手綱をにぎりしめた。

「……わたしがこの仕事をしているのは」

怒《いか》りにかすれた声で、バルサは言った。

「貧しいからでも、父にひきずりこまれたからでもありません。——なにも知らないくせに、父を悪《あ》しざまに言わないでください」

護衛士が、おどろいたように眉をあげた。

しばらくだまっていたが、やがて、低い声で言った。

「失礼なことを言ったな。ゆるしてくれ」

バルサはだまっていたが、護衛士が率直《そっちょく》にあやまったことに、おどろいていた。

「勝手に人を哀《あわ》れんだり、さげすんだりするのは、たしかに最低な行為《こうい》だな。——ばかなことを言ったものだ」

護衛士はため息をついた。

「娘と同い年だと聞いたせいで、つい、よけいなことを考えた……」

その言葉は、バルサに言っているというより、独り言のようだった。

それ以後は話しかけてこず、カッルを喉《のど》もとでおさえながら、護衛士はバルサの脇を黙々《もくもく》とすすんだ。なにを考えているのか、その目には、ひどく暗い色が浮かんでいた。

甲高《かんだか》い声で鳴きながら、水鳥がゆったりと頭上を飛びかい、風にのって、水のにおいがただよってきた。風向きによっては、卵が腐《くさ》ったような鼻を刺《さ》すようなにおいも感じられた。

ヒル・タァ（燃える瘴気《しょうき》）のにおいだ。沼地には、ヒル・タァが立ちのぼっている場所がある。そういう場所で、うっかり焚《た》き火《び》をしたりすると引火して大変なことになるので、野営するときには、気をつけねばならない。

（野営の場所を探すのが、面倒《めんどう》だなぁ）

バルサは心の中でため息をついた。

ここには、前に一度だけ来たことがある。さまざまな商《あきな》いをしている商人たちの一行の護衛をしていたとき、矢羽根に使うと最高の、アハラ（水鳥）の羽根を買うために、この沼地のそばに暮らしている猟師の家に立ち寄ったのだ。

そのときアハラ猟も見せてもらった。猟師は、この道の先の岸辺でヒル・タァが立ちのぼっている場所を示して、このそばでは野営をするなと警告してくれたものだ。

この道は、もともと、そういう水鳥を狩《か》りにいく猟師たちが、足場のよい場所をさがしながら歩くうちに、踏みならされてできた道だったから、街道のようにまっすぐのびている場所は少ない。

このあたりは丘陵地帯《きゅうりょうちたい》なので、ゆるやかな上り下りも多かった。はじめは、ほぼ等間隔《とうかんかく》にひろがってすすんでいた隊列は、すすむうちにしだいにばらけてのび、先頭を行くジグロの姿は見えなくなっていた。

やがて、小高い丘があらわれた。丘の上は日の光にやわらかく照らされていたが、裾野の林はもううす闇《やみ》に沈んでいる。

前を行く護衛士たちが丘を登りきり、彼《かれ》らの姿が、丘のむこうに消えて、しばらく経《た》ったとき、かすかなざわめきが風にのって、丘のむこうから聞こえてきた。

馬を並べていたバルサと護衛士は、ちらっと目を見あわせると、馬の脇腹を踵《かかと》で蹴《け》って、一気に丘の上へと駆《か》けあがった。

丘を登りきると、息をのむような広大な風景が眼下にひろがった。

湖のように広い沼と、それをとりかこんで、彼方《かなた》までひろがる葦《あし》の原。

葦の丈《たけ》は、馬に乗っている商人頭や護衛士たちの姿を隠すほどで、前を行っていた護衛士たちの姿はすでに、なかば、その葦の原の陰に隠れてしまっている。

道の先、沼の岸辺にいたるあたりに、旗のようなものが見えた。かつては白かったのだろうが、風雨にさらされて、いまは茶色く変色していた。

風になびいているその旗の下に、旗をかこむように数人の人影《ひとかげ》がたたずんでいるのが、葦の間にちらちらと見えた。その人びとのあざやかな色の衣《ころも》には見覚えがあった。

（あ、サダン・タラムだ……）

そう思ったとき、バルサは、前を行く護衛士たちが、おしころした声をかけあいながら、背負っていた弓をはずして、手に持つのを見た。

先頭にいるジグロがふりかえり、なにか言いながら、サダン・タラムを背後にかばうようにして、護衛士たちをおさえるしぐさをしたが、護衛士たちは弓をおろさなかった。

商人頭が馬で駆けおりながらなにか声をかけると、護衛士たちが、矢を放ちはじめた。

ジグロが間にいるにもかかわらず、サダン・タラムにむけて矢を放っている。

「父さん！」

おもわず、バルサは叫《さけ》んだ。ジグロの短槍《たんそう》が風車のように回転して矢をはじくのを見たとき、バルサは、脇にいる護衛士が動くのを感じた。

「ゆるせ……！」

護衛士は剣帯から鞘ごと剣を抜き、馬にまたがっているバルサの脚めがけて、思いきりふりおろした。バルサはとっさに短槍をかたむけてそれを受けたが、短槍が腿《もも》にぶちあたって、痛みが走り、体勢がくずれた。

それを見て、護衛士は左足で、バルサを蹴ろうとした。騎馬戦《きばせん》を得意とするロタ兵らしい戦法だったが、バルサは短槍を地面につけ、ぐいっとかたむけて、柄《え》でその足をはじいてそらすや、ぱっと短槍を持ちあげながらふって、護衛士の馬の耳をたたいた。

護衛士の馬が悲鳴をあげるようにいないて棹立《さおだ》ちになり、片足を浮かしていた護衛士は馬の背から転げおちた。バルサは短槍をふりあげ、石突《いしづき》で、地面に倒《たお》れている男の鎖骨《さこつ》を激しく打った。

鎖骨が折れる手ごたえを感じると、あとは男に一瞥《いちべつ》も投げずに、バルサは馬の腹を蹴った。しかし、丘をなかばまで下《くだ》ったとき、バルサは手綱をひいて馬を止めた。

このまま加勢にとびこんでいっても、葦原に隠れて矢を射ている男たちを相手に、ふたりきりでは分がわるすぎる。サダン・タラムの男たちの中にも、弓を構えて応戦しようとしている者もいたが、葦にさえぎられて、どこに敵がいるのか見えていない。対して、最初にサダン・タラムの位置を高所から見さだめていた護衛士たちは、おおよその位置にむけて次つぎに矢を射ている。女たちの悲鳴が聞こえ、男がふたり、矢にあたって倒れるのが見えた。

多勢に無勢をひっくりかえすには、混乱をひきおこすしかない。だが、下手にやったら、自分たちも逃《に》げ場《ば》を失う可能性があった。

あせる気持ちをこらえて、ぐるっと沼を見わたすと、ある光景が目にとびこんできた。とたんに、目の前が明るく開けたような気がした。

（よし、あれを使えるなら、やれる！）

バルサは弓を背からおろして膝の上に置き、箙《えびら》から矢を三本抜いて腋《わき》の下にはさんだ。鞍《くら》にくくりつけてある袋《ふくろ》の口をほどき、中から昼食の残りのバムをとりだすと、小さくちぎってにぎり、矢の先に突《つ》き刺した。ぎゅっとにぎって鏃《やじり》をおおうように固定すると、灯油の壺《つぼ》に矢の先をひたした。

それだけの作業を手早く済ませると、手近に生えているガマの穂《ほ》をちぎってにぎりつぶし、ほぐしてから、鞍金具に火打石をたたきつけて火花をちらして火をつけた。その即席《そくせき》の火口《ほくち》に灯油まみれのバムでおおった鏃をおしつけると、弓をとりあげ、燃えている矢を、闘っている人びとの頭上にむけて、ヒョウッと放った。

しかし、矢の先が重いせいだろう。火矢は目標のはるか手前に落ち、泥《どろ》に刺さって消えてしまった。

バルサは舌打ちをし、今度は角度をかえて、第二矢を、はるか天空にむけて放った。炎《ほのお》の尾《お》をひいて天に舞《ま》いあがった矢は、ぐうんと弧《こ》をえがいて、葦原に落ちていった。矢が葦の間に消えた……つぎの瞬間《しゅんかん》、ぱっと葦原が燃えあがり、あっという間に火が横走りしはじめた。ヒル・タァに引火したのだ。

それを見とどけるや、バルサは脚だけで馬を御《ぎょ》しながら丘を駆けくだった。わざと葦原の中に駆け入り、短槍で葦をたたき、鳥の群れを追い立てながら駆けおりていく。

火と煙《けむり》と、群れ飛ぶ鳥たちが、大混乱をまきおこし、男たちは火からのがれようと、丘へむかって動きはじめた。

ジグロは、ふたりの男と激しい闘いをくりひろげていた。そのうちのひとりは商人頭だった。

バルサは、商人の偽装《ぎそう》をかなぐりすててジグロに斬《き》りかかろうとしている商人頭の頭を短槍で激しく打って落馬させるや、ジグロにどなった。

「ついてきて！」

ジグロは正面の男を短槍でたたきふせると、うなずいて、馬の手綱をぐっとひき、バルサのあとを追った。

沼の岸辺まで出ると、バルサは馬からとびおりた。そして、矢にあたった男たちにむらがっているサダン・タラムの人びとにどなった。

「その人たちを背負って、早く、あっちへ！」

だが、痛みにうめいている怪我人《けがにん》は重く、あせっている男たちは持ちあげられずにいる。

バルサと同じく馬をおりて駆けよってきたジグロは、怪我人の身体の下に手を入れるや、あっという間にその身を起こし、立っている男の背にのせてやった。

「もうひとりは、おれが背負う！　おまえたちは先に行け！」

そう言うや、ジグロは、大柄な怪我人を肩に担《かつ》ぎあげた。

パチパチ音を立てながら葦を燃やし、舐《な》めるように迫ってくる火におびえている馬を放して、バルサはサダン・タラムを追いたてた。

「あそこに、舟《ふね》がある！　あの舟に乗るんだよ、急いで！」

見覚えのある女人《にょにん》がうなずいて、仲間たちをバルサが指さしている方角へと導きはじめた。さっき丘の上から見た光景にまちがいはなかった。水鳥猟をする猟師たちの小舟が、数艘《そう》、葦原にもやってある。

バルサは舟に駆けよるや、短剣を引き抜いて、舫綱《もやいづな》をたたききった。

「早く乗って！」

三艘の舟に分かれて、サダン・タラムたちが乗りおえると、バルサとジグロ、そして、サダン・タラムの若者がひとり、手分けして、一艘ずつの舟尾《しゅうび》についた。

「棹をさしなさい！」

頭のよく通る声が響《ひび》き、舟に乗っている男たちが棹を岸辺の泥に突き刺した。

「さあ、おして！」

頭の掛《か》け声《ごえ》とともに、棹をさしている男たちと、バルサたちが、力を合わせて舟を沼へとおしだした。舟はずるずると岸辺をすべり、すうっと水面に浮かんだ。

泥にめりこんだ足を懸命《けんめい》に引き抜きながら、三人は水しぶきをあげて沼にとびこみ、舟にとりつくと、乗っている人たちの手に助けられながら、中に転がりこんだ。

舟が無事に動きだし、矢もとどかぬところまで来ると、流れてくる煙にむせながら、サダン・タラムたちは歓声《かんせい》をあげた。

ふりかえると、数人の兵士たちが丘の中腹に立ち、こちらを見おろしている姿が、もうもうと立ちのぼっている煙の間から、小さく見えた。

ごうごうと火が岸辺の葦原を焼きながらひろがっている。その勢いに、バルサはおびえた。

「このままじゃ……」

つぶやいた、バルサの肩に、だれかが手をおいた。ふりあおぐと、サダン・タラムの頭が、バルサの肩に手をおいたまま、葦原を見つめていた。

「風が沼にむかって吹《ふ》いているから、大丈夫でしょう。空にも雨雲があるわ。煙が雲を呼んだのよ。大事になる前に、消えてくれるわ」

頭が、視線をうつしてバルサを見つめた。

「ありがとう。……ほんとうに。おかげで、命拾いをしたわ」

美しい目だった。

バルサは照れて、視線をそらした。

「前に、助けてもらいましたから。――貸し借りなしです」

バルサは、兵士たちがいる丘の方に目をやった。

「やつらは夜まで動かないでしょう。あの道から遠いところで、舟をつけられるところがあるといいんですが」

頭がうなずいた。

「ヤッカルへ行く道とは逆の、ホカルへ行く街道に通じる小道が沼の東にあるわ。もうすこし暗くなったら、そっちへ舟をまわしましょう。……キイ、ほかの舟に、太鼓《たいこ》で伝えて」

キイと呼ばれた若い大柄な娘が、うなずくや、背負っていた小太鼓を腹の方にまわして、トゥラゥラ……と調子をつけてたたきはじめた。

すぐに、そばにいる二艘の舟から、短い太鼓の音が聞こえてきた。頭がほほえんだ。

「これでいいわ。……さあ、暗くなるまでに、怪我人の手当てをしましょう」

バルサが乗っている舟の怪我人は、矢を肩に受けていた。ジグロが乗っている舟に、うつぶせに横たわっている男は、腰のあたりに矢を受けている。痛みはひどいようだったが、どちらも致命傷《ちめいしょう》ではなかったし、さほど深手でもなかった。

日が暮れるにしたがって風が強くなってきた。天空を雨雲がぐんぐん走っている。人の顔もさだかに見えなくなった頃《ころ》、サダン・タラムの男たちは、いっせいに櫂《かい》をこぎはじめた。じつに手なれた櫂さばきだった。

「……すごいね」

舟がぐんぐん走りはじめたのにおどろいて、バルサがつぶやくと、太鼓をたたいていたキイという娘が、誇《ほこ》らしげに言った。

「わたしらは、葦原にかこまれた島で暮らしているんだもの。舟は足みたいなもんよ」

襲《おそ》われた恐怖《きょうふ》と、そこから逃げだせたという快感がいりまじった興奮が、人びとを活気づけていたが、雨が降りはじめると、みな、しだいに無口になっていった。

日が暮れおち、まだ葦が燃えつづけている遠い岸辺だけが、闇の中に赤く浮かびあがって見える頃、三艘の舟は、ゆっくりと沼の東側の岸辺にたどりついた。

3　護衛の条件

雨の夜の野宿ほど、みじめなものはない。

それでも、サダン・タラムもバルサたちも、野宿にはなれていたから、逆さまにして木にさしかけた舟と油紙で、黙々と雨よけをつくった。

雨の中で焚き火をたくのはむずかしいが、バルサたちは濡《ぬ》れた枝の皮を器用に小刀ではいで、乾《かわ》いている内側をささらに削《けず》り、ちょっと灯油を使って火をおこした。

焚き火が燃えあがると、心がほっと楽になるものだ。

サダン・タラムの人びとは、背負っていた荷から小ぶりの鍋《なべ》を出して湯をわかし、お茶に蜜《みつ》を入れたものをつくった。熱くて甘いお茶は、腹の底から身体をあたためてくれた。落ちついて顔ぶれをながめてみると、サダン・タラムは男女がそれぞれ六人ずつの十二人で、男女ともに、十代後半くらいから五十代ぐらいまで、さまざまな年《ねん》齢《れい》の者がいた。

矢にあたったのは、三十代ぐらいの男と、四十をすこし出たくらいの男で、荷運びを担当している者たちだという話だった。

サダン・タラムの頭《かしら》は、熱いお茶をすすっているジグロとバルサを見ながら口を開いた。

「あらためて、お礼を申しあげます。わたしは、サダン・タラムの頭で、サリと申します。今日は、あなたがたのおかげで命拾いをいたしました。ほんとうに、ありがとうございました」

ジグロが、首をふった。

「いや、我われも、あのとき、あなたがたに助けていただいた。あのご恩を返す機会をあたえられて、天に感謝している」

そう言ってから、ふと思いついたように、ジグロはつけくわえた。

「名のりがまだだったな。おれはジグロという。この娘はバルサ。父娘《おやこ》で護衛士や用心棒をやって食っている流れ者だ。こいつは、まだ十六だが、人並みに働ける」

それを聞くと、サリはほほえんで、バルサを見た。

「ほんとうに。あなたは、お若いのに、思いきったことをなさる。びっくりしましたよ」

バルサは目のやり場にこまって、茶碗《ちゃわん》に視線を落とした。ジグロがめずらしく笑顔《えがお》になり、バルサの頭をぐいぐいとなでた。

「今日は状況《じょうきょう》の使い方がみごとだったな。──おれも、命拾いをした」

ふたりに褒《ほ》められて、バルサはまっ赤になった。

「そんなことより、父さん、あのときなにがあったの？　丘の上からじゃ、声が聞こえなかったんだけど、あいつら、なにを言いながら矢を射はじめたの？」

ジグロは笑みを消した。

「盗賊《とうぞく》だ、と叫んで、矢を射はじめた」

サリが、眉をひそめた。

「では、わたしたちを盗賊とまちがえたのですか？」

「いや」

ジグロが首をふった。

「そうではなかろう。盗賊ではない、サダン・タラムだと叫んだおれの声は、彼らに聞こえていたはずだ。だが、彼らは、かまわずに矢を射てきた」

「それに」

と、バルサが口をはさんだ。

「ほかの連中が矢を射はじめたとたん、わたしの脇にいたやつが、わたしに、ゆるせってあやまりながら、襲いかかってきた。――彼らは最初から、あなたがたを狙《ねら》っていたんだよ」

言いながら、バルサはジグロを見た。

「わたしらも、口封《くちふう》じに殺してしまうつもりだったんだ」

あやまりながら襲いかかってきた男の、苦しげなまなざしが心の中によみがえってきた。

最初の一撃は、剣《けん》で斬るべきだったのに、鞘で打ってきた。あの男の気持ちを考えると、複雑な感情が胸をふさいだ。

「あなたがたは、襲撃される理由をお持ちなのか」

ジグロの問いに、サリは眉を寄せて首をふった。仲間たちに目をやって、

「だれか、心当たりがある？」

と、問うたが、だれもが顔をくもらせて首をふるばかりだった。

「いったい、あの男たちはだれなんです？　わたしらを襲って、なんの得があるのかしら？　お金を持ってるわけでもない、流れ者の楽師なのに……」

ジグロは顎鬚《あごひげ》をなでた。

「おれたちは途中《とちゅう》からあの隊商にくわわったんだ。落馬した道案内のかわりとしてな。

口入れ屋は、彼らを、北部へ商いの伝手《つて》をひろげにいく商人たちだと言っていたが、彼らを守っていた護衛士は、あきらかに、どこかの領主につかえる兵士だった」

ジグロは、バルサと推察していたことを説明した。そして、サリを見ながら、静かな声で言った。

「いまから考えると、まちがいなく、彼らの目的はあなたがたを殺すことだったのだと思う。ウグルサム〈青葉ノ月〉の十五日に、マッハル沼に行きたいと言って案内させたのは、あなたがたが、今日、あそこに行くことがわかっていたからだろう」

サリはあおざめた。

「……そんな、いったい、なぜ？」

「さあ、おれには見当もつかんが、商人頭はマッハル沼のほかに、ケミルの丘と、エウロカ・ターン〈森の王の谷間〉へも行きたいと言っていた。今日、あそこに、あなたがたがいなかったら、ほかの場所であなたがたと出会えるよう、計画していたように思えるのだが……。

おれはさほど詳《くわ》しくは知らないが、あなたがたは、たしか、ターサ氏族が眠る場所で鎮魂の儀式《ぎしき》をおこなうのではなかったかな。そういう話を聞いたことがあるが。マッハル沼も、ケミルの丘とエウロカ・ターン〈森の王の谷間〉も、みな、あなたがたが立ち寄る場所ではないのか」

サダン・タラムたちは、ざわめいた。青い顔をして、サリがうなずいた。

「ええ……どこもみな、わたしたちが立ち寄る場所です」

彼らはいっせいにしゃべりはじめたが、自分たちがこんなふうに計画的に襲われる理由を推察できた者はだれもいなかった。

小雨にうたれて小さくなっていく火をかきおこしながら、キイが言った。

「ねぇ、お頭、わたしらが襲われる理由なんて見当もつかないけどさ、そいつら、ずいぶん、わたしらのことに詳しいよね。一族以外の者で、わたしらが、いつ、どこに立ち寄るか知ってるやつなんて、いるのかしら？」

その言葉に、人びとはぎょっとした表情になった。

「キイ、あんた、一族のだれかが、この襲撃にかかわっているって言うの？」

二十代なかばくらいの女が、きつい声でキイを問いつめた。

「そんな、怖《こわ》い顔しないでよ、サンサ。わたしだって、そんなこと、考えたくもないけどさ、でも、気にならない？」

サンサと呼ばれた女は、鼻を鳴らした。

「わたしらがターサ氏族の悲劇にまつわる場所を鎮魂してまわっているってことは、

べつに秘密でもなんでもないよ。ロタの連中が、勝手に忘れ去ってしまっただけでさ。まだ、おぼえている人がいたって、ふしぎじゃないだろう？」

じっと考えていたサリが、顔をあげて、ふたりを見た。

「そうね。そのことは、おいおい考えることにしましょう。いまは、急いで考えねばならないことがあるから」

そう言って、サリは、ジグロに視線をうつした。

「あなたがおっしゃったように、あの人たちが、わたしらを殺そうとしているなら、これからどうするか、考えなくては……」

ジグロはうなずいた。

「彼らはケミルの丘で待ちぶせるだろう。行く場所と、行く日にちを、変えるわけにはいかないのか？」

サダン・タラムたちはだまりこんだ。

やがて、サリが口を開いた。

「それは、できません。鎮魂をしてこその、サダン・タラム。行く場所と、行く日にちを、変えるわけにはいかないのです」

サリが口を閉じると、葉群《はむら》と船底《ふなぞこ》を打つ雨の音が耳についた。

「ならば、彼らと闘うことを前提に、その場へ行くしかないな」

ジグロの言葉にサダン・タラムたちはたじろいだ。彼らの目に、激しいおびえの色が浮かぶのをバルサは見た。

「そんな……盗賊や、狼《おおかみ》じゃないんだよ。訓練された兵士なんだろう？　しかも、はなから、わたしらを殺すつもりで襲ってくるんだろう？　……勝てるわけがないじゃないか」

キイが、上目づかいにジグロを見ながら、つぶやいた。

「あんたが助けてくれるってんなら、話は別だけど……」

サリが、きつい目でキイを見た。

「おやめなさい。職業として護衛士をやっている人に、情で助けてくれなんて、言うものじゃない！」

キイが小さくなった。

「ごめんなさい。つい……」

サリは眉をひそめて考えていたが、やがて顔をあげてジグロを見た。

「あなたの評価状をお見せいただけますか」

ジグロはうなずいて、懐《ふところ》から数枚の評価状をとりだすと、サリに手渡《てわた》した。それを丹念《たんねん》に読んでから、サリは顔をあげた。

「やはり、あなたは一流でいらっしゃる。お雇《やと》いする条件をうかがえますか」

ジグロはほほえんだ。

「あなたは、作法を心得ておられるな。――では、作法どおりにおこたえしましょう。わたしの護衛料は、三食のほかに、一日、銅貨三十枚です。娘はその半額をいただいています」

サダン・タラムたちがざわめいた。

「高い金をとるんだねぇ、一流の護衛士って」

キイが目をまるくして言った。ジグロは苦笑した。

「命の代償《だいしょう》だからな。だが、あなたがたには恩義がある。半額で請《う》け負っても……」

言いかけたジグロの言葉を、サリがさえぎった。

「いいえ。もう貸し借りはないのですから、それはいけません。――オクリ！」

身をのりだすようにして、サリは、端《はし》の方にいる男に呼びかけた。

「どう？　一日、銅貨四十五枚、払《はら》える？」

オクリと呼ばれた年配の男が苦笑した。

「払えないこたぁありませんが、荷馬と騾馬《らば》も新しく手に入れなくちゃならねえし、今年の稼《かせ》ぎは消えますぜ」

サダン・タラムたちはざわめいた。

「みんな、どうする？　稼ぎと命、どっちをとる？」

サリが問いかけると、女も男も、それぞれ、たがいの顔を見ながら、しゃべりはじめた。

やがて、みなの意見をまとめるように、オクリが言った。

「お頭、そりゃあ、おれたちだって命のほうが大事だが、正直に言わせてもらえば、そのおふたりに護衛してもらっても、多勢に無勢だろう？　ある意味、無駄金《むだがね》じゃねえかね」

オクリの言葉に、ジグロがうなずいた。

「あんたの懸念《けねん》はまっとうなものだ。——では、こういう提案はどうだね。あなたを守りきれたら、全額をもらう。前金はなし」

バルサは、おどろいてジグロの顔を見た。

「なんだ？」

ジグロに問われて、バルサは、つぶやいた。

「条件は、それでいいけどさ、勝算はあるの？　あっさり引き受けていい話じゃないと思うんだけど。わたしらにとってだけじゃなく、この人たちのためにも……」

ジグロは苦笑した。

「おれたちふたりでも、いないよりはましだろうが」

言われて、バルサは赤くなった。――彼らの窮地《きゅうち》に、すこしでも手をさしのべるために、ジグロがどんなふうに気をつかったか、わかったからだ。

助けられるかどうかなど、わからない。だが、このまま彼らだけで行かせれば、彼らは、かならず、あの兵士たちに襲われて、殺されるだろう。

ジグロはだまって、サリを見ていた。サリもまた、だまってジグロを見ていた。

やがて、サリが、ふっとほほえんだ。

「あなたのお心遣《こころづか》いに、感謝します。――その条件で、お願いいたします」

4　ジタンの夜明け

あたたかい陽射《ひざ》しの中に、金色の棒がくるくると舞っている。棒が宙を舞うたびに、チリチリチリ……と、澄《す》んだ鈴《すず》をふるような音が、水滴《すいてき》のようにあたりに飛び散る。棒の中が空洞《くうどう》になっていて、その中に小さな真鍮の粒《つぶ》が入っているのだ。

「サダン・タラムの棒舞いだよ！　さあ、サダン・タラムの棒舞いだ！」

よく通るサンサの声に、街の大通りを行き来していた人びとが足をとめて、あっという間に人だかりができた。

「天を舞うのは金の棒！　懐うるおせ金の棒！　魔物《まもの》をはらえ金の棒！」

張りのある声でうたいながら、三人の女たちが、金色の棒を宙に跳《は》ねあげると、その間をぬうように、若い男女が跳ねとんで、みごとに宙返りをしてみせた。着地するたびに滑稽《こっけい》なしぐさをするので、群衆から笑い声があがっている。

バルサは、邪魔《じゃま》にならぬよう、すこし離《はな》れたところで笑いながらその演舞《えんぶ》をながめていた。

宙返りを終えて立ちあがったキイと目が合った。……と、キイは、にやっと笑うや、いきなり、金の棒を投げてきた。

バルサは短槍で棒をはじいて宙に跳ねあげた。

ふいに、胸の中に茶目っ気がうごいて、短槍をはなすと、キイよりも高く宙返りをするや、足で棒を跳ねあげ、跳ねおきながら短槍をつかみ、ふたたび槍《やり》で棒をはじいて、キイの手にもどした。

おー！　という歓声が、群衆からあがった。

キイはおどろいた顔をしていたが、すぐに気をとりなおし、宙返りをしながら、バルサの脇をすりぬけざま、あんた、サダン・タラムでもやれるよ、と早口にささやいていった。

その乱調も、ものともせずに、サダン・タラムの女たちはもとの調子に演舞をもどして、ふたたび、うたいはじめた。

「天を舞うのは金の棒！　懐うるおせ金の棒！」

「女房《にょうぼう》も喜ぶ、金の棒！」

いきなりキイが割って入ると、群衆から、どっと笑い声があがった。

「跳ねろ、跳ねろよ、元気に跳ねろ！　羊も、小麦も、大麦も！　ぽんぽん跳ねて、種宿せ！」

キイがうたうと、女たちが跳ねとびながら、手拍子《てびょうし》を打った。その手拍子が最高潮に達したとき、ふいに、天に舞いあがるような声が響いた。

「言祝《ことほ》げ、言祝げ！　この命！　言祝げ、言祝げ、夏の日を！」

人びとが息をのんだ。大気を突きぬけていくような、澄んだ声だった。

サダン・タラムの女たちの間に立ち、サリは天に両手をかざし、全身でこの地を、人びとを言祝いだ。

バルサは茫然《ぼうぜん》とその姿を見ていた。

サリの身体から、生気が光の粒になって舞いあがっていくのが、見えるような気がした。そよ風が吹き、白い花びらが舞いとんできて、サリの姿を花びらで彩《いろど》っていく。

ロタ北部の繁都《はんと》、ジタンは、花の季節をむかえていた。ラタリアの白い花が満開となって街路を飾《かざ》り、道端《みちばた》には黄色いラッツの花が木漏《こも》れ陽《び》を浴びて揺れている。初夏をむかえるこの季節、北国の街は、短い彩《いろどり》の季節を謳歌《おうか》していた。

ジタンを通ろうと、サリに提案したのはジグロだった。

鎮魂《ちんこん》の地を巡《めぐ》ることは変えられないとしても、それぞれの地へむかう道筋をすこしかえて、なるべく人の多いところを通ったほうがいいと、ジグロは勧《すす》めた。

ジタンに立ち寄ると、東ラクル地方にあるアール領にむかうには、すこし遠まわりになるが、だからこそ、襲撃者の予想を裏切ることができる。

それに、あの男たちが、わざわざ兵士であることを隠《かく》して隊商を組んでいたのは、サダン・タラムを殺したのがだれであるのかが明らかになることを恐《おそ》れているからだ。金があるなら、盗賊を使うという手もあるだろうに、それをしなかったのも、盗賊の口から噂《うわさ》がひろがるのをきらったからだろう。

どういう理由があるのかはわからないが、彼らは、自分たちがサダン・タラムを狙っていることを、人に知られるのを極度に恐れている。ならば、最も安全な場所は、多くの人の目があるところだ、というジグロの言葉は理にかなっていたから、サリたちは素直に従ったのだった。

ジタンはまた、情報が多く集まる場所だ。ジグロは、ジタンに着くや、サダン・タラムの護衛はバルサに任せて、あちこちの伝手をたどって、情報をさぐりはじめた。

夜の帳《とばり》が街をおおう頃、バルサはひとりで、街壁《まちかべ》のすぐそばの酒場を巡りはじめた。

三軒目《げん》の酒場で、ようやく、厨房《ちゅうぼう》の入口のそばの席で、数人の男たちと酒を飲んでいるジグロをみつけた。

北部の男たちが好んで吸うタジャ（煙草《たばこ》）の煙が、天井《てんじょう》のあたりにうっすらとたまっている。婚礼《こんれい》の前祝をしているらしい男たちの一団が、踊《おど》り子たちをかこんで、足踏みをしながら手を打っているので、すさまじい騒々《そうぞう》しさだった。

酔客《すいきゃく》たちの間をぬって、ジグロのところへ近づいていくと、前かがみになってジグロとなにか話していた男たちが、酒壺を持って立ちあがった。

「……すまねぇな。ろくなネタがなくてよ。こいつと引きあうネタじゃねぇだろうが、ま、次の機会もあるだろうさ」

目つきの鋭《するど》い男が、そう言いながら酒壺をちょっと持ちあげてみせると、ジグロはうなずいた。

「手間をとらせたな。――いい狩りを！」

かなり飲んだのだろう。赤い顔をしていたが、それでもしっかりした足取りで、男たちは酒場を出ていった。

バルサは、まだ男の体温が残っている椅子《いす》に腰《こし》かけると、ジグロの前にある皿から、ホルシャ（羊肉の塩焼き）をひと切れつまんで、口に入れた。

「……おい」

ジグロがとがめるように、バルサをにらんだ。バルサは、にやっと笑った。

「わかってる。無作法だってんでしょ？　いいじゃない。この酒場には似合った作法だもん」

ジグロは、バルサが酒椀《しゅわん》に手をのばす前に、さっと酒椀を手もとにひきよせた。

「だめだ。——今夜は、おまえの歌を聞きたい気分じゃない」

バルサは、やれやれという顔をした。

「また、それを言う。酒を飲んでうたったのなんて、一回だけじゃない」

ジグロはその抗議《こうぎ》を無視して、酒壺をバルサの手がとどかない場所まで移動させた。

「みんなは、宿に入ったのか？」

「うん。夕食もとったよ。深夜までは、オクリさんたちが番をしてくれるって。……酒がだめなら、ハラー（香料《こうりょう》入りの果汁《かじゅう》）を注文していい？」

ジグロはうなずいた。

「おれの分もな」

バルサが下働きの娘に手をふって、ハラーを注文していると、突然《とつぜん》、派手な嬌声《きょうせい》が割りこんできた。

「いやーだー! ジグロじゃないか! ハラーなんかたのんで、どうしたのよ!」

バルサはおもわず顔をしかめて、両手で耳をふさいだ。

長い黒髪《くろかみ》のきれいな女が、食卓《しょくたく》の上に身をのりだして、バルサの頭をはたいた。

「わざとらしく耳なんてふさいで、まぁ、生意気な娘だよ」

大きな目をぎょろっとむいて笑うや、女はジグロの前に酒壺をドン、と置いた。

「あんた、新鮮《しんせん》なネタを探してるんなら、猟師《りょうし》なんか相手にしてちゃだめさぁ! このカイナさんに聞きなよ。なんでも教えてやるからさ」

「……新鮮でも、相場より高くぼるくせに」

バルサが言うと、カイナは眉《まゆ》をはねあげて、また、頭をはたこうとした。すっとその手をよけて、バルサは鼻で笑ってみせた。

カイナはジグロの隣《となり》に座《すわ》ると、顔をしかめてジグロをにらんだ。

「あんた、娘の育て方まちがってるよ」

ジグロは苦笑《くしょう》しながら、自分の手もとにあった酒壺から、カイナの椀に酒をついだ。

「今夜は、あんたに会いにきたんだ。まあ、機嫌《きげん》をなおしてくれ」

それを聞くや、カイナの目がいきいきと光った。

「あら、いいねぇ。そういう言葉を聞きたかったんだよ。——で、どんなネタを探しているんだい?」

「おれたちはいま、サダン・タラムに雇われてるんだが、彼女《かのじょ》らを的にかけようとしている連中についてのネタはないかね」

バルサは眉をひそめた。ジグロが、あまりに率直《そっちょく》に手の内をあかしたので、おどろいたのだ。カイナは情報を売ってくれもするが、手に入れた情報は、すぐ敵方にも売ってしまう女だ。

「サダン・タラム? 美女ぞろいだけど、そんなに金は持ってないだろうに。あんた、色気に惑《まど》わされたのかい?」

「……そういうよけいな口をきいてるってことは、ネタを持ってないってことか」

ジグロが言うと、カイナは髪をかきあげた。

「うーん。くやしいけど、なんにも思いつかないね」

ジグロは椅子の背もたれに、背を寄りかからせた。ギィと椅子がきしんだ。

「なら、ターサ氏族に関することや、北部でいま話題になっていること、なんでもいいから聞かせてくれ」

「ターサに関することは、とくに耳に入ってこないけどさ、北部でいま、いちばんの話題っていやぁ、祭儀場の建て替《か》えがおこなわれるってことだろうね。わたしなんか大変だよ、あんた。完成披露《ひろう》は一年も先だってのに、お城の厨房は、もう献立《こんだて》をたてはじめてるんだから」

羊一頭を選ぶにも、多くの氏族が献上《けんじょう》の栄誉《えいよ》を得ようと売りこんでくるのだと、カイナはぐいぐい酒をあおりながらしゃべりまくった。

「祭儀場の建て替えは、見栄《みば》えがなにより大事なんだよ。ほらさぁ、南部にくらべて、北部は貧しいだろう？　完成披露にやってくる南部諸侯《しょこう》に、北部の威信《いしん》を示すために、北部の氏族長たちは最高の食材をそろえようとしているのさ。

祭儀場だって、なんと、あんた、木製部分はすべてマハラン材で建てるっていうんだから、豪儀《ごうぎ》なもんさ」

「ほう……」

ジグロはうなった。

マハランは、すらりとまっすぐにのびる巨木《きょぼく》で、木目が美しいだけでなく、木肌《きはだ》に独特の芳香《ほうこう》がある。これで建てられた建造物は千年経《た》っても揺《ゆ》らがぬといわれる最高の木材だった。

しかし、マハランはきわめて稀少《きしょう》な木で、生えている場所はロタの北東部に限られ、それも数か所しかない。そのために、この木は非常に高値で取引きされていた。

それで北部がうるおっているかというと、そうでもないのが木材商売のむずかしさで、伐《き》りだした木材を運搬《うんぱん》し、売りさばく過程を南部の大領主たち肝《きも》いりの商人たちがあつかっているために、北部の氏族の懐にはさほど金が入らないことが、北部の人びとの不満の種になっていた。

「祭儀場をつくるほどのマハラン材となると、巨額の出費だろう。北部の氏族たちに、まかなえるのか」

ジグロは、声をすこし低めた。カイナは笑った。

「だれもがそう思うわねぇ。でもさ、やれるって請け負ってるんだよ、ラクル地方の大領主のマグア家の当主がさ。ほら、あそこの氏族は……」

言いかけて、カイナは、ふっと真顔になった。

「……ちょっと待ちなよ。これは、ターサ氏族がらみのネタだね」

カイナは、なにか考えていたが、やがて、底光りする目でジグロを見るや、肉付きのいい手をすっと差しだした。

「ここからは、アラク酒で済ませられる話じゃないよ」

ジグロは笑った。

「いくらほしい」

「まあ、銀貨一枚ってとこだね」

バルサは目をむいたが、ジグロはあっさりうなずくと、カイナのてのひらに銀貨を置いた。

「ありがとさん」

カイナは笑って、ひと口酒をすすってから、身をのりだした。

「あんた、ターサ氏族のアール家のことは知っているかい?」

「ああ。ターサ氏族の中でも、もっとも古い家系を誇る名門だろう。エウロカ・ターン〈森の王の谷間〉のある森林地帯を領有している」

カイナは、うすく笑った。

「名門は名門だけどさ、ターサはほれ、古いばかりで勢いってものがない。領主家も数家ぐらいしか残ってないんじゃないかね? わたしらロタ氏族のもんに、いまだにふくむものがあるって顔してるから、商売もうまくいかないしさ。大むかしのことにこだわっている偏屈者《へんくつもの》ばっかりさ。

でもさ、北部の諸侯にとっては、そのアール家はいま、大切にあつかわなきゃならない一族になってるんだよ。——アール家の領地には、良質なマハランの森があるからね」

ジグロが目を細めた。

「その割には、アール家が豊かだという噂は聞かんが」

「そりゃそうさ。アール家は、マハランを祖先の血が育てた神聖な木だってあがめて、よっぽど金にこまったときでないと、伐らないんだから。

それに、木材ってのは伐れば金になるってわけじゃない。運搬と加工が大切なんだって、あんた、知ってるかい？　わたしは、前に、羽振《はぶ》りのいい木材商とつきあってたことがあるんだよ。ちょっとの間だったけどさ、それが、浅黒い顔したいい男で……」

「……カイナ」

ジグロが酒椀を鳴らすと、思いだし笑いをしていたカイナは、むっとした顔になった。

「せっかちだねぇ、あんたも。まあ、いいや。ともかくだ。せっかく貴重な木材を持っていたって、それを伐りだして運搬する職人たちと手を組まないかぎり金にはならないんだよ。

アール家は貧しいくせに、気位ばかり高くて、ターサ氏族の血が育てた神聖な木を、ロタ氏族民にあつかわせるなど、とんでもないっていう態度だったんだってさ……これまではね」

カイナは、にやっと笑った。

「ここからが、銀一枚分の話だよ。よく聞きな。二年前、アール家の長男が恋《こい》に落ちた。相手は、なんと、マグア・ア・ロタ〈ロタ氏族マグア家〉の娘《むすめ》さ。マグア家のひとり娘だよ。ふたりの恋が頑固《がんこ》な親たちの心をとかして、恋に落ちた一年後には結婚までこぎつけたってんだから、すごいじゃないか。語り物みたいな話だよね」

「ほほう」

ジグロが素直におどろいたので、カイナはうれしそうな顔をした。

「マグア家の当主が、マハラン材の確保に強気なのは、そういう事情からだって話だよ。ま、サダン・タラムとどうかかわるかはわかんないけど、役に立ったかい？」

ジグロは、うなずきながら、カイナの椀に酒をついだ。

「これまで聞いた話の中では、いちばん役に立ちそうなネタだ。さすがは、カイナだな」

カイナは、ぐいっと一気に椀をほした。

「ああ、うまいねぇ。人助けをしたあとの酒は、最高だよ」

にこにこしているカイナの肩《かた》に、ぽんと手をおいて、ジグロは立ちあがった。

「それじゃ、いい夜を」

料理と酒の代金の小銭《こぜに》を食卓に置いて、ジグロが、バルサをうながして、その食卓から離れようとしたとき、ふいに、カイナが言った。

「あんた、しばらく、この街にいるのかい？」

「……さあ。それはわからんが、なぜだ？」

カイナは唇《くちびる》をゆがめて、ジグロを見あげた。

「いや、ま、あんたと飲む酒はうまいから、がんばって、まだまだ元気で生きてなよ」

謎《なぞ》かけのようにそう言うと、カイナは酒壺を持って立ちあがり、ゆらゆらしながら隣の食卓にいる男たちの方へと移っていった。

ジグロはつかのまカイナの後ろ姿を見ていたが、呼びとめはせずに歩きだした。バルサも、そのあとについて歩きはじめたが、外に出てすぐに、足をとめた。

「どうした」

ジグロがふりかえった。

煙《けむり》の充満《じゅうまん》した酒場から出ると、夜風がすがすがしくあまかった。星空が美しい。

「みんなに、なんかつまみと酒を買ってくる。先に帰ってて」

そう言うと、ジグロはうなずいて歩きだした。足取りはしっかりしていて、まるで酔いを感じさせなかった。うまく相手に飲ませて、自分はほとんど飲んでいなかったのだろう。

バルサは酒場にもどると、男たちの間できゃあきゃあ笑っているカイナのところへ歩いていった。

バルサが脇《わき》に立つと、カイナは、いぶかしげにバルサを見あげた。

「なんだい？」

「さっきの言葉、どういう意味で言ったんだい？」

カイナは鼻で笑って、てのひらをバルサの前にのばした。

「世の中、ただなものってなぁ、ないんだよ。聞きたきゃ、金をよこしな」

「いくらほしい？」

「まあ、銅貨三十枚ってとこだね」

バルサは懐から銅貨をつかみだすと、三十枚かぞえて、カイナのてのひらにのせた。

「はいよ、たしかに。――じゃあ、教えてやろうかね。ジグロを探している男が、この街にいるのさ。短槍《たんそう》を持ったカンバル人の武人が、あちこちの酒場で聞きまわっているってさ」

冷たい手で、うなじをなでられたような気がした。頭がしびれ、胸が苦しくなった。

「……その男が」

かすれ声で、バルサは聞いた。

「どこに泊《と》まっているか、知っている？」

「東街壁沿《ひがしがいかべぞ》いの、青魚亭《あおざかなてい》だとか聞いたね。——さて、これで銅貨三十枚」

言うや、カイナはくるりとバルサに背をむけて、男の方に身をのりだそうとしたが、バルサはさっとカイナの腕《うで》をつかんだ。

カイナは顔をしかめて、バルサを見た。

「なんだい、まだ、なんかあるのかい？」

バルサは、きつい声で言った。

「わたしらの居どころを、そいつに売るなよ」

カイナは、ぱっと腕をふりはらった。怒気《どき》が目に浮《う》いていた。

「なめんじゃないよ、小娘が。——わたしにゃ、わたしのやり方ってもんがあるんだ」

バルサはあおざめ、目を光らせて、カイナを見つめた。

「わたしらのことを売ってみろ、わたしは、かならずあんたを殺す」

低い声で言うや、バルサはカイナに背をむけた。

＊

夜明け前の青い闇《やみ》の中を、バルサはひとり、足早に歩いていた。

東街壁あたりは細い路地が多く、青魚亭も路地に似合ったうらぶれた酒場だった。こういう店は宿屋よりも安く泊まれるが、客を泊める部屋は厨房の上の一部屋だけと決まっている。

夜の冷え込《こ》みが厳しい季節には、厨房の竈《かまど》の煙突《えんとつ》が部屋に通っているのであたたかく、泊まる客も少なくなかったが、あたたかいこの季節、蒸《む》し暑い部屋に泊まるのは、金を惜《お》しまねばならない旅人ぐらいのものだった。

バルサは長く、うす汚《ぎたな》い布を窓枠《まどわく》にひっかけて風が通るようにしてある窓を見あげていたが、やがて、ぎゅっと短槍をにぎりしめると、カンバル語で声をかけた。

「カンバルの武人、いるなら、顔を出して！」

かすかに木の床《ゆか》がきしむような音がした。それから、窓枠に手がかかった。

男が窓から顔を出し、こちらをすかし見た。夜明けのうす暗がりの中では、目鼻立ちは、ぼんやりとしか見えなかったが、カンバル人であることはわかった。

「わたしに、用か」

ひさしぶりに聞く、故国の言葉だった。どこの氏族の出身なのか、わずかに、聞きなれない訛《なま》りがある。

バルサは、声がふるえぬよう腹に力をこめて、ささやくように言った。

「あなたが探している人に、心当たりがある。ついてきて」

それだけ言うと、バルサは男に背をむけて歩きはじめた。

路地から表通りに出たとき、背後で戸が開いて、閉まる音がした。ゆったりとした足音が近づいてくる。武人らしい足取りだった。

その長靴《ちょうか》の音を聞きながら、バルサはふりかえらずに歩きつづけた。

胸の中で、心ノ臓《しんぞう》が痛いほど脈打っている。

自分たちがサダン・タラムと旅していることを、カイナがこの武人に告げてしまう前に、決着をつけねばならない。

（わたしはもう、無力な子どもじゃない）

これが自分の背負っているものなら、もう二度と、ジグロに肩がわりさせたくなかった。

街はずれの草原に出たとき、白い朝の光が城壁《じょうへき》の彼方《かなた》から射してきた。

バルサはふりかえり、男と対峙《たいじ》した。

ジグロとほぼ同じ年配の男が、短槍を持って立っていた。がっちりとした鋼《はがね》のような体躯《たいく》をしている。かすかに眉をひそめて、男はバルサを見ていた。

「……きみは、だれだね」

〈王の槍〉らしい、静かで品のある話し方だった。

「わたしは……」

声がかすれ、バルサは唾《つば》を飲みこんだ。

「わたしは、バルサと申します。ジグロ・ムサの養《やしな》い子《ご》です」

それを聞くや、武人の目が見ひらかれた。彼《かれ》が口を開く前に、バルサは、さっと短槍の鞘《さや》をはらって構えた。

「わたしたちを追ってきたのでしょう？　養父のかわりに、わたしが、お相手します」

武人は虚《きょ》をつかれたように、つかのま、無防備なままバルサを見ていたが、バルサが踏《ふ》みこむや、さっと表情を変えた。

目にもとまらぬ速さで突《つ》きこんだバルサの槍を、武人は、わずかに槍を前に倒《たお》す動作だけではじきおとした。手がしびれて、短槍をとりおとしそうになり、バルサはあわて槍をにぎりなおして、跳《と》びすさった。

武人の目に、怒《いか》りとも哀《かな》しみともつかぬ色が浮かんでいた。なにを言おうとしたのか、口を開きかけたが、すぐに閉じ、静かに槍の穂先《ほさき》をバルサにむけた。

とたんに、バルサは動けなくなった。

世界が小さく縮んで消えていく。自分にむけられている槍の穂先だけが、ぐんぐん大きくなり、視界をおおった。

冷たい汗《あせ》がふきでて、こめかみを伝いおちていくのも、自分が小刻みにふるえているのも、バルサは感じていなかった。ただ、凍《こお》りついたように、武人の槍を見つめていた。


「……バルサ！」

鞭《むち》で打つような声が背後から聞こえ、足音が迫《せま》ってきた。バルサは、いきなり、乱暴におしのけられて、よろめいた。

ジグロが立っていた。走ってきたのだろう、額に汗がふきだしている。

ぎらぎらと光る目でバルサを一瞥《いちべつ》し、ジグロは無言で、武人へとむきなおった。

「ナルークか」

ジグロの顔がゆがむのを、バルサは見た。

「ナルーク、おれは、いま、護衛の仕事を請け負っている。この仕事を終えたら、かならずここへもどり、おまえと槍をまじえる。おれを信じて、しばし待ってはくれぬか」

語りかけたジグロの言葉に、ナルークは返事をせず、うなずきもしなかった。ただ、彫像《ちょうぞう》のようにジグロを見つめ、短槍を構えている。

「……〈耳なし・口なしの誓《ちか》い〉を立てているおまえに、なにを言っても、無駄か」

口の中でつぶやき、ジグロは、目をつぶった。

そして、目をあけると、すっと短槍を構えた。

「ならば、やろう、ナルーク。――この世で最後の手合わせを」

ちらりと、ナルークの目になにかが光ったのを、バルサは見た。それが、涙《なみだ》であることに気づいたとき、バルサは、よろよろとあとずさった。

だれかが駆《か》けよってきて、バルサの腕をつかんだ。ふりかえると、サリが青い顔をして立っていた。

「……これは、なに？　――いったい、なにが起きているの？」

バルサは、ぼんやりとした目でサリを見た。サリの背後には、不安げな顔をしたサダン・タラムたちが立っていた。

「ついさっき、カイナって人が宿に来たのよ。その人の話を聞いたとたん、ジグロさんが宿をとびだしたんで、わたしたちも追ってきたんだけど、いったい、なにが……」

そのとき、裂帛《れっぱく》の気合が耳朶《じだ》を打った。

バルサは、はっと顔をあげて、ふたりの武人が短槍を交叉《こうさ》させた一瞬《いっしゅん》を見た。ナルークの短槍の穂先がジグロの首を裂《さ》き、血が飛び散った。ジグロの短槍の穂先は深ぶかとナルークの喉《のど》に刺《さ》さっていた。

ジグロは、ずるずると自分の短槍にそって手をすべらせながら、こわばった足取りでナルークの身体《からだ》に近づいていった。痙攣《けいれん》しているナルークの顎に手をあてて穂先を抜《ぬ》くと、血が、ジグロの顔に飛び散った。

短槍を地面に落とし、ジグロは、痙攣しているナルークの身体を抱《だ》きしめ、その指先が動かなくなるまで、そのまま抱きしめていた。

やがて、ジグロは顔をあげ、ゆっくりとナルークの身体を地面に横たえさせた。そして、片手を首の傷にあてながら、身をねじるようにしてふりかえると、かすれた声で、サリたちに言った。

「……申しわけないが、この男を、埋葬《まいそう》したい。穴を掘《ほ》るための鋤《すき》を、どこかで調達してきてもらえまいか」

こわばった顔でつっ立っていたサダン・タラムの男たちが、小さくうなずくや、踵《きびす》を返して宿の方へと駆けもどっていった。

「血が……」

つぶやきながら、サリが、ジグロのもとに駆けよっていった。バルサは、サリの後ろから、ゆっくりとジグロに近づいた。

サリが手渡した手拭《てぬぐ》いを傷にあてながら、ジグロは顔をあげた。

バルサを見た瞬間、ジグロの目に白い光がともった。ものも言わずに立ちあがるや、ジグロは、いきなり、バルサを殴《なぐ》った。

ジグロの拳《こぶし》をもろに頰《ほお》に受けて、バルサはふっとんだ。

後頭部が草地にぶちあたり、頭がぼうっとなって、しばらく起きあがれなかった。きなくさいにおいが鼻の奥にひろがり、口の中に血があふれた。

上半身を起こして、ふるえながら血を吐《は》きだし、鼻血をおさえようと手をあてたとき、怒りにかすれたジグロの声が降ってきた。

「おまえごときが、ナルークの相手になれると、本気で思ったのか」

バルサは、がたがたふるえながら、うつむいていた。

「二度と、こんなまねをするな！」

吐きすてるように言うと、ジグロはバルサに背をむけた。そして、その後はもう、バルサに顔をむけることはなかった。


サリはジグロの身を気づかって、旅立ちを二、三日のばそうとしたが、ジグロは、医術師に傷口を縫合《ほうごう》してもらうと、明日には発《た》てるとサリに告げた。

ジグロは、私ごとのいさかいで護衛士の仕事に支障をきたしたことをサリに詫《わ》び、充分な働きができるようになるまでの数日間は、護衛料はもらわないと告げた。サリは、そんなふうに堅苦《かたくる》しく考えなくていいと言ったが、ジグロは頑として譲《ゆず》らなかった。


その夜、バルサは、夕食後のおしゃべりをたのしんでいるサダン・タラムたちの輪からはずれて、宿の裏庭に出た。

井戸端にしゃがんで、しぼったばかりの手拭いを顔にあてながら、苔《こけ》がこびりついている井戸の石組みを見つめた。月の光に、かすかに光っている苔に目を据《す》えて、胸の中に渦巻《うずま》いている重苦しい怒りと、吐きだすことのできぬ鬱屈《うっくつ》に、歯をくいしばっていた。

ジグロに殴られたことが悔《くや》しくてならなかった。

なぜ殴ったのかは、わかっている。わかっているが、それでも悔しかった。——あせざるを得なかったバルサの気持ちを知っていながら、それでも拳をふるった、ジグロの怒りの理不尽《りふじん》さが、憎《にく》かった。

ぎゅっとつぶった瞼《まぶた》に、涙がしみだしてきた。

憎くて、きつい言葉を投げつけてやりたいと思う一方で、ジグロとむかいあって、ゆるしてほしいと思う気持ちがしみだしてきて、どうしようもなく胸を揺らした。

目の裏に、ナルークを見た瞬間のジグロの顔が……ジグロの顔が、目に涙をためていたナルークの顔が浮かび……その断末魔の表情が浮かんだ。

夜明けに、あの安宿の窓から身をのりだしていた男が、いまは、冷たい土の下に眠《ねむ》っている。そのあっけなさが、恐ろしかった。人の命をこれほどあっさりとうばって、自分はいま、井戸の前で、こうして息をしているのだ。

これが夢であったなら——こんなことは、すべて夢であってくれたなら。そう思わずにはいられなかった。

ジグロもきっと、そう思っているだろう。自分の手で友を殺した、あのすべてが夢であればと思っているだろう。願っても、願っても、けっしてかなわぬことであろうとも、そう願わずにはおられない。——これまで、幾度《いくど》、こういう思いにさいなまれてきたことか……。

戸が開いて、閉じ、足音がふたつ、近づいてきた。

だれかが、じっと自分を見おろしているのを感じながら、バルサは顔をあげずにいた。

「あんた、大丈夫?」

キイの声がふってきた。

「びっくりしたよ、大の男が、本気で、娘を拳でぶんなぐるなんて、はじめて見た」

バルサは、ゆっくり顔をあげた。宿の窓からもれている明かりに、キイと、その背後にたたずんでいるサリの半身が照らされていた。

「……本気じゃないよ」

バルサは、つぶやくように言った。鼻がつまっているので、こもった声しか出なかった。

「本気だったら、骨が折れてる」

キイが顔をしかめた。

「それだってさ、叱《しか》るんなら、平手で殴りゃいいじゃないか」

バルサは、ゆっくりと身体をまわし、井戸に背をあずけて、地面に足をなげだした。

「……拳で殴られるのなんて、ガキの頃《ころ》から日常茶飯事《さはんじ》さ」

言ってから、バルサは誤解をされぬよう、言いそえた。

「わたしらの暮らしは、あなたたちとはちがう。拳で殴られることになれてなかったら、命とりだから」

殴られるというのは、なれていない者にとっては恐ろしいものだ。殴られる痛みになれていないと、一発殴られただけで気が動転してしまって、次の動作に移れなくなる。実戦では、その、わずかな動作の遅《おく》れが死につながるのだと言って、ジグロは拳でバルサを殴った。

バルサを殴るとき、ジグロはいつも、歯をくいしばっていた。その顔を思いだしたとたん、胸の底に、やるせない哀しみがしみだしてきた。

まだかぼそい女の子の顔を殴るのは、つらかっただろう。自分なら、殴れない。

それでも、ジグロは殴った。武術をしこむと決めた日から、ジグロは己《おのれ》の心の痛みなどに拘泥《こうでい》せず、戦いに勝ちのこるために必要だと思えば、どんな汚い技《わざ》も教えてくれた。——バルサが戦いの中で命を落とすことがないように、ただ、それだけを念じて。

あの草地に駆けつけてきたときのジグロの顔が目に浮かび、バルサはつぶやいた。

「……ジグロは、怖《こわ》かったのさ」

バルサは、頬に布をあてたまま、キイを見あげた。

「かなうはずのない相手とやりあって、わたしが死ぬことが」

息をきらし、額に汗を浮かせて走ってきたときのジグロの目には、隠しきれぬ恐怖《きょうふ》の色が浮かんでいた。

「ああ」

キイがつぶやいた。

「まあ、それは、そうかもね。あの女から話を聞いたときの、ジグロさんの顔、すごかったもの。血の気がひいてさ……」

バルサは目を閉じた。

そう。ジグロは怖かったのだ。あやうくバルサを失うところだったという、その恐怖が、激しい怒りに変わったのだろう。

(——だけど、それだけじゃない)

心の底の、底の、暗いところで、バルサはジグロの心を感じとっていた。友を刺し殺した哀しみの中で、バルサの顔を見た瞬間、ジグロがなにを思ったか……。

キイがしゃがんだ気配を感じたが、バルサは目を閉じたまま、じっとしていた。

「あんたたちは」

キイがつぶやいた。

「仇持《かたきも》ちだったんだね」

バルサは目をつぶったまま、低い声で言った。

「……あれは、仇じゃない」

キイは眉根を寄せた。

「じゃあ、なに?」

「あれは……」

言葉を探して、しばらくバルサはだまっていたが、やがて、口を開いた。

「あれは、槍さ。汚い秘密を胸にかかえたげす野郎《やろう》が、その秘密を隠すために投げつけてくる槍だよ。仇というなら、わたしにとっては、そのげす野郎こそ仇さ……」

語尾《ごび》がふるえた。にじみでてきた涙が、おさえる間もなく頰を伝いおちていく。

バルサは、うつむいて、ぎゅっと目をつぶり、歯をくいしばった。

（……この世は、くだらないことばっかりだ。因果応報なんて、嘘《うそ》っぱちさ。汚いやつが、人の命を踏み台にして、のうのうと生きていられる）

涙があふれて、次から次へと頰を伝った。

王の冠《かんむり》をかぶっているあのげす野郎が、汚い秘密を隠そうとしている――そんなくだらないことのために、父も、あの王の槍たちも、死んだのだ。人生のすべてをうばわれたのだ。そして、自分もジグロも、どうしようもない闇の中にいる。

「……あした」

これまで、だまってふたりのやりとりを聞いていたサリが、ふいに、言った。

「あの人のお墓で、トウ・ラトル〈鎮魂の歌舞〉をしましょう」

キイが、サリをふりあおいだ。

「あ、そうだね、お頭《かしら》！　やりましょう」

キイは、バルサに視線をもどした。

「よかったね……」

言いかけて、キイは、顔をあげたバルサの表情に気づき、そのあとの言葉をのみこんだ。

バルサはぐっと涙をぬぐうと、暗い目でサリを見あげ、ゆっくりと立ちあがった。

「ジグロがそれを望むなら。——だけど、わたしのためなら、いりません」

バルサの目を見つめて、サリは問うた。

「なぜ？」

バルサは怒りにかすれた声でこたえた。

「死んだものが、魂《たましい》になるのかどうか、わたしは知りません。わたしは、魂なんて見たことがないから。——わたしにわかっているのは、彼らが、わたしらの手で命をうばわれたってことだけです」

「……鎮魂は」

サリが静かな声で言った。

「死んだ人の魂を慰《なぐさ》めるためだけに、おこなうのではないのよ」

バルサは、うなるように応じた。

「わかっています。あなたが、わたしたちを慰めようとしてくださっていることは。

だから、言ったんです。ジグロが望むなら、慰めてください。だけど、わたしには、そんな慰めは不要です。人を殺しておいて、慰めてもらおうなんて、そんな腐《くさ》った了見《りょうけん》は、持ちたくありません」

サリもキイも、唖然《あぜん》とした表情で、バルサを見つめた。

だれかが灯《あか》りを吹《ふ》き消したのだろう。窓が暗くなり、裏庭が闇に沈《しず》んだ。

「あんた、さ」

ため息をつくように、キイが言った。

「そりゃ、わたしらに言うには、あんまりな言葉だと思わない？」

バルサは、すっと息を吸いこんで、しばらくだまっていたが、やがて、言った。

「……思うよ。気をつかってもらってて、言う言葉じゃないだろうけど……だけど、嘘は、言いたくない」

サリが、ふいに、吐息《といき》をつくような笑い声をたてたので、バルサはおどろいてサリを見た。

「あなたとジグロは、ほんとうに、よく似ているわねぇ。頑固で、不器用で……。そんなふうに生きていたら、つらいだろうけど」

かたわらで、キイがうなずいた。

「ほんとだ。あんたさ、もうちょっと、楽に生きなよ。風になびく草ってのも、ときには、いいもんだよ。猪《いのしし》みたいに、一直線に走るだけじゃあ、なにかにぶちあたるたんびに、痛くてたまんないじゃない？」

バルサは、首をふった。

「楽に生きたいなんて、思わない。なにかにぶちあたったら、そいつをぶちぬいていくほうが、性《しょう》に合ってる」

つぶやいて、バルサは、ふたりに、頭をさげた。

「気を、つかわせて……」

かすれた声で、バルサは、サリに言った。

「申しわけありません。——だけど、わたしらは……こういうことになれているんです。この顔の腫《は》れがひく頃には、わたしらはまた、ふだんどおりに、なります。だから、心配しないでください」

サリは小さくうなずいたが、月の光でぼんやりと見えているその顔には、それでも、バルサを気づかっている色が浮かんでいた。

5 シャタ〈流水琴《りゅうすいきん》〉の伝説

料理係が、朝食用のバムを焼いている香ばしい匂《にお》いが、風にのってただよってきた。

その風をひき裂くように、バルサは、ヒュン、ヒュンと短槍をふるった。攻撃《こうげき》の型、受けの型、その変型とくりかえしていく。

ヒュッ、と穂先が宙を打った瞬間、トンッと太鼓《たいこ》の音がした。右へ、左へと穂先が動くたびに、トンッ、トンッと音がついてまわる。しまいには、自分の槍《やり》がその音を出しているような気がしてきた。

短槍をとめて、バルサは背後をふりかえった。

「ごめんよ、邪魔《じゃま》しちゃったかい？」

小太鼓を腰《こし》につけたキイが笑っていた。

「邪魔じゃないけど……」

バルサはつぶやいた。

「わたしの動きは、そんなに読みやすい？」

キイは肩をすくめた。

「読みやすかぁないけど、追ってはいけるね。最初の動きを見たあとはさ。あんたの拍子《ひょうし》って、こんな感じなんだよ」

トントン、トトト……と、キイは小太鼓を打ってみせた。

バルサは、まばたきをした。たしかに、身体に合った音だった。やがて、撥《ばち》を止めると、キイは小太鼓を背にまわした。

「前にさぁ、ジグロさんが短槍をふるってたときにも、やってみたんだけど、まったく追っていけなかった。あんたよりずっとはやいってわけでもないのに、なんでだろう、つかみきれないいんだよね」

バルサは苦笑した。

「……だろうね。わたしも、どうしても、つかめないんだ」

短槍を肩に担《かつ》ぐと、キイといっしょに、野営地の方にむかって歩きはじめた。

「あんた、いくつのときから、そいつをふってるんだい？」

顎《あご》で短槍を示して、キイが聞いた。

「十歳《さい》から」

バルサがこたえると、キイが眉をあげて笑った。

「勝った。わたしは、三つの歳《とし》から、これを打ってる」

バルサは笑いだした。

「そんなことで、勝つも負けるもあるもんか」

小太鼓を自分の天幕に置きにいくというキイと別れて、バルサは森の中へ入っていった。木立の間に足を踏みいれると、若葉の匂いのする静かな陰《かげ》りにつつまれた。ほてっている肌に、その涼《すず》しさが心地《ここち》よかった。チィチィ、と、どこかで鳥が鳴き、葉を揺らして飛びたった。

バルサは、かぼそい羽音を立てて目に寄ってくるブヨをよけながら、サダン・タラムたちが野営している草地の周囲を静かに歩き、人の気配、草の倒れ方、葉や枝の擦《こす》れなどを見てまわった。

ここは、街道《かいどう》からかなりはずれた森の中で、よほど土地勘《とちかん》がある者でなければ、こんなところに野営できる場所があることはわからない。まず、あの兵士たちにさぐりあてられる危険はなかったけれど、それでも、万に一つの遺漏《いろう》もないようにせねばならなかった。

見まわりを終えて、ジグロと自分にわりあてられた天幕にもどり、戸布《とぬの》を持ちあげたとき、目にとびこんできた光景に、バルサはおもわず、手をとめた。

サリが、ジグロの手当てをしていた。

ナルークの穂先は、ジグロの首の付け根をかなり深く斬《き》り裂いた。もうすこしずれていたら、頸動脈《けいどうみゃく》が切れて、ジグロは死んでいただろう。

サリは、当て布をそっとはずしている。当て布が、まだ抜糸《ばっし》していない傷口にくっついてしまっているらしく、眉根《まゆね》を寄せて慎重《しんちょう》にはがしていた。

ジグロはわずかに顔をかたむけて、サリの肩のあたりを見ていた。——ぼんやりとした、なにも見えていないような目だった。

見てはいけないものを、見てしまったような気がして、バルサはおもわず戸布をはなした。

「……おい」

低い声が、天幕の中から聞こえてきた。

「入ってこい！」

気まずい思いで、目をふせながら、バルサは戸布を持ちあげて、中に入った。

ジグロが、苦笑を浮かべてバルサを見た。

「よけいな気をまわすんじゃない」

話すと傷が痛むのだろう、ジグロは頬をゆがめた。

「まだ、しゃべらないほうがいいわ」

サリが、傷をおさえながら、静かな声で言った。

「しゃべると、どうしても皮膚《ひふ》が動いて、傷口がひっぱられてしまうから」

ジグロは、傷口に近い鎖骨《さこつ》のあたりをおさえながら、口を開いた。

「バルサ、おれのかわりに、カイナから聞いた話を、お頭に伝えろ」

サリが傷から目をあげた。

「なんの話？」

バルサは短槍を敷《し》き布の上に置いて、腰をおろした。

「アール家と、マグア家の話です。その両家と、祭儀場《さいぎじょう》の建て替えにかかわる話を、ジタンでしいれたんです……」

カイナから聞いたことを話す間、サリは眉をひそめて聞いていた。

「……だいたい、こういう話なんですけど、これを聞いて、なにか気づかれたことは、ありませんか」

バルサがたずねると、サリは、首をふった。

「アール家のシッサルさまと、マグア家のオリアさまが結婚《けっこん》したことは知っていましたよ。エウロカ・ターン〈森の王の谷間〉は、アール家の領地にあるのでね、わたしたちは毎年かならずアール家に立ち寄るのよ。おふたりが婚礼をあげられたときは盛《せい》大《だい》な言祝《ことほ》ぎをしたんですもの。

シッサルさまはもの静かで、あまりお話をされない方だけど、オリアさまは、とても気働きのあるほがらかな御方《おかた》よ。

マグア家の当主がマハラン材調達を明言したという話は知らなかったけれど、でも、そんなことに、わたしたちはなんの関《かか》わりもないと思うけれど……」

三人は、しばらくだまって、たがいを見つめていた。

やがて、バルサが口を開いた。

「あの、カイナの話を聞いたとき、ひとつ思いついたことがあるんです。まったく的はずれかもしれないけど」

「どんなこと？」

「アール家の人たちが、マハランの木はターサ氏族が流した血で育った神聖な木だって考えているって聞いたとき、思ったんです。もしかしたら、その、エウロカ・ターン〈森の王の谷間〉にマハランの木がたくさん生えていて、あなたがたが、鎮魂《ちんこん》のために、その木は伐ってはいけないと、アール家の人たちに命じているんじゃないかって……」

「ああ」

おどろいたように、サリが目を見ひらいた。

「なるほど！　そういう関わりね。——そうね、わたしたちが、そういう役まわりをしているなら、たしかに、邪魔に思う人たちがいてもおかしくないわね」

言いながら、サリは苦笑《くしょう》した。

「でも、残念ながら、マハランが生えているのは、エウロカ・ターン〈森の王の谷間〉より、ずっと北側の森だし、わたしたちはべつに、マハランがどうこうなんて、アール家の殿《との》さまに申しあげたことはないわ」

バルサは、頬をかいた。

「はずれかぁ。いい読みだと思ったんだけどなぁ」

サリはほほえんだ。

「いい読みではあると思うけど、それははずれでしょうね。だいたい、わたしたちの言葉で、あの気位の高い、アール家の頑固な殿さま——御領主さまのお心が左右されるなんてことはありえないわ。わたしたちは、ただ、鎮魂のためにあそこにおとずれているだけなんだから」

天幕の外から、朝食の支度《したく》ができたことを知らせる声が聞こえてきた。

サリが治療《ちりょう》の道具をかたづけはじめたので、バルサも手伝って布をたたんだ。それらを天幕の隅《すみ》に置いて立ちあがりながら、バルサはたずねた。

「エウロカ・ターン〈森の王の谷間〉って、どんなところなんですか？」

サリが、問いかえした。

「どんなところだと思う？」

「え……なんとなく、怖いところだって気がします。うっかり入ったらたたられるって、聞いたことがあるので」

サリはうなずいた。

「そう。エウロカ・ターン〈森の王の谷間〉は恐《おそ》ろしいところよ。入ろうとすれば、エウロカ〈森の王〉の使いである狼《おおかみ》たちに、食い殺されるわ」

バルサはけげんそうな顔で、サリを見た。

「でも、あなたがたは、エウロカ・ターン〈森の王の谷間〉に入るんでしょう？」

「わたしたち、ではなく、わたしと、アール家の当主が、ね」

サリはそう言いながら、天幕の戸布を持ちあげた。

「あなたがたは、シャタ〈流水琴〉の伝説を知っている？」

バルサとジグロの顔を見て、ふたりが知らないことをみてとると、サリはうなずいた。

「なら、お話ししましょう。聞いてちょうだい」

天幕の外に出ると、草の匂いのする風が頰をさすった。

明るい朝の陽射《ひざ》しの中に、焚《た》き火《び》の煙が白くたなびいている。朝食の支度をしている料理係の大柄《おおがら》な若者が、サリに声をかけてきた。

「お頭、もう、食べられますぜ！」

「ああ、ありがと」

サリは、バルサたちをふりかえった。

「じゃ、食べながら話しましょうか。あまり気持ちのよい話ではないけれど、夜に聞くよりは、こういうあっけらかんとしたお日さまの下で聞いたほうが、いいかもしれない」

すでに焚き火の前に陣取《じんど》っていたキイが、こちらを見た。

「お頭、なんの話？」

「シャタ〈流水琴〉の伝説をね、ふたりがご存じないというからさ」

焼きたてのバムにラ（バター）をつけて、手渡《てわた》してくれながら、サンサが、バルサにささやいた。

「食欲が出る話じゃあないよ。警告しとくけど」

風が吹いてきて、焚き火の白い灰が、ふわっと飛び散った。バムに塗《ぬ》ったラに灰がつかないよう、バルサは手をふって灰をよけた。

サリは膝《ひざ》にバムを置いたまま、話しはじめた。

「むかしむかし、ターサ氏族とロタ氏族が各地《かくち》で戦《いくさ》をしていた頃、ターサの中でも最も古い家系を誇《ほこ》るアール家は、隣接《りんせつ》するロタのマグア家と、血で血を洗う激しい戦をくりかえしていたのだそうよ。

この地がロタルバルと呼ばれていた頃は、ユギ・ア・ロタ〈名誉《めいよ》のロタ〉であったターサも、カサル・ア・ロタ〈生粋《きっすい》のロタ〉も、ともにサーダ・タルハマヤの圧政のもとで苦しむ仲間として、たがいをかばいあって暮らしていたのだけれど、ロタ氏族に英雄《えいゆう》キーランがあらわれて、サーダ・タルハマヤを討《う》ちとり、全氏族を束ねる王になると、カサル・ア・ロタ〈生粋のロタ〉の人びとは隆盛《りゅうせい》をきわめ、枝氏族を圧倒《あっとう》するようになっていった。

代々キーラン王の血をひく者が王になり、全氏族を束ねる。――そういうやり方で国のかたちがととのってしまうと、ターサの中には、カサル・ア・ロタばかりが優遇《ゆうぐう》される国政に不満を抱《いだ》き、近隣のカサル・ア・ロタといさかいを起こす者たちが多くあらわれるようになったの。

中でもターサの北の守りとうたわれたアール家は、となりあうカサル・ア・ロタのマグア家と、血で血を洗う争いをくりかえすようになり、やがて、人の領域ではない、エウロカ・ターン〈森の王の谷間〉までもが戦場となって、ターサとロタの戦士たちの屍骸《しがい》で穢《けが》されてしまった……」

サリが話しはじめると、サダン・タラムたちは、しゃべるのをやめた。よく知っている話だろうに、思い思いの姿勢で、蜂蜜《はちみつ》やラをつけたバムをかじりながら、サリの声に耳をかたむけている。

この人たちは、サリが話すのを聞くのが好きなんだな、と、バルサは思った。たしかに、サリの声は心地よくて、いったん聞きはじめると、いつまでも聞いていたい気分になる。

「谷間を踏みあらされ、血で穢された、エウロカ〈森の王〉は大いに怒《いか》り、狼をつかわして、戦士たちを埋葬するために谷間に入ろうとしたアール家の人びとを食い殺させた。

目の前で肉親を食われたアール家の人びとは畏《おそ》れおののいて、エウロカ・ターン〈森の王の谷間〉に入れなくなってしまった。

埋葬してもらえずに谷間に散らばったまま、遺骸を狼に食いあらされた戦士たちの魂は、あの世に行くことのできぬ荒魂《あらみたま》となり、それ以来、アールの領土では、風が吹くたびに死霊《しりょう》のうめきが聞こえ、おびえた羊らは痩《や》せ細り、子を産まなくなった……」

バルサは顔をくもらせた。サリの語り方のせいだろうか、明るい朝の光の中にいるのに、風の音に、死者のうめき声が聞こえるような気がした。

「そんな荒《あ》れた地のことを、心から哀しんだトル・アサ〈楽しみの子〉がいた。まだ十二になったばかりの少女だったけれど、子ども用の小さな六弦琴《ろくげんきん》を、本物の六弦琴のように奏《かな》でられる才のある子だった。

ターサとロタの両方の血を継《つ》いでいたトル・アサ〈楽しみの子〉たちにとって、エウロカ・ターン〈森の王の谷間〉で野ざらしになっている戦士たちは、ターサ側もロタ側も、親戚筋《しんせきすじ》の男たちだったから、その娘《むすめ》は、彼らがすすり泣く声を風に聞くたびに、身をひき裂かれるような思いをしたのでしょう。

とうとう娘は、彼らの鎮魂をしようと決意して、ひとり、狼のうろつくエウロカ・ターン〈森の王の谷間〉へと入っていったのよ」

膝の上に置いているバムを両手でつつむように持って、サリは話しつづけた。

「森に入ると、狼たちが音もなくあらわれて、娘をとりかこんだ。娘は、狼たちにむかって、小さな琴《こと》を掲《かか》げながら、どうか戦士たちの鎮魂をさせてくださいと、たのんだ。

するとこ、木々のざわめきがひとつの声となって、それに答えた。

『その琴の胴《どう》の底を破るがいい。風がすりぬけていく破れた琴で、谷間の生命を言祝ぐことができたなら、戦士たちの鎮魂もまた、成るであろう』……と」

バルサは、おもわずつぶやいた。

「……底を破ったら、琴は鳴らないんですか？」

「鳴りはするけれど、とても耳障《みみざわ》りな音になるわ。生命を言祝ぐような調べには、けっしてならない。

けれど、娘にはどうしようもなかった。たとえ耳障りな音であっても、琴の音《ね》を聞けば、戦士たちの魂は、自分たちが思われていることを知るでしょう。それだけでも、彼らの哀しみがすこしはやわらぐだろうと、娘は、言われるまま、大切な琴の胴の底側を破って、大きな穴をあけてから、目を閉じて、その琴をかき鳴らしはじめたのよ。

すると、琴の音に誘《さそ》われるように、風が吹いてきた。耳障りな音を奏でているその琴を、哀《あわ》れむように風が撫で、琴の穴へと入りこんだ。

目をつぶっていた娘は、突然、琴が重くなったのにおどろいた。——穴があいているはずなのに、風をはらんで胴の底がふくらみ、流れる水のような音を奏ではじめた……」

口を閉じると、サリは、ほほえんだ。

「その琴が、シャタ〈流水琴〉よ。その娘はやがて、サダン・タラムの頭になった。そのときから、荒魂が安らげずにいる地で、シャタ〈流水琴〉に風をはらませることができた者が、代々サダン・タラムの頭を務めることになったのよ。エウロカ〈森の王〉は、いまも、シャタ〈流水琴〉の音が響《ひび》かぬかぎり、谷間へといたる道を、あけてはくれないわ」

サリが口を閉じると、蜂蜜をまわしてくれながら、サンサが言った。

「あそこに行ってみればわかるよ。エウロカ・ターン〈森の王の谷間〉ってのは、ほんとうにおっかないところさ。真昼でもうす暗くて、先が見えない。白い木肌《きはだ》のナンナの木が幽霊《ゆうれい》の門番みたいに立っていてさ、そこから先に足を踏みいれようとすると、ふわっとなまぐさい風が身体をおすんだよ。その風に触《ふ》れてごらん。鳥肌がたつから」

「トリンは、見たんだよね？　あのナンナの木のむこうに亡霊が立っているの」

キイが真顔で、隣《となり》に座《すわ》っている二十五、六のほっそりとした女に言うと、トリンは苦笑しながらうなずいた。

「わたしは、そんなに見える性質《たち》じゃないんだけどね。あそこに行くと、かならず見るわね」

キイは鳥肌がたった腕《うで》をさすった。

「おお、こわ。鎮魂がお役目でも、やっぱり怖いもんは、怖いわ」

キイはバルサに笑いかけた。

「あの森に入っていくお頭の姿を見るたんびに、わたし、ほんと、お頭はすごいなぁって思うよ」

サリはほほえんだだけで、それには答えずに、バムにラをつけると、口に運んだ。

「……どうも、おれは勘違《かんちが》いをしていたようだな」

ふいに、ジグロが口を開いたので、みんなおどろいてジグロを見た。ジグロは傷のあたりをおさえながら、言った。

「おれが、前に聞いた話では、エウロカ・ターン〈森の王の谷間〉というのは、ターサ氏族の英雄の墓があるところだということだった。だから、あなたがたは、その英雄の魂を鎮《しず》めるために、あそこへ行くのだと思っていたんだが」

「ああ」

と、サンサがうなずいた。

「それは勘違いじゃないですよ。それもあるんだもの、ね、お頭」

バムを飲みこんで、ひと口お茶を飲んでから、サリは口を開いた。

「ええ。ジグロさんが聞いた話は、まちがいじゃありません。あそこには、ラガロのお墓があるんですよ」

「ラガロ？」

バルサが聞くと、サリはうなずいて、話しはじめた。

「ラガロはね、アール家とマグア家の間に和平をむすんだ英雄なのよ。ラクル地方の話だから知らない人も多いでしょうけれど、アール領では、人びとが長い争いに疲《つか》れはてていたときにあらわれた英傑《えいけつ》として、いまも深く尊敬されているわ。

シャタ〈流水琴〉が誕生したとき、ラガロはまだ少年だったはずだから、自分と同じ年頃の少女が討ち死にした者たちを弔《とむら》うために、恐ろしい禁域へ分け入ったことに強く心を揺《ゆ》さぶられたのかもしれない。

やがて、アール家の当主になると、ラガロは、マグア家との争いは人びとを疲弊《ひへい》させ、土地を荒らし、哀《かな》しみを生みつづけるだけだとして、なんと、次男を従者につけただけで、一兵も伴《ともな》わずマグア家にのりこみ、和睦《わぼく》を申しいれたのよ。

彼の言葉と勇気に打たれたマグア家の当主は、和睦をうけいれた。――でも、ラガロは、マグア家の館《やかた》で、急な病のために倒《たお》れ、手当ての甲斐《かい》もなく亡《な》くなってしまった。

マグア家の人びとは彼の死を悼《いた》み、豪華《ごうか》な棺《ひつぎ》に彼を入れ、当主自らが先頭に立って棺を担いで、アール家へと運んでいった。

アール家では、ラガロの死におどろき、哀しんだけれど、仇敵《きゅうてき》であるマグア家の人びとが、心からラガロの死を悼んでいることに胸を打たれて、ラガロが望んだとおり、マグア家との和睦を守ったのよ。

アール家の人びとは、ラガロの志を大切にして、ターサ氏族としての誇りを守りながらも、歴代のロタ王にきちんと忠誠を誓《ちか》って、ロタ王国の小領主として生きてきたのよ」

バルサは、衣《ころも》についたバムの粉をはたきながら、たずねた。

「でも、その英雄を、どうしてエウロカ・ターン〈森の王の谷間〉に埋葬したんです?」

サリが、ああ、と言った。

「ラガロがそれを望んだからだといわれているわ。ラガロは、息をひきとるときに、自分が死んだら、エウロカ・ターン〈森の王の谷間〉に埋葬してほしいと言いのこしたのですって。

かつて、ターサとロタの戦士たちが戦い、屍《しかばね》となってかさなりあって斃《たお》れた土地で眠り、ターサとロタの間を永久にとりもつ礎《いしずえ》となりたいと、ラガロは言ったのだそうよ。

その遺言《ゆいごん》をかなえようと、シャタ〈流水琴〉を奏でる初代のサダン・タラムの頭に導かれて、アール家とマグア家の人びとはエウロカ・ターン〈森の王の谷間〉に分け入り、谷間で唯一《ゆいいつ》、日の光がさんさんとあたっていた場所に墓をつくって、ラガロを埋葬したの」

それまでだまって聞いていた勘定係のオクリが、ほほえみながら、バルサに言った。

「ケミルの丘《おか》に登ったらよ、エウロカ・ターン〈森の王の谷間〉を見おろしてみな。一か所だけ木がない、ぽっかりとあけた穴みたいなところがあるからよ。ケミルの丘から見おろすと、その穴の中に、ちゃあんと墓が見えるぜ」

「へぇ！」

バルサがおどろくと、キイが笑った。

「わたしら、そのためにケミルの丘に行くのよ。知らなかった？　ケミルの丘から、エウロカ・ターン〈森の王の谷間〉にむかって谷間を言祝ぐ歌をうたって、これから、そちらに参りますって、お伝えするんだもの」

「知ってるわけ、ないじゃないか。わたしは、お墓があるのも知らなかったくらいだもの」

バルサは苦笑した。

「だけど、こまったね。ひととおり聞いたけど、どうにもピンと来ないや。どうして、あなたがたが的にかけられてるのか、さっぱりわからない」

キイが、鼻白んだ顔になった。

「あんた、エウロカ・ターン〈森の王の谷間〉の伝説を聞きながら、ずっと、そんなことを考えてたわけ」

バルサは、ふしぎそうに問いかえした。

「それが、わたしらの仕事だもの、当然だろ?」

言いながら、バルサは、オクリの隣に座っている料理係の若者が、興味深げな顔で自分を見ているのに気づいて、顔をしかめた。

「なんだい? なんか、わたしの顔についてるかい?」

料理係の若者は、照れたふうもなく、にやっと笑った。

「いやぁ、あんた、いいなぁと思ってさ。よけいなひらひらが全然ない、すばやく泳ぐヒュリ（鮠《はや》）みたいだ」

オクリが、ぽんっと若者の後ろ頭をはたいた。

「ばかか、ガマル。おまえ、それじゃあ、褒《ほ》め言葉になってねぇだろ！ 相手は若い娘だぞ」

オクリの言葉で、はじめて、自分が褒められたのだとわかって、バルサは、ぽかんと口をあけた。

かたわらで、ジグロが傷をおさえながら、肩《かた》を揺らして笑っていた。

6　恋歌《れんか》

草原の夏は、足早に過ぎていく。

あちらこちらを巡《めぐ》りながらのサダン・タラムの旅は、馬で街道を行けば三日ほどの距離《きょり》に二十日以上もかけることがあった。そうかとおもえば、ふつうの旅人なら宿場に泊《と》まるところを野宿で済ませながら、街道を行かずに、野山をつっきって、目的地までの最短距離を行くこともある。

追手《おって》たちが、彼《かれ》らがかならず姿をあらわす鎮魂の場所に狙《ねら》いをさだめたのも当然で、そうでもしなければ、サダン・タラムをつかまえるのは、風をつかまえるようなものだろう。

なにを追っているのか、緋色《ひいろ》の小鳥がせわしなく鳴きながら、天に舞《ま》いあがっては、草原に急降下をくりかえしている。

昨夜は小雨が降っていたが、夜が明ける頃にはあがり、昼前には雲もきれて、気持ちのよい晴天になった。わずかに湿り気《しめりけ》を残している草が、そよ風が吹くたびに、さわさわと揺れて、はるか視界の彼方《かなた》まで光がおどっている。

その光の乱舞《らんぶ》に誘われるように、草を食《は》んでいる羊たちの間から、ときおり、子羊が、ぴょんと跳《は》ねあがった。生きていることがうれしくて、ただ、うれしくて跳ねている。

「シャハン（茶色の毛の羊）が跳ねたよ」

だれかが、そう言ったとたん、それまで黙々《もくもく》と歩いていたサダン・タラムたちが、たのしそうに笑いはじめた。

「さあ、だれが受ける？」

サリの声に、キイが、子羊をまねて、ぴょんと跳ねあがった。そして、するりと太鼓を腹側にまわすや、軽快な音を響かせながらうたいはじめた。

――子羊跳ねても、シャハンの子羊ぁ寝《ね》てばかり
　子羊跳ねても、寝てばかり
跳ねろ、跳ねろよ、シャハンの子羊　太い尻尾《しっぽ》をふってみよ……

白い子羊はよく跳ねるのに、シャハンの子羊は怠け者《なまもの》だとうたうキイの声が、サダン・タラムたちの歩みに弾《はず》みをつけた。ひとしきりうたいおえるや、キイは前をむいたまま、太鼓の撥を、ぽーんと、後ろにほうった。

飛んできた撥をあわてて受けとめたガマルは、荷馬の手綱《たづな》をふりながら、しばらく調子をとっていたが、やがて、大きな声でうたいはじめた。ときどき調子がはずれるけれど、なかなかいい声だった。

うたいおえると、ガマルはきょろきょろと仲間たちを見わたした。だれに渡すか、思案顔だったが、ふと、しんがりを務めているバルサに目をとめるや、にやっと笑った。

「だめだよ、わたしは……」

手をふって止めようとしたが、ガマルはかまわず、撥を投げてきた。

それを受けとめて、バルサはため息をついた。歌をうたうのはきらいではないが、楽人たちに聞かせるのは、気《き》ぶっせいだった。

しかたなく、撥を宙にほうりなげるや、短槍《たんそう》で、調子をとりながらちょんちょんと突《つ》いて跳ねあげてから、撥をたたいて前の方に飛ばした。

ずるいだの、なんだのと、サダン・タラムたちがはやしている中を撥はくるくる舞いながら飛んでいく。先頭を歩いているサリが、ひょいと手をのばして、それをつかんだ。

おお、という声があがり、手拍子が鳴りはじめた。

その手拍子を笑いながら受け、サリがすっと手をあげると、手拍子がぴたりと止まった。

サリは、静かにうたいはじめた。それまでの陽気な歌とは異なる、透明《とうめい》な、哀調《あいちょう》をおびた歌だった。

——愛しておくれ、と、ささやくツバメ
　軽《かろ》やかなきみ、風にのり、わたしの耳もとで、指を鳴らして、行きすぎる
　愛しておくれ、わたしのことを。風に流れていく身だけれど
　この世はすべて、つかのまの、流れ消えゆく草の波
　せめて、短いこの夏に、枕《まくら》をかさね、手をかさね、夜の静寂《しじま》にただよわん……

夕暮れどきに遠くから響いてくる鳥の声のような、ものがなしさを秘めた声だった。

だれもがだまって、その歌を聞いていた。

静かに歌をおさめると、サリは、かたわらを歩んでいるジグロを見あげてほほえんだ。そして、撥をジグロに差しだした。

撥を受けとったジグロが、ふいに、朗々とうたいはじめたので、バルサは、びっくりして目を見ひらいた。
——ユサの山なみ、雪の峰《みね》、凍《こお》る風にも光る月
　行けよ、男《おのこ》よ、槍を持て、高き峰みね、踏《ふ》み越《こ》えて
　この世はすべて、つかのまの、落ちては消える、淡雪《あわゆき》ぞ
　行けよ、男よ、槍を持て、高き峰みね、踏み越えて
　雪の狭間《はざま》に身を揺する、小さな花を胸に抱《だ》き、遠き彼《か》の地へ歩みゆけ……

ジグロの声は低く太かったが、はっとするほどに艶《つや》があった。

ジグロがうたったのは、カンバルの若者が山道を越えて、異国へと旅していく心情をうたった素朴《そぼく》な歌だったが、ジグロがうたいおえたときには、だれもが、そびえたつカンバルの雪の峰を見あげているような心地になっていた。

日の光が、先頭を行くジグロとサリの姿を淡く浮《う》かびあがらせている。

ときおり、サリが顔をあげて、ジグロに話しかける。前をむいたまま、ジグロがそれに応《こた》えている。ぽつり、ぽつりとなにかを話しながら歩いていくふたりの後ろ姿を

見ながら、バルサは、なぜか、ものがなしいような気持ちを味わっていた。

サダン・タラムは、街道を行く旅人たちの知らぬ、快適な野の宿り場を、たくさん知っていた。たとえば、谷川の脇《わき》に湧《わ》きだしている温泉なども、そのひとつで、そういうところで一夜の宿りをするときは、彼らは、温泉の石囲いを手早くつくりなおし、たまっている泥《どろ》や木の葉をかきだして、大きな湯浴《ゆあ》み場《ば》をつくった。

夜がふければ、たがいの姿は、ぼんやりとしか見えないから、男も女も、くるくると衣を脱《ぬ》ぎすてて、みんないっしょに湯につかった。

月明かりのもとで、深い木立の中に白い湯気がゆったりと流れているのを見ながら、熱い湯につかるのは、たとえようもない心地よさだった。

キイやサンサは長湯なので、バルサはいつも、彼女《かのじょ》らにつきあわずに、さっさと湯からあがり、野営地の周囲を見てまわるようにしていた。

物音がしたので目をあげると、木立のむこうに、ぼんやりと大きな人影《ひとかげ》が見えた。その輪郭《りんかく》だけで、ジグロであることがわかった。鳴子《なるこ》をしかけているのだろう、ときおり立ちどまりながら、ゆっくりと木立の間を歩いていく。

その姿が遠くなった頃《ころ》、もうひとつ、ほっそりとした人影があらわれた。木々がとぎれているところに出たとき、月明かりに、その横顔がちらりと見えた。――サリだった。サリの姿は、すぐに木立の闇《やみ》にまぎれたが、彼女がどこへ行こうとしているのかは、見なくともわかった。

サリが糸に触れたのだろう。チリリ、と、闇の中で鈴《すず》が鳴ったのを聞きながら、バルサは木に手を置いて、茫然《ぼうぜん》と、ふたりが消えた森の奥《おく》を見つめていた。

聞きなれた足音が近づいてきて、背後からガマルの声が聞こえてきた。

「いま、あっちへ行ったのは、お頭《かしら》だったな」

「そうみたいだね」

バルサがそっけなくこたえると、ガマルが、たのしげに笑った。

「いいなぁ、お頭。今夜は最高の夏の宵《よい》ってわけだ」

あっけらかんとしたその言い方に、バルサは、なんとなく毒気を抜《ぬ》かれた気分になった。

「……お頭は、独り身なの？」

たずねると、ガマルはあきれたような声をあげた。

「なんだ、知らなかったのか？　独り身もなにも、おれたちは、みんな、結婚なんかしねぇもん。恋《こい》に落ちたら共寝《ともね》をたのしんで、子が生まれたら、みんなで育てる。それがトル・アサ〈楽しみの子〉さ」

「なるほどね。だけど、相手が跡継《あとつ》ぎを望んでいたら、どうするんだい？　結婚せずに済ませてくれる相手ばっかりじゃないだろうに」

「そういう相手と恋に落ちたら、まあ、おおごとだな」

たいしておおごととも思っていない口調で、ガマルは答えた。

「そういう場合は、サダン・タラムの暮らしをとるか、相手をとるか、決めるしかねぇな。だけど、あんまり、そういうことは起きねぇよ。だって、考えてもみろよ、おれたちは、サダン・タラムだぜ。相手だって、おれたちがどんな生き方をしてるか、知ってるもんよ。お堅《かた》い女や男を望んでいるやつは、誘いをかけてものらねぇさ」

ガマルは、バルサが手を置いている木に寄りかかり、大きな身体《からだ》をかがめるようにして、バルサにささやいた。

「姉貴に負けずに、おれも恋をささやきたいんだけどよ、のってくれねぇかい？」

バルサは、びっくりしてガマルを見あげた。

「姉貴？　あんた、サリの弟なのかい？」

ガマルは鼻白んだように顔をひいた。

「おいおい、せっかく誘ってるのに、そんなところにひっかかるなよ。——そうだよ。

おれと、お頭は、同じ母から生まれた姉弟さ。だけど、姉貴はお頭で、おれは料理係。ちゃんと分はわきまえてるぜ、おれ」

そう言うと、ガマルは再度挑戦《ちょうせん》という口調で、バルサにささやいた。

「姉貴の話はそのくらいにしてさ……」

バルサは、最後まで聞かずに、するりとガマルの脇をくぐりぬけた。

「……その気がないことぐらい、察しなよ」

そっけなく、そう言いおいて、バルサはガマルに背をむけて歩み去った。

あたたかく、月が美しい宵だったから、サダン・タラムたちは天幕を張らず、焚き火をかこむように寝床《ねどこ》をつくっていた。湯につかったことで昼間の疲れが出たのだろう。バルサが野営地にもどったときには、男たちは、もう鼾《いびき》をかいて眠《ねむ》っていたが、サンサたちは洗い髪《がみ》をかわかしながら、小声でおしゃべりをしていた。

焚き火に投げこんである蚊《か》遣《や》りの香《こう》のにおいが、うっすらとただよってくる。

バルサは、焚き火のところには行かず、森の縁《ふち》で立ちどまり、木の根もとに腰をおろした。それに気づいたキイが、こちらを透《す》かし見て、手招きをした。

「バルサ、そんなところにいないで、こっちへおいでよ。今夜はわたしらといっしょに寝ようよ」

バルサは首をふった。

「ありがとう。でも、いいよ。不寝番《ふしんばん》をしなきゃならないから。そこだとあたたかすぎて、眠くなっちまう」

サンサが、櫛《くし》をしまいながら、声をかけてきた。

「そんなこと言わずに、こっちにおいでよ。この季節、狼たちは腹を減らしちゃいないから、焚き火をたいてりゃ、襲《おそ》っちゃこないし、道のないところをあれだけ歩いたんだから、追手だって、盗賊《とうぞく》だって、来るはずがないじゃないか」

それは、わかっていた。だが、バルサは頑《かたく》なに首をふった。

「なにごとも起きそうにないからって油断をするのが、いちばん危ないんだよ。これは、わたしらの仕事なんだ。気にしないで寝てよ」

キイとサンサが、ちらりと顔を見あわせた。それから、キイが、ため息をつくように言った。

「あのさ、バルサ、気をつかってやんなよ。あんたが、そこで、やきもち焼きの女房《にょうぼう》みたいに帰りを待ってたら、帰ってきたとき、ふたりが気まずい思いをするだろう?」

バルサはだまっていた。

（気まずい思いをするくらいなら、こんなこと、しなけりゃいいんだ）

バルサは心の中で、つぶやいた。

ジグロが、護衛の仕事をないがしろにしていることが信じられなかったし、腹が立ってしかたがなかった。それでも、しぶしぶ立ちあがったのは、やきもち焼きの女房みたいだと言うキイの言葉がしゃくにさわったからだった。そんなふうに思われるのは、まっぴらだ。自分が腹を立てているのは、ジグロが仕事をないがしろにしているからで、サリとくっつこうが、どうしようが、知ったことじゃないのだと、キイたちに示したかった。

バルサは、むすっとした顔のまま焚き火のそばに行くと、サダン・タラムたちからすこし離《はな》れた場所に自分用の敷き布を敷いて、寝っころがった。短槍を胸に抱いて、目をつぶったけれど、眠りはなかなかおとずれてくれなかった。

ジグロとサリの態度は、その夜のあとも、まったく変わらなかった。

なにかあったのか、それともなにもなかったのか、こういうことにうといバルサには、判断がつきかねたけれど、それ以降は、誘われるままに、キイとサンサの天幕に寝るようになった。ふたりの天幕に移ると言うと、ジグロはなんとなく面白《おもしろ》がっているような目でバルサを見て、そうか、と言っただけだった。

サリのことは好きだったし、父親の風流ごとにやきもちを焼くほど子どもだと思われたくなかったので、バルサは努めて、それまでと変わらない態度でサリに接した。

サリは、やさしかった。ごく自然なやさしさと気遣《きづか》いで、バルサのとまどいをほぐしてくれた。

(サリは、大人なんだな)

あるとき、ふと、そう思い、バルサは哀しくなった。

こういう人と生きていけたら、ジグロは幸せだろう。

ジグロから離れて独り立ちすればいいのだ、と、バルサは思った。ふたりいっしょに、闇の中にいる必要などない。むしろ、いっしょにいるから、たがいのことを思いやってつらいのだから。

(わたしが……)

サダン・タラムと別れる日が来たら、そのことをジグロに話して、別れよう。別れたほうがバルサにとっても幸せなんだと、今度こそわかってもらおう。

そう思いながら、バルサは、先頭を行くジグロの大きな後ろ姿を見つめていた。

7 タカンの宿

「いやな雲が出てきたね」

　空を見あげて、サンサがつぶやいた。

　西の空にあらわれた灰色の雲がぐんぐんとひろがって、草原をおおいはじめていた。吹《ふ》いてくる風も、かすかになまぐさい雨のにおいをはらみ、牧《まき》の境に植えられている木々の葉が裏がえって、嵐《あらし》の到来《とうらい》を告げている。

　ケミルの丘まで、あとすこし。ここまで晴天にめぐまれていたが、北部では、この時季の嵐はめずらしくなかった。

「タカンさんの宿が見えてきたぜ！」

　ジグロの横を歩いていたガマルが、前方を指さしながら、ふりかえって叫《さけ》んだ。

「走ろうぜ！　走れば、雨が来る前に、屋根の下に入れるかもしれねぇ！」

　その言葉に、みんなが、それ、とばかりに駆《か》けだした。荷車を引いている荷馬が、突然鞭《とつぜんむち》をあてられて、びっくりしたようにいなないた。

羊囲いの石積みにはさまれた、くねくねとうねっている細道に、やがて、ぽつ、ぽつ、と大粒《おおつぶ》の雨があたりはじめた。

暗く垂れこめた雲の腹が、ふいに、銀色に輝《かがや》いた。

ゴロゴロゴロ……と、こもった音が天から響いてくる。走りながら、音がしている方をふりあおぐと、いきなり、天と地が光の柱でつながった。

天が裂《さ》けたようなすさまじい音が響き、みんなはおもわず耳をふさいで、道にかがみこんだ。ドーン……と地響きがして、彼方で火柱が立ち、白い煙《けむり》が立ちのぼった。

「あれ、落ちたね？　雷《かみなり》が、落ちたんだよね？……おお、こわっ！」

キイが、ぶるぶるっとふるえながら、バルサを見た。

「走ろう、早く屋根の下に入らないと、危ないよ！」

バルサは、みんなをせきたてた。

稲光《いなびかり》が走るたびに、黒い建物が、五つ、浮かびあがって見えた。ひとつが母屋《おもや》で、あとは納屋《なや》や、家畜《かちく》小屋、それに飼料倉《しりょうぐら》と厩舎《きゅうしゃ》だろう。

石積みがとぎれ、太い板を渡した閂《かんぬき》があらわれた。

ジグロはその閂をはずし、脇に寄ってサダン・タラムたちを通した。

「バルサ、短槍を庭に投げこんでおけ！　手で持っているな！」

鋭《するど》い声でどなられて、バルサはあわてて、短槍を庭にほうった。

荷馬車が宿の敷地《しきち》に入ったとき、ザー……と音をたてて、雨が降りはじめた。天の底が破れたような、ものすごい雨だった。

風雨と雷鳴《らいめい》の中でも、サダン・タラムたちが到着した物音を聞きとったのだろう、二階建ての古い農家の玄関扉《げんかんとびら》が開いて、中から、太った夫婦がとびだしてきた。

「さあ、さあ！　中へ入って！　あ、そうそう、荷馬車はそっちの納屋へ……」

妻が、女たちを家の中に導きいれている間に、夫は、男たちを手伝って、荷馬車を納屋へ入れてくれた。

「馬は、とりあえず、家畜小屋に入れとけや。雷さまが行っちまってから、厩《うまや》へ移せばいいから」

きつい北部《ほくぶ》訛《なま》りでそう言って、農夫は男たちをせきたてた。

先に家の中に入った女たちは、広い土間に身を寄せあうように立って、髪の毛から水滴《すいてき》をしたたらせながら笑っていた。

「まあ、まあ、とんだ吹き降りで！　でもまあ、雷に打たれなくてよかったねえ」

タカンの妻が、太い腕に、たくさんの手拭《てぬぐ》いをかかえて土間におりてきた。女たちが、口ぐちに礼を言いながら手拭いをうけとっているところに、納屋から男たちがもどってきて、また、雨のにおいが、むっと強くなった。

タカンが、トントンと靴《くつ》を土間にうちつけて泥を落とし、部屋にあがろうとすると、妻が、大声で夫を叱《しか》った。

「あ、あんた、脱いであがってよ！　さっき拭《ふ》いたばっかりなんだからさぁ、床《ゆか》を汚《よご》さないでよ」

タカンは、ぶつぶつ言いながら、それでもあがりがまちの縁に靴をひっかけて脱いで、部屋にあがっていった。土間のむこうは広い居間兼《けん》食堂になっていて、大人数が一度に食事をとることができる長い食卓《しょくたく》があった。正面には大きな暖炉《だんろ》があって、その上に黄色い野の花が活《い》けてあった。

北部のこのあたりでは、嵐が来ると、ぐっと気温が低くなる。タカンは薪《まき》入《い》れを引っぱり寄せて、暖炉に薪を組みはじめた。

「それにしても、助かりましたよ。変な雲が出てきたなぁって思ったときは、もう、この家のそばまで来てましたからね。牧の原を歩いているときだったら、大変だったわ」

サンサが、手拭いで髪の毛をはさんでおさえるようにして拭きながら、言った。

「前にも、あったねぇ、こんなことが。ほら、三年ぐらい前だっけ？　あんたがたが来たとき、ものすごい雷雨でさぁ」

タカンの妻が言うと、サリたちがうなずいた。

「ああ、ありましたねぇ。そうだった。あのときも、ひどい吹き降りだったけれど、でも、ほら、あのときはもう、こちらに着いたあとだったから」

「そうだったねぇ。あんたがたが来る日の頃になると、こういう嵐が多くなるから。そんで、ひと雨ごとに、秋が深まるんだよねぇ」

暖炉に火を入れていたタカンがふりかえった。

「それにしても、あんたたちは、毎年、ぴたっぴたっと、この日に来るねぇ。みごとなもんだ」

サダン・タラムたちは、床をぬらさぬように身体を充分《じゅうぶん》ぬぐいおえると、靴を脱いで、居間にあがった。

屋根を打つ雨の音が、ザー……と家全体をつつんでいる。雷の音はすこし間遠《まどお》になっていたが、ときおり、思いだしたように稲光が窓の外をパッと光らせた。

バルサは居間にあがると、ゆっくりと部屋の中を見まわした。

四本の太い柱が天井《てんじょう》をささえ、天井の梁《はり》には、びっしりと煤《すす》がついていた。分厚い石積みの壁《かべ》には、風が通らぬように漆喰《しっくい》を塗《ぬ》ってある。雪の多いこの地域の農家らしい造りだった。

どこの街からも遠いこの辺鄙《へんぴ》な土地には、二階に旅人を泊めて、なにがしかの宿代を稼《かせ》ぐ農家が点在している。この家族もそうやって旅人を泊めて、家計の足しにしているのだろう。

暖炉に火がおどりはじめると、タカンは手をこすりあわせながら立ちあがった。

「ナコルが生まれた年からだから、もう何年になる？……八年か。もう、そんなになるか」

自分で言って、タカンは、びっくりしたような顔をした。

「ナコル坊《ぼう》やは、どうしてます？」

サリがたずねると、タカンは笑った。

「元気で、やんちゃで、まあ、こまるくらいだ。今日は、チビどもはみんな、叔父貴《おじき》んところに手伝いにいかせてるが、あんたたちに言祝《ことほ》いでもらったおかげで、うちのチビどもは、みんな元気だよ。風邪《かぜ》もひかん」

サダン・タラムたちはほほえんだ。

「そりゃ、なによりですよ。やんちゃでも、なんでも、元気がいちばん」

タカンの妻の、ヨラが、台所から、湯気がたっている大きな土瓶《どびん》を持ってきた。

「さあ、さ、ともかく座って、お茶でも飲みながら、積もる話をしましょうさ。あんたたちが来ると思って、ちょっと前にラル（シチュー）の大鍋《おおなべ》を火にかけたところだから、すぐに夕食にしますけども、ま、それまでのつなぎに、焼き菓子《がし》でも食べて」

ヨラがお茶をいれ、焼き菓子を台所から持ってくると、甘《あま》く香ばしい匂《にお》いがひろがった。木の実がたっぷり入った焼き菓子をつまみながら、みんなが口ぐちに、この一年のできごとなどを話すうちに、いつの間にか雷鳴は遠くなり、雨も小降りになっていた。

「どうもこの頃、旅人がめっきり減ってよぉ」

タカンは焼き菓子を割って、中から木の実だけを拾って口に入れながら、言った。

「今年は泊まり客が減っちまってさ。こまってるんだよ、正直なところ。アール領全体がどうも活気がいまひとつだからな。それがかかわっているのかもしれねえが。でもまあ、まったく旅人が来ないってわけでもないから、この商売をやめるのも、ためらわれてね」

サリが眉《まゆ》のあたりをくもらせた。

「それは、おこまりですねぇ。でも、タカンさんが宿を提供してくださらなかったら、わたしらも、こまってしまうわ」

ヨラが顔の前で、手をふった。

「なに言ってんですよ。あんたがたは、特別。たとえ商売をやめたって、毎年来てくださいな。あんたがたが言祝いでくださると、羊もシク牛《うし》も、よく乳を出すし、子も生まれるし。とくに今年はさ、あんたがたが来るのを、待ちわびてたんですよ！」

サリが瞬《まばた》きをした。

「あらまあ、なにか、ありましたか」

ヨラは、ちらっと夫を見た。

「あったんですよ。やなことがさ。病が流行《はや》ってね、シャハン（茶色の毛の羊）ばっかりがずいぶん死んだんですよ。シャハンは寒さにも病にも強いのにねぇ。こりゃ、ほら、やっぱり、あのことで、怒《おこ》っていなさるんじゃないかって……」

キイが、かすかに笑いをふくんだ声でたずねた。

「あのことって？　なにが、なんで怒ってるの？　ヨラさん、なにがなんだか、さっぱりわからないんだけど」

ヨラがむっとした顔になった。

「あら？　あんたら知らないのかね、あのことを？」

サダン・タラムたちの表情を見て、ヨラはため息をつき、夫をついた。

「あんた、話してよ」

タカンはいやな顔をした。

「おめぇなぁ。自分ばっか、祟《たた》りを避《さ》けようとするか？　そういうときは、亭主《ていしゅ》がたたられないように、自分が話すもんだろうがよ」

言いながら、タカンは指をかさねて災《わざわ》いよけをした。

「もう半年以上前になるけど、今年のはじめによ、大きな地揺《じゆ》れがあったんだよ。家がくずれて人死《ひとじ》にが出たりして、そりゃ、大変な騒《さわ》ぎでよ」

「あらまあ！　そんなことがあったんですか。わたしら、噂《うわさ》にも聞かなかったけども」

サンサがおどろいて声をあげると、ヨラは顔をぎゅっとしかめた。

「そうでしょうさ。地揺れがあったって、人死にがあったって、アール領の災難の話なんぞ、ロタの連中はしないものねぇ」

それを聞いて、バルサは、はっとした。

（……そうか。このあたりはもう、アール家の領地なんだ。じゃあ、この人たちはロタじゃなくて、ターサか）

タカンもにがにがしげな顔をしていたが、女房をなだめるように言った。

「まあ、そうわるくとるもんじゃねぇよ。おれたちもよ、口にしたくねぇ話だから、旅人に話すこともなかったしよ。ほかの地方に噂がひろがらなくても、当たり前っちゃあ、当たり前だろうが」

「それでもさぁ……」

なおも恨《うら》み言《ごと》を言いかけたヨラを、やんわりとさえぎるように、サリが口を開いた。

「口にしたくないって、地揺れだけでなく、なにか厄《やく》よけをしたくなるようなことでもあったんですか」

タカンは指をかさねたまま、うなずき、声を低めた。

「それがよ、その地揺れで、あんた、……ラガロさまのお墓がくずれたんだよ！」

「えっ」

サリが息をのみ、サダン・タラムたちの顔色が変わった。

「ラガロのお墓が？」

「ああ。ケミルの丘に登って、新年の厄よけの祈《いの》りをしようとしてた連中が、みつけてよ、大騒ぎになったんだよ。ケミルからでも見えたそうだぜ、その、ラガロさまの遺《い》……」

「あんた！」

ヨラにどなられて、タカンは言いかけていた言葉をのみこんだが、彼がなにを言おうとしていたのかは、だれもが察した。墓がくずれたことで、遺骨がむきだしになっているのが見えたのだろう。

「早くお墓をなおさにゃ、っていう話が出たけどよ、なにしろお墓はエウロカ・ターン〈森の王の谷間〉の中だしよ、あんたがたが来るまで待つべきだって、アールの殿《との》さまがおっしゃってよ。あんたがたが、ひとつひとつの場で鎮魂《ちんこん》を終えて、ここへ来て、きちんと鎮魂をすることがいちばん大切だろうってねぇ」

サリは顔をくもらせたまま、タカンを見つめた。

「ええ。鎮魂の旅の順序には、意味がありますからね。アールの殿さまなら、そうおっしゃるでしょうけれど、でも、半年も……」

サリが口を閉じると、重苦しい沈黙《ちんもく》がひろがった。

「そうですよ。あんた、雨風にさらしっぱなしですもん。お怒《いか》りも下りますさ。あれから、シャハンがずいぶん死んでさぁ」

ヨラが、腹立たしげに言った。

「こりゃ、やっぱりね……言いたかないけど、ほらさ、若殿さまが大まちがいをなさったことが、こうやってね、なんか、かんか、災いを呼んでるんだわ。地揺れが起きたんだって……」

「おい、やめねぇか」

タカンが女房をおさえた。

「くだらねぇことを言うんじゃねぇよ。御領主《ごりょうしゅ》さまのご一家のことを、おれたちふぜいが、そういうふうに言うのは、よくねぇ。口をつつしめ」

ヨラは鼻を鳴らしたが、自分でも言いすぎたと思ったのだろう。肩をすくめて、気持ちをきりかえるように言った。

「まあ、ほら。あんたがたも、こうして、やってきたわけだし。ちゃんと鎮魂してもらえれば、ね、お怒りも鎮まって、災いは去るってことだから」

そう言って、ヨラは笑《え》みを浮かべた。

「ほんとに、ねぇ、あんたがたが来て、うれしいよ。わたしらも、ほら、あんたがたの歌を聞かせてもらうのが、一年に一度のたのしみなんだから！」

沈《しず》んでしまった場の雰囲気《ふんいき》をもりあげるように、タカンも明るい声で言った。

「そうだよ。今朝発《た》った商人たちも、うちにはサダン・タラムが毎年泊まりにくるって噂を聞いたって、それでわざわざ、ほかの家じゃなく、ここに泊まることにしたんだって言ってたくらいで、あんたがたは、我《わ》が家《や》の福の神さね」

サンサが、目をまるくした。

「あらまあ！　だれが流してるんだろうねぇ、そんな噂」

「村の酒場に立ち寄れば、いろんな話が耳に入るからな。実際、その人たちも、まずは酒場に行って、どの家がいちばん快適な宿か、噂を集めたって言ってたんでね、おれたちも、へぇ、お客たちは、そうやって宿を決めてたのかと思ったよ」

バルサは、かすかに眉をひそめて彼らのやりとりを聞いていた。ジグロを見ると、ジグロもまた、なにかを考えている表情でバルサを見た。

バルサが、ちらっと窓の外に視線を移してみせると、ジグロは目顔でうなずいた。おしゃべりをたのしんでいるサリたちに、不安を感じさせないように、なにげないしぐさで立ちあがり、バルサは外へ出ていった。

外に出ると、雨あがりの、湿った冷たい風が肌《はだ》をおしつつんだ。雷雲が去ったあとの空には、うす赤い雲がたなびいている。

バルサは、さっき庭にほうった短槍を拾いあげ、水溜《みずたま》りを避けながら、ぐるりと家の周囲を見てまわった。足跡はたくさんついていたが、これらはみな、豪雨の中で納屋と母屋を往復した、タカンや、サダン・タラムたちの足跡のようだった。

納屋や家畜小屋、厩や飼料倉、すべて見てまわったが、人の気配はなかった。この農家は、野中の一軒家《いっけんや》で、周囲は広大な牧草地と畑地しかない。人が潜《ひそ》める場所は、畑地のむこうにひろがっている森しかないが、一気に襲ってこられる距離ではなかった。

ここが、サダン・タラムが毎年立ち寄る場所として、人に知られているとすれば、追手がしかけてくる可能性がある。――バルサはひさびさに、肌がひきしまるような気分を味わっていた。それは心地《ここち》よい感覚だった。

家の中から、ラキ（小型の弦楽器《げんがっき》）の響《ひび》きとともに、たのしげな歌声が聞こえてきた。宿代がわりの演奏をはじめたのだろう。

家の裏手にまわると、ちょうどジグロが勝手口から出てきたところだった。

「家の周囲にはだれもいないよ」

バルサが周囲の状況《じょうきょう》について報告すると、ジグロはうなずいた。

「襲ってくるとすれば深夜か夜明けだろうが、この家は攻めにくい。やつらが兵士《せ》だとすれば、攻める判断をするかどうか、微妙《びみょう》なところだな」

北部の家は窓が小さく、中にいる者にさとられずに侵入《しんにゅう》するのはむずかしい。この時季でも夜は冷えるから、炉に火を入れるので、煙突《えんとつ》からの侵入もできない。侵入できる場所は、玄関と勝手口に限定される。しかも、ひとりずつ入ってこなければならないとなると、複数で襲う利点も活かせない。

「水瓶《みずがめ》に毒を入れていった、ということは？」

ジグロは顎《あご》に手をやった。

「それは、まず、ないだろう。効果が出る時間を見はからっておかんと、あの夫婦が先に倒《たお》れる可能性がある」

「でも、ほら、えーと、パジャだっけ、半日以上たってから効果が出て、心《しん》ノ臓《ぞう》の病で死んだように見えるのもあるよね」

ジグロは苦笑《くしょう》して首をふった。

「そういう毒は標的ひとりの暗殺に使うものだ。大勢がいっせいに死ねばだれもが毒殺を疑うし、あれは、あとで骨に跡が残る。暗殺したあと火葬《かそう》にしないと、暗殺の事実が露見《ろけん》する」

バルサは、そうか、と、つぶやいた。

「じゃ、火矢を射かけてくるってことは？」

「この家は堅固《けんご》な石造りだ。屋根も石板葺《いしいたぶ》きだからな、火矢を射かけてきても、火事を起こすのは容易じゃない。おれたちが油断をしていると仮定したら、攻めてくるかもしれんが、まあ、五分五分だな」

そう言って、ジグロは、ゆっくりと茜色《あかねいろ》がうすれて紫色《むらさきいろ》に変わりつつある空に目をやった。

「……襲ってきてくれたほうが、ありがたいんだがな」

ケミルの丘は、頂上に木が生えておらず、見晴らしがよい。森から弓で狙われたら防ぐのがむずかしい。むしろ、この家にいる間に襲ってきてくれたほうが防ぎやすかった。

バルサはジグロを見あげた。

「こっちがそう思っているって、やつらもわかってるよね」

ジグロは片頬《かたほお》をゆがめ、無言で森の方を見つめていた。

8 火虫《ひむし》

ヨラとタカンが用意してくれた夕食は、いかにも北部の農家らしく、羊肉やシク牛の乳をふんだんに使った料理であった。

「さあ、さあ！ まずは、こいつがなくちゃ、はじまらない」

大声で言いながら、タカンが両手で皿をかかえて持ってきたのは、子羊の炙《あぶ》り肉だった。

炙り肉は、外側がぱりぱりに焼けて、焦《こ》げた皮の割れ目からぽっぽっと湯気が立ちのぼっている。皮の内側の肉はきれいな桃色《ももいろ》をしていた。羊を飼っている農家が食用にするのは、去勢して太らせた雄《おす》の子羊と決まっていて、肉の味は雌《めす》に劣《おと》るが、やわらかくて、脂《あぶら》の味はわるくない。つけあわせの野菜も、どかっ、どかっと大きく切り分けて、ゆでられたもので、ラクァ（チーズ）をラ（乳）でのばした汁《しる》がかけられていた。

そのほかにも、具がたくさん入った熱々のラルがあり、蜂蜜《はちみつ》がしみこんだバムも皿に山と盛られていて、サダン・タラムたちは歓声《かんせい》をあげた。

バルサが、皿にのっている炙り肉を切り分けて、口に入れようとしたとき、ヨラが大声で止めた。

「ちょっと待って！ これをつけて食べてごらん」

手渡《てわた》された小さな壺《つぼ》には、きれいな緑色の、ねっとりとした物が入っていた。バルサがとまどっていると、隣《となり》に座《すわ》っているキイが手をのばして壺をとった。

「こうやって、食べるのよ」

小刀で緑色の物をすくって、炙り肉につけてくれたので、バルサは、うながされるままにその炙り肉を口に入れた。

とたん、すっとする香りが鼻腔《びくう》にひろがった。ミュリ（果実のジャム）のような甘みと、香ばしい炙り肉の塩味がとけあって、ふしぎな旨味《うまみ》に変わった。

バルサの表情を見て、キイたちが笑いだした。

「おどろいた？ ちょっと変わった食べ方だけど、おいしいよね」

バルサがうなずくと、ヨラが自慢《じまん》げに鼻をふくらませた。

「ま、わたしらは羊肉の料理にかけちゃ、ロタ人より上さ。塩で味付けしただけの炙り肉なんて単純なものを、お客さまに出しゃしないよ」

バルサは、塩をしっかりとすりこみ、炭でこんがりと炙ったロタふうの炙り肉もおいしいと内心思ったが、それを口に出しはしなかった。ロタ人の間にいると、ターサの話題など、まず耳にしないから、こんなふうにターサがロタに対抗《たいこう》意識を持っているのが、バルサにはふしぎに思えた。

夕食のあと、香料を入れた熱い酒を飲みながら、サダン・タラムたちは陽気な曲をいくつも合奏した。よほどたのしかったのだろう、ヨラもタカンも、目をきらきらさせて、上気した顔をほころばせながら歌を聞いていた。

サダン・タラムたちが二階の客室に入って、くつろいだのは、もう夜もふけた頃だった。

「やれやれ……」

サンサは腕《うで》をさすりながら、寝台《しんだい》にどさっと腰《こし》をおろした。

暖炉に足をむけるようにして、低い寝台が八つ並んでいる。廊下《ろうか》をはさんだむかいの部屋にも、同じ数の寝台があった。

「やっぱり、夜になると冷えてきたね」

キイが、ふるえながら暖炉にかがみこみ、点《つ》け木《ぎ》に火をつけて、きれいに組んである薪の下の焚《た》きつけに近づけた。

焚きつけが燃えあがり、炎《ほのお》が薪を舐《な》めはじめたとき、部屋の外から、物音と切迫《せっぱく》した声が聞こえてきた。

バルサは戸をあけて、隣室《りんしつ》に声をかけた。

「ジグロ?」

さっと戸が開いて、ジグロがとびだしてきた。腕にガマルを抱いている。

「どうしたの? なにが起きたの?」

バルサの声に、サンサたちも、なにごとかと背後に近づいてきた。

「暖炉に火を入れたか?」

「え? うん……」

こたえたとたん、ジグロは、廊下に飾《かざ》られていた花瓶から片手で花を抜きとって捨てると、花瓶をバルサにほうった。

「暖炉の薪に水をかけろ! ――煙を吸いこむな!」

バルサは花瓶を受けとるや、サンサたちをおしのけて部屋にもどり、パチパチと燃えはじめている薪に水をふりかけた。

燃えている薪の内側に、奇妙《きみょう》な緑色の光がともっているのが一瞬《いっしゅん》見えたが、その光は水を浴びるや、シューっと音をたてて消え、灰と煙が舞《ま》いあがった。

バルサは口をおさえて顔をそむけ、不安げに立っているキイたちを廊下においたてた。

廊下に出ると、男たちも部屋から出て、なにがなにやらわからないという顔でたたずんでいた。騒ぎに気づいたのだろう、タカンたちも階段のなかばまであがってきて、こちらを見あげている。

横たわっているガマルの脇に膝《ひざ》をついているサリに、ジグロがなにか説明をしていた。

「……そうだ。眠っているだけだから、心配はいらない。朝までは、目ざめないだろうが、身体に異状は残らないはずだ」

バルサがそばにいくと、ジグロが顔をあげた。

「煙は吸わなかったか」

「煙は吸わなかったけど、変な光を見たよ。——緑色の光が、薪の割れ目に沿《そ》って走っていた」

ジグロがうなずいた。

「火虫だ」

「火虫？」

「トカという鉱石をすりつぶして溶《と》かした液体は、熱せられると眠気を誘《さそ》う煙を出す。それを吸うと一瞬で昏倒《こんとう》する。工作兵が夜陰《やいん》にまぎれて敵陣《てきじん》に侵入して、薪にしかける罠《わな》だ」

ジグロは立ちあがり、低い声で言った。

「ここの薪にも、そいつがしかけられていた。薪の割れ目に塗っておいたんだろう」

タカンが、目を見ひらいた。

「そんな……なんで、そんなもん、だれが……？」

ジグロはタカンを見おろした。

「今朝発ったという商人たちは、何人でしたか」

タカンは、おずおずとこたえた。

「え……六人でしたがね」

「護衛士をふくめて？」

「護衛士が四人、商人がふたりでしたよ」

「その商人たちに、今日、サダン・タラムが来ることを言いましたか？」

「いいや……」

首をふったタカンをおしのけて、ヨラが顔を出した。

「言いましたよ」

タカンがびっくりして、女房を見た。

「え、おりゃあ、言ってねぇぞ」

「わたしが話したんだよ。あんたが厩に行ってるときにさ、明日の夜までいらっしゃったら、きっとサダン・タラムに会えるのに、残念だねぇ、朝に発つんですかねって。そしたら、あの人たちも、そりゃあ、残念だなぁってさ」

ヨラは眉をひそめてジグロとサダン・タラムたちを見つめた。

「でも、なんで……？」

ジグロはそれには答えずに立ちあがった。そして、男衆に割りあてられた客室の戸をあけて、中に入っていった。

それを見たとたん、バルサは、はっとして、自分たちに割りあてられた客室に駆けこんだ。息を止めて煙を吸わないようにしながら、部屋の隅《すみ》の燭台《しょくだい》から蠟燭《ろうそく》をとると、窓に駆けより、窓枠《まどわく》を調べた。落とし鍵《かぎ》をそっと持ちあげて、蠟燭を近づけてみると、予想していたとおりになっているのがわかった。バルサは踵《きびす》を返すと、廊下に走りでた。ちょうど、ジグロも廊下に出てきたところだった。

バルサがうなずくと、ジグロは微笑を浮かべた。

＊

バルサは、かすかな物音に気づいて、音がした方に目をむけた。

真夜中を過ぎ、すでに月は森陰《もりかげ》に消えていたが、空にはまだ明るさが残り、庭もぼんやりと見えている。

その庭に、ふいに黒い影《かげ》が三つあらわれ、納屋の方へすべるように近づいていった。

納屋の壁に立てかけてあった梯子《はしご》をとると、影たちは母屋へとむかった。

バルサは背を庭木にぴたりとつけ、木の影と一体になって立っていた。

短槍《たんそう》の穂先《ほさき》はすでに鞘《さや》をはらってあるが、光らないように布を巻いてある。呼吸がはやくならないよう気をつけながら、バルサは、じっと影たちの動きを見まもった。

客室の窓の下に梯子をかけると、ひとりが梯子をおさえ、ふたり目はわずかに後ろに立って剣《けん》の柄《つか》に手をかけて構え、三人目が小石を拾って窓に投げつけた。

雨戸の板に小石があたる、コン、という音が響いた。

男は、二度、三度と小石を投げ、しばらく窓を見あげていたが、反応がないのを見さだめると、背後の男にうなずいてみせ、するすると梯子を上っていった。

男は手を雨戸の合わせ目にあてると、ぐっとおした。すると、なにかが壊《こわ》れるような音がして、雨戸が内側に開いた。あらかじめ切れ目が入れられていた落とし鍵が折れたのだ。

男の身体がするりと部屋の中に消えた。ややあって、男が窓から顔を出し、庭に待つふたりに、うなずいてみせた。

剣の柄に手をやっていた男が、柄から手を離して梯子にとりつくと、すばやく上っていく。男の身体が窓を通って部屋に消えると、梯子を持っていた男が、ホウッ、と、梟《ふくろう》鳴《な》きをした。

それが合図だったのだろう。厩の方から、さらに三つの影があらわれ、庭を横切って玄関へと駆けよっていった。

バルサは息をつめて、物音に耳を澄《す》ましていた。

ジグロのやることにまちがいはないと信じていても、短槍の柄《え》をにぎっているてのひらに汗《あせ》がにじみでてくる。いまか、いまか、と、待っているのに、部屋の中はしずまりかえったままだった。

(……父さん)

唇《くちびる》をかんで、半開きになって揺れている雨戸を見つめたとき、かすかな物音がした。複数の足音がみだれて響き、息をのんだような音が聞こえて、すぐにやんだ。梯子を持っている男が、はっと顔をあげた。玄関にまわった男たちにも緊張《きんちょう》が走った。

バルサは服にてのひらをこすりつけてから、短槍を持ちなおし、膝をわずかにためた。

玄関の鍵がはずれる音がして、ギィ、と重い扉が、内側から開いた。

それを見るや、バルサは木陰からとびだした。

梯子を持っている男に一気に駆けより、ふりかえった男の首に短槍を打ちおろした。ピシッと音がして、頸動脈《けいどうみゃく》を打たれた男が白目になり、昏倒した。

玄関の方から、乱闘《らんとう》の音が聞こえてくる。母屋の角を曲がると、三人の男たちをおしだすようにして、ジグロが家の中からとびだしてくるのが見えた。

ジグロの短槍がうなり、あっという間にひとりの腕をたたき折った。腕を折られた男は絶叫《ぜっきょう》する間もなくジグロの短槍で首を打たれて昏倒した。その技《わざ》のすさまじさに、圧倒《あっとう》的な腕の差をさとったのだろう。倒れた仲間を見捨て、残りのふたりは踵を返して駆けだした。

「逃《に》がすな！」

ジグロの声を聞くまでもなく、バルサは逃げていく男たちにむかって走っていった。あとすこしで追いつく……と、思った瞬間、矢が風を切る音を聞いて、反射的に地面に身を伏《ふ》せた。身を起こす間もなく、二矢、三矢と矢が飛んでくる。

足音が近づいてきて、短槍が矢をはじくかたい音が響いた。

「……大丈夫《だいじょうぶ》か？」

ジグロの声が頭上から聞こえたとき、複数の馬のいななきが闇《やみ》の中に聞こえた。

バルサが膝をついて立ちあがり、馬の方へむかおうとすると、ジグロに腕をつかまれた。

「行くな」

バルサはびっくりしてジグロを見あげた。

「なぜ？」

ジグロは厳しい表情で闇を見つめていた。

「おまえ、ひとり倒しただろう」

「うん」

「おれは、侵入してきたふたりと、玄関にいたやつをひとり倒した。逃げたやつがふたり。これで六人。——そのうえ、射手と馬に乗っているやつがいたとすると、おれたちが把握《はあく》していた人数より多い。深追いするな」

バルサは肩《かた》の力を抜《ぬ》いた。緊張がとけたとたん、汗がふきだしてきた。顎にしたたる汗をぬぐっているバルサを見おろして、ジグロが言った。

「……やつらの狙《ねら》いは、サリだ」

バルサは、はっとジグロを見た。

「忍《しの》びこんできたやつは、ひとりひとりの寝顔《ねがお》をたしかめていた。——薬の効き具合をたしかめているのかと思ったが、サリの顔を見たとたん、短剣を抜いた」

闇の中で、ジグロの目が光って見えた。

しばらく、ふたりはなにも言わずに、馬が駆け去っていく音を聞いていた。

「……なぜ、お頭《かしら》を？」

「さあな。——ふたり目のやつは口もとに布をあてながら、暖炉の燃えさしに、油をそそごうとしていた。火虫でサダン・タラムたちを眠《ねむ》らせておいて、火事を起こして皆殺しにするつもりだったんだろうが、万が一にも、サリが助けだされることがないように、しとめておこうとしたんだろう。……それほど、確実に、サリを殺したいのだということだ」

なにかうそ寒いものが、肌をはいあがってきたような気がして、バルサは腕をさすった。

母屋にもどると、サダン・タラムとタカンたちが不安げな表情でたたずんでいた。
「残りの襲撃者《しゅうげきしゃ》は逃げた。今夜のところは、もう襲《おそ》ってはこないだろうが、おれたちは見張りを解かんから、安心して眠ってくれ」
落ちついた声でそう告げると、ジグロはちらっと玄関先に倒れている男を一瞥《いちべつ》し、すばやく二階へあがっていった。

バルサは玄関を出て、母屋の脇《わき》にまわった。

さっき倒した男の脇にかがみこんで、瞼《まぶた》を指で開き、完全に昏倒していることをたしかめてから、男の身体《からだ》の下に腕をさしこんで担《かつ》ぎあげた。男の身体は重くて、ちょっと足がふらついたが、バルサは、なんとか男の身体を落とすことなく母屋の玄関まで運んだ。

もどってみると、玄関の土間に横たえられている男が、ひとりふえていた。ジグロが二階で倒した男をかかえおろしてきたのだろう。

バルサが、担いできた男をふたりの男たちの脇におろすと、ヨラが目をまるくしてバルサを見た。なにか言いたげな顔をしていたが、バルサはすっとヨラから目をそらし、サダン・タラムの男衆に顔をむけた。

「こいつらを見張っていてください」

男衆はうなずいた。彼《かれ》らは、タカンたちのように荒《あら》ごとをまったく知らない素人《しろうと》ではない。正規の武術は学んでいないとはいえ、旅の途中《とちゅう》で起こる揉《も》めごとをおさめる経験は積んでいる。バルサは彼らに男たちを任せると、ジグロを手伝うために二階にあがった。

だが、手伝うまでもなく、ジグロはすでに軽がると男を担ぎ、部屋から出てきたところだった。ジグロがその男を土間におろしたとき、バルサは、はっとした。ぐったりと倒れている男たちのうち、ジグロが倒した男たちは、すべて利《き》き腕を折られていたからだ。

顔をあげると、ジグロが、じっとバルサを見ていた。

「おれに、やってほしいか」

静かな声で問われて、バルサは首をふった。ジグロはうなずくと、なんのやりとりをしているのかわからず、ふしぎそうな顔で見まもっている人びとに、自分たちにはかまわず、各自の部屋へもどって、眠ってくれと告げた。

「……なぜ？　なにをするんです？」

　眉をひそめて、サリが聞いた。

「役人に引き渡す前に、これ以降、あなたがたを襲えないようにしておくだけだ。心配せずに、二階にあがっていてくれ」

　これからバルサがなにをするのか察したのだろう。サリはあおざめた。

「それを、バルサにさせるの？　そんな……」

　ジグロはこたえなかった。厳然たる岩のようなその表情を見て、サリは、言いかけた言葉をのみこんだ。

　サリたちが二階へあがり、部屋の戸を閉めた音を聞いてから、バルサは自分が倒した男の脇に膝をついた。

　剣を持って襲ってくる相手の腕を折ったことは何度もある。だが、気を失っている無抵抗《むていこう》の者の腕を折るのはいやなものだ。

　腕のどこを折れば、どのくらいの期間腕を使えなくなるか、どこを折ったら一生腕が不自由になるか、かつてジグロに教わった知識が頭の中を駆けめぐっていたが、いざ、やろうと思うと頭の芯《しん》がしびれたように冷たくなり、頬がこわばった。

　自分を見つめているジグロの視線を感じながら、バルサは男の腕を持ちあげて手首を膝の上にのせ、腕が宙に浮《う》くようにした。それから、歯をくいしばって手刀をふりあげ、気合をこめて一気に腕の骨をたたき折った。

乾《かわ》いた音が響き、その手ごたえを感じたとき、全身に悪寒《おかん》が走ったが、バルサは歯をくいしばったまま浅く息を吸って、悪寒が去っていくのを待った。

激痛で意識をとりもどした男が、わめきはじめた。

ジグロが近よってきて、男の口を大きな手でぐっとつかんでふさぎ、帯から抜いた短剣の先を、男の右目にあてた。

男は蒼白《そうはく》になって、がたがたふるえている。食堂の暖炉の明かりで浮かびあがっているその顔をしっかりと見て、バルサは、あらためて、その男が、ともに旅したあの隊商の護衛士であることを確認《かくにん》した。

「おれが、なぜ、おまえの目に刃《やいば》をむけているか、わかるな」

ジグロが低い声で言うと、男は、かすかに顔をうなずかせた。

「なぜ、サダン・タラムの頭を殺そうとしている。――二度は聞かん。十かぞえるうちにこたえろ」

男は脂汗をたらしていたが、その目に浮かんでいたおびえの色は、自分が置かれている状況をさとるにつれて消えていき、かわりに頑《かたく》なな光が浮かんだ。

ジグロが七までかぞえたとき、男がなにか言った。

口をふさいでいた手を離《はな》して、襟《えり》もとをつかむと、ジグロは、男の目に刃を突《つ》きつけたまま、もう一度言ってみろ、と、ささやいた。男は喉《のど》を鳴らし、ふるえながらも、はっきりとした声で言った。

「……おれは、ロタの武人としての務めを、全《まっと》うしているだけだ」

ジグロは目を細めた。

挑戦《ちょうせん》的な光を目に浮かべて、男は言った。

「目をくりぬくなら、くりぬくがいい」

ジグロはしばらく男を見つめていたが、やがて、くるりと手の中で短剣をまわすや、柄頭《つかがしら》で男の鳩尾《みずおち》を打った。

白目をむいて、ぐったりとした男を土間に横たわらせて、ジグロは立ちあがった。

帯の鞘に短剣をおさめて、ジグロはバルサに顔をむけた。

「……ほかのやつらも、尋問《じんもん》するの？」

バルサがささやくと、ジグロは首をふった。

「無駄《むだ》だろう。仲間たちが、あっさりこいつらを置いて逃げたのは、こいつらが口を割らないと信じていたか、口を割っても、たいしたことは言えないとわかっていたからだ」

ジグロは、たったいま尋問した男を見おろした。

「だが、こいつは決定的なことを口にしたな」

バルサは唇を湿《しめ》し、低い声で言った。

「こいつらがお頭を狙っているのは、私怨《しえん》や金銭的な理由からじゃないんだね」

ジグロはバルサを見て、かすかに笑みを浮かべた。

「そういうことだ」

そのとき、かすかな物音がした。目をあげると、階段の手すりに手をおいて、サリが不安そうな顔でこちらを見おろしていた。

「……済んだの？」

ジグロがうなずいた。

「済んだ。ほかの連中は？」

「眠るように言ったわ。興奮しているから、なかなか眠れないでしょうけど」

「そうか。……あなたに話したいことがある。おりてきてくれ」

言いながら、ジグロは食堂にあがって、暖炉《だんろ》の脇の薪入《まきい》れから太い薪を一本とった。

短剣を抜くと、すっと構えてから、薪にふりおろした。ジグロがふりおろした短剣は、まるで軟《やわ》らかいラ（バター）でも切るように、薪に食いこんだ。見るみるうちに、薪が細く割られていく。木目を見さだめて、正確にその木目に刃《は》を入れているからなのだろうが、それでも、ふつうできることではなかった。

ジグロは細い木切れをバルサに渡した。

「こいつらの腕の骨を接《つ》いで、添《そ》え木《ぎ》をあてろ。それから、後ろ手にして縄《なわ》をむすんでおけ」

バルサはうなずいて、木切れを受けとった。

サリは、あおざめた顔でバルサを見ていた。

サリが自分を見ていることは感じていたが、バルサは顔をあげなかった。骨を折られた男たちの腕は腫《は》れあがり、骨を接ぐのも容易ではなかったから、それに集中して、サリのことは考えまいとした。

「この男の顔を見てくれ。見覚えはないか？」

ジグロに言われて、サリは、眉をひそめながら土間に近づき、倒れている男を見つめた。しばらく見ていたが、やがて、サリは首をふった。

「知らない男だわ。会ったことはないと思うけれど……」

ジグロは腕を組み、うなるように言った。

「だが、こいつは、あなたの顔を知っていた」

「え？」

サリがおどろいて顔をあげた。

「眠ったふりをしていたからわからなかっただろうが、こいつは、ひとりひとりの顔をたしかめて、最後に、あなたの顔を見た瞬間、短剣をふりあげた。——まちがいなく、あなたの顔を知っていた」

サリは、冷たくなった肌をあたためるように腕をさすった。

「どうして……」

口の中でつぶやいてから、サリは、思いなおしたように言葉を継《つ》いだ。

「でも、わたしたちは芸人だから、どこかで顔をおぼえられたということは、あるでしょうね。わたしたちのほうは、観客の顔をおぼえるのはむずかしいけれど……」

ジグロはうなずいた。

「そうだろうな。見覚えがないと言うなら、そういうことだったのだろう。だが、こいつらの狙いがサダン・タラム全員ではなく、あなただったことは、たしかだ。——もう一度聞くが、なにか、心当たりはないのか」

サリは、ゆっくりと首をふった。

「ずっと考えていたわ。でも、まったく思いあたることがないのよ、ほんとうに」

ジグロはサリの腕をとると、食卓《しょくたく》へ導いていって、座らせた。そして、静かな声で、男を尋問したこと、男が襲撃を恥《は》じていなかったことを説明した。

「武人が、武人の務めという言葉を口にするのは、忠義にかかわる事柄《ことがら》だけだ。こいつらは、私怨や欲であなたを狙っているのではなく、なにか、王家か氏族にかかわる理由から、あなたを亡《な》き者《もの》にしようとしているのだと思う」

ジグロの言葉を、サリは、茫然《ぼうぜん》とした表情で聞いていた。

「そんな……わたし、ロタ王家にかかわるようなことは、なにもしていないけれど……」

言いながら、はっと視線を揺らした。

「ロタ王家にかかわっていることといったら、前に、バルサが言っていた、マハラン材のことしかないわね」

「そうだろうな。おれも、それが、なんらかのかたちでことの真相にかかわっていると思う。マハラン材とアール家の関係は、今年になってから特別な意味合いを持つようになった問題だ。あなたを取り巻く事情で、これまでと異なる点があるのは、その一点だけだからな」

「ええ……。でも、やっぱりわからないわ。前にも言ったけれど、わたしはべつに、アール家の殿さまにマハラン材を売るな、なんて、言っていないし、わたしはただの芸人ですもの、そんな力なんて、ないわよ」

ジグロが、首をふった。

「いや。あなたを狙うということは、あなただけが持っている特別な力を問題にしている、ということだ」

サリが目を見ひらいた。ジグロが、ゆっくりとうなずいた。

「そうだ。――あなただけが、エウロカ・ターン〈森の王の谷間〉への道を開ける。やつらが恐《おそ》れているのは、あなたの、その力だろう」

しばらく、サリは、なにも言わずにジグロを見つめていた。

「……でも、なぜ？　エウロカ・ターン〈森の王の谷間〉に、マハランは生えていないのよ」

「わからん。だが、いま、おれたちの手の中にある事柄から浮かびあがってくるのは、それだけだ」

顎鬚《あごひげ》をなでながら、ジグロは言った。

「ヨラが地震《じしん》の話をしたときにも、おれは、そのことを考えていた。ふつうなら、英雄《えいゆう》の遺骸《いがい》を半年も雨風にさらしたまま放置するなど考えられぬ。アール家の殿さまにとって、いまもエウロカ・ターン〈森の王の谷間〉は、それほどの禁域なのだと実感したよ。そういう意味では、あなたの力は、やはり、特別なものなのだろう」

静かな口調で、ジグロは言った。

「サリ、彼らの思惑《おもわく》がなんであれ、彼らの狙いは、あなたの命だ。ここまでしつこく狙ってくるということは、彼らは、今後もかならず襲ってくるだろう。——護衛士として進言するが、エウロカ・ターン〈森の王の谷間〉へ行くのは、あきらめるべきだ」

サリは、あおざめた顔でジグロを見つめた。そうして、長いことだまっていたが、やがて、かすれた声でこたえた。

「それは、できないわ。命と儀礼《ぎれい》をひきかえにするなんて、ばかげていると思うでしょうけれど……でも、できない」

サリが口を閉じると、ジグロが言った。

「矢で射ぬかれても、儀礼をおこなうと言うのか」

サリは大きな目で、じっとジグロを見つめていた。

ジグロは厳しい目でサリを見つめかえした。

「いくつか守る方法はある。だが、それでも、命を落とす可能性がないとは言えん」

「……わかっているわ」

ジグロは、うなずいた。

「ならば、守る手立てを考えるが……。アール家宛《あ》てに親書を送ることはできるか？」

「親書？　アール家に？」

「ああ。事情を説明して、護衛の者にむかえにきてもらえるようにたのむのだ。今回の襲い方を見ても、彼らは殺しを偽装《ぎそう》しようとしている。彼らは、あなたを殺す意図を隠《かく》したいのだろう。となれば、ケミルの丘《おか》までは人目が多いから、狙われる確率は低い。

危険なのは、ケミルの丘からアール家までの道だ。おれは通ったことがないが、ほとんど人通りがないんじゃないか？」

「ええ。あの道を通るのは、アール家に用事がある人だけだから」

「そうだろう。その道を通るとき、アール家の者に護衛をしてもらえれば、危険はかなり軽減するはずだ。襲撃の意図がエウロカ・ターン〈森の王の谷間〉にかかわっていることを隠したいのであれば、アール家の者がいるところで、あなたを狙うことはあるまい」

サリはうなずいた。

「わかったわ。わたしの身分では、殿さまに親書を差しあげることは、あまりにも畏《おそ》れおおいけれど、若殿のシッサルさまならば、受けとってくださるでしょう」

「シッサル？　……ああ、そうか、ロタの妻をむかえたという跡継《あとつ》ぎだな」

「ええ。あの方ならば、こちらの事情をくんで、きっと快く護衛を出してくださるわ」

「よし。ならば明日《あした》親書を出して、ケミルの丘のふもとのトクアの街で彼の返事を待とう」

ジグロは立ちあがり、サリのかたわらに行くと、静かに椅子《いす》をひいて立ちあがらせた。

「もうすぐ夜明けだ。――すこしでも眠ってくれ」

サリは立ちあがると、すっとジグロの頬に唇をつけた。そして、踵を返すと、階段をあがっていった。

「……バルサ」

声をかけられて、バルサは顔をあげた。

「疲《つか》れたか」

バルサは、うなずいた。眠らずに見張りをするのはなれていたけれど、それでも、襲撃をしのいだあとには疲れが出て、ものを言うのも億劫《おっくう》になる。

「あとはおれがやる。おまえもすこし眠れ」

バルサは首をふった。

「大丈夫。この仕事だけやってから、寝る」

ジグロはバルサの前にしゃがみこんだ。

「明日、おまえに斥候《せっこう》になってもらう。疲れを残すな」

バルサは目を見ひらいた。

「斥候？　この先の偵察《ていさつ》を任せてくれるの？」

ジグロはほほえんだ。

「今日の、おまえの見取りは正確だった。やつらの攻め口をきちんと見きっていた。おまえなら、見るべきものを、見てくるだろう」

そう言って、ジグロはバルサの手から木切れをとった。

「さあ、早く寝ろ」

バルサはうなずいて立ちあがった。身体は疲れていたけれど、さっきまで感じていた重苦しい気分は消えていた。手早く骨を接いでいるジグロをちらっと見てから、バルサは階段をあがっていった。

9　護衛士のつとめ

しとしとと降りつづく小雨の中を、バルサはトクアの街へもどってきた。

ジグロたちとは、この街の宿屋で落ちあうことになっている。

バルサは、街に入ると、まず、往《ゆ》きに馬を借りた貸し馬屋に、馬をもどしにいった。馬蹄《ばてい》をかたどった看板をくぐると、馬のにおいがむわっと全身をおしつつんだ。うす暗い厩舎《きゅうしゃ》の中に、たくさんの馬がつながれている。

貸し馬屋は、馬を貸すだけでなく、旅人たちの馬の世話をする仕事も請《う》け負う店だから、馬の出入りが多くてにおいがすごい。バルサは馬をおり、たかってくるハエを手ではらいながら、馬をひいて店の奥《おく》にむかった。

街道から一段低くなっているせいだろう。道にたまった雨が床《ゆか》に流れこんでいる。箒《ほうき》で汚《よご》れた寝藁《ねわら》や馬糞《ばふん》をはきだすには、水が流れこんでくれたほうが、洗い流す手間がはぶけて、いいのかもしれない。

バルサは、駆《か》けよってきた馬丁《ばてい》に馬を渡しながら、声をかけた。

「一昨日《おととい》より、ずいぶん馬がふえてるね。なにか、あるの？」

馬丁は眉《まゆ》をあげた。

「あんた、この時期にここらに来るのははじめてかい？」

「うん」

「じゃあ、知らなくても、しかたねぇか。もうすぐ、スガラ・オ・ラガロ〈ラガロの担棺《たんかん》〉だからな、国中からターサ氏族の者たちが集まってきてるんだよ。おれたちにとっちゃ、これから数日が書き入れどきってやつさ」

「え、そのために、こんなに人が集まるの……？」

もちろん、スガラ・オ・ラガロ〈ラガロの担棺〉のことは知っていた。仇敵《きゅうてき》であるロタ氏族の者たちが、ラガロの偉大《いだい》さに敬服して棺《ひつぎ》を担いでアール家にやってきたことを記念する日で、ケミルの丘には、その日に登るのだとサリから聞いていたからだ。

ただ、それを聞いたときは、なんとなく、この近辺に住んでいるターサたちが参拝に登るぐらいのことを想像していた。まさか、これほど多くの人が集まるような行事だとは思ってもみなかった。

「この時期だけ貸し馬屋をやる牧童たちがいるくらいだ。明日になれば、もっとふえるぜ」

そう言って、馬丁は忙《いそが》しげに馬を引いていった。

貸し馬屋を出て、バルサは、目深《まぶか》にかぶったカッルの襟もとをつかみ、空を見あげた。雨はやむ気配を見せず、むしろ、空はどんどん暗くなっている。

それでも、街には人通りが絶えず、ざわめいていた。まだ昼過ぎだというのに、もう酔《よ》っ払《ぱら》っているのか、肩を組んで雨の中をねりあるき、大声で歌をがなっている男たちもいる。

なにをうたっているのか、最初はわからなかったが、同じ歌が、あちらこちらから聞こえてくるので、やがて、だいたいの意味がつかめるようになった。ロタ人を揶揄《やゆ》し、ターサを称《たた》える歌だ。そういう歌を、まるで日頃《ひごろ》の鬱憤《うっぷん》を晴らすように、どなるようにうたっている。

こんなふうに寄りあつまって、鬱憤を晴らそうとするほど、ターサたちが鬱屈《うっくつ》をかかえているというのが、バルサには、どうもふしぎに思えた。

ターサとロタには、外見上のちがいはほとんどない。ターサのほうが髪《かみ》や瞳《ひとみ》が茶色の者が多いかもしれないが、ぱっと見て、この人はターサだと感じるようなことはないし、これまで、ターサが苛《いじ》められているような光景は見たことがなかった。

ただ、カンバルと同じように、ロタでは、商売でも結婚《けっこん》でも、まずは氏族優先で考えるから、数が少ないターサたちには生きにくいこともあるのかもしれない。

雨のにおいに混じって、肉を焼く香《こう》ばしいにおいがただよってきた。香料入りの汁《しる》にひと晩漬《つ》けこんでおいてから炙《あぶ》っているのだろう。香料のにおいと脂《あぶら》が焦《こ》げるにおいがいりまじっている。

それをかいだとたん、ぎゅっと腹が減ってきた。道を急いだので、今朝はバムも食べていない。道端《みちばた》には、小雨など気にせずに屋台が並んで、どんどん火をおこして肉を炙っている。宿へ行く前に、炙り肉をバムにのせたのをひとつ買って食べたいという気持ちをおさえるのには、けっこうな努力が必要だった。

（これだけ人出があるのは）

サダン・タラムを守るためには都合がいいかもしれないな、と、喧騒《けんそう》の中を歩きながら、バルサは思った。ジグロが見ぬいたように、襲撃者たちが人目につくことを恐れているなら、祭りの最中にサダン・タラムを襲うことはないだろう。

「炙り肉はどうだね！　肉汁《にくじゅう》たっぷりの炙り肉だよ！」

威勢《いせい》のよい呼び声に、バルサはとうとう足をとめた。無駄遣《むだづか》いだが、歩きながら食べれば、それほど時間はとらないし、もうみなは昼食を終えてしまっているかもしれない。

「その、バムに炙り肉をのせたやつ、ひとつください」

声をかけると、売り子のおばさんが笑顔《えがお》になった。

「はいよ、たれをかけたのと、塩だけの、どっちがいいね？」

「塩だけの」

答えると、おばさんは声をあげて笑った。

「そう言うと思ったよ。カンバル人はあっさりした味が好きだからね」

しゃべりながらも手は忙しく動いている。こんがりと焼けている肉を手早く薄切《うすぎ》りにして、バムにのせると、ぱらぱらっと岩塩をふってから、サカの葉にくるんで渡《わた》してくれた。

歩きながら、サカの葉をむいて、炙り肉をのせたバムにかぶりつくと、香ばしい肉汁が口の中にあふれた。すきっ腹にはこたえられないうまさで、バルサは夢中でかぶりついては飲みこみ、宿に着く頃には、きれいに食べおえていた。

サカの葉で口もとと手についた脂をぬぐってから、宿の玄関《げんかん》に足を踏《ふ》みいれると、ちょうどキイが土瓶《どびん》を手に階段をおりてきたところだった。

「あら、あんた、早かったねぇ！　ここに着くのは夜だろうなぁって、みなで言ってたのに」

「借りた馬が、いい馬だったから。——父さんは？」

「二階にいるよ。階段をあがって、左手の部屋だよ。いま、お昼を食べおえたところでさ、お茶でもいれようと思って湯をもらいにおりてきたとこ。ちょうどよかったね。ついでに、あんたの分の昼ごはん、厨房《ちゅうぼう》にたのんであげるよ……」

そう言いながら、バルサの顔を見て、キイは笑いだした。

「でも、あんた、屋台で炙り肉買って食ったみたいだね」

「え、わかる？」

「わかるさぁ。香料のにおいがするもん」

バルサは照れ笑いを浮《う》かべた。

「無駄遣いだとは思ったんだけど、朝飯抜きだったたんでさ」

「そいつは大変だったねぇ。じゃあ、炙り肉を食べたぐらいじゃ、おさまらないだろ。やっぱり昼食もたのんであげるよ」

「うん。ありがとう」

礼を言ってから、バルサはふと思いついて、厨房の方に行こうとしているキイの背中に声をかけた。

「ねえ、アール家からの返事はとどいた？」

キイはふりかえって首をふった。

「それが、まだなのよ。もうそろそろとどいていい頃だと思うんだけどねぇ。あんた、アール家の方まで行ったんだろう？　使者か飛脚《ひきゃく》とすれちがわなかった？」

バルサが首をふると、キイはため息をついた。

「ま、明日にはとどくんじゃないかな。――とどいてくれないと、こまるよね。もう、ぎりぎりだもの。これ以上待ってたら、儀礼の日にアール家に行かれない」

「とどかなかった場合は、だれか男衆に残ってもらって、使者をむかえて、あとから追いついてもらうしかないね」

「そうだねぇ。……ったく、いらいらするよ。早く返事をよこせってんだ」

言ってしまってから、あまりにも無礼な言葉だと思ったのだろう、キイはちろっと舌を出し、肩をすくめて、厨房の方へ歩いていった。

土間の隅に置いてあった雑巾《ぞうきん》で長靴《ちょうか》をぬぐってから、バルサは二階にあがっていった。キイが教えてくれた部屋の戸をたたいて、声をかけると、ガマルが戸をあけてくれた。

「お、早かったなぁ、バルサ！」

「ガマル、あんたもう、大丈夫なのかい？」

ガマルはにやっと笑った。

「心配してくれたのか、うれしいな」

バルサは鼻で笑った。

「心配なんて、してないさ。火虫ってのが、どんな効き方をするのか知りたかっただけだよ」

「ちぇ。でも、正直なところ、なんもおぼえていねぇんだ。薪に火がまわったのを見ていて、薪の割れ目に、なんか緑色の光が走りはじめたんで、なんだろうと思ってさ、顔を近づけたら、なんもわからなくなってさ。目がさめたら、寝台《しんだい》に寝かされてて、朝だった」

「起きたとき、頭痛や吐《は》き気《け》はなかったのかい？」

「ちっと頭が痛かったけど、そんくらいだな」

そんな会話をかわしながら、バルサは短槍を壁《かべ》に立てかけた。

食卓をかこんでいたサリたちが、口ぐちに、お疲れさま、と声をかけてくれた。

ジグロは肘《ひじ》を窓枠にのせて、窓ぎわに立っていた。

「うまそうに炙り肉を食ってたな」

バルサはおもわず口の端《はし》をぬぐった。

「見てたの？」

「ああ。おまえが大口をあけてかぶりついているのをな」

にやっと笑って、ジグロは壁にもたれていた背を起こした。

「腹の方は人心地《ひとごこち》ついているようだから、報告を聞かせてもらおうか」

うなずいて、バルサは懐《ふところ》から羊皮紙をとりだし、食卓にひろげた。サダン・タラムたちが、興味津々《しんしん》といった顔つきで、それをのぞきこんだ。

「ここから先、アール家までの道筋で、危険な箇所《かしょ》はおもに二か所だと思う。ひとつは、ケミルの丘だけど、これだけのターサが集まってお祭りをするなら、まずは襲ってこないだろうね。だから、そっちはあとで説明することにして、まずは、その先のアール家の森の中……」

バルサは、ざっと描《か》いた地図の一点を指さした。

「街道から、この道に入ると、両脇は深い森になるんだね。森の間を抜けていくから、弓で狙うことも可能だけれど、森の中に入ってみると、意外に視界がわるい。かなり森の端《はた》にいないと狙えないから、この道筋で狙われる可能性は低い……」

サリが眉を寄せた。

「なぜ？　森の端にいれば、狙えるんでしょう？」

「ええ。でも、こちらからも姿が見える。木が密集していて森の端に出てこないと弓で狙えないし、道と森の端の間に、ほとんど距離《きょり》がありませんから。彼らも、わたしらから狙い撃《う》ちされる危険を冒《おか》さねばならない」

「ああ……」

サリはおどろいたように、瞬《まばた》きをした。

「だけど、ここ、小川が流れているところがあるでしょう」

「ええ。小さなせせらぎね？　またぎ越えられるくらいの小川でしょう」

「それです。小川の周囲は草地になっている。ここを渡るときには、わたしたちは陽《ひ》の下に出てしまうので、森陰を見とおすのがむずかしくなるんです。しかも、周囲の森と、この草地との距離は、射手にとって、いちばん的にあてやすい絶好の距離なんですよ。

一方、わたしら、防ぐ側にとってみると、ほぼ全方向を森にかこまれているので、警戒《けいかい》がしにくい。ここがいちばんの難所だと思います」

そう言って、バルサはジグロに目をむけながら、描いてきた略図を指さした。

「森の中をまわって調べたんだけど、射手が潜《ひそ》むのに適している場所がけっこうあっ

「三か所。ここと、ここに、それっぽい痕跡があった。だけど、新しい足跡《あしあと》じゃなかったから、猟師《りょうし》かなにかの足跡だったのかもしれない」

「……痕跡《こんせき》は？」

そのとき、キイが息せききって部屋にとびこんできた。

「ねえ！ 下で、とんでもない話を聞いてきたよ」

キイは湯気がたっている土瓶を食卓におろすのももどかしそうに、しゃべりはじめた。

「大変だよ。今年は、だれも、ケミルの丘に登らないってんだよ。だから、こんなふうに街にたまって、飲みあかしてるらしいよ」

サンサが顔をしかめた。

「なんでよ。――なんで、ケミルの丘に登らないのさ」

「それがね、祟《たた》りが怖《こわ》いってのさ」

それを聞いたとたん、みな、いっせいに、思いあたった顔になった。

「あ、あれかい。あの、タカンさんたちが言ってた……」

ガマルの言葉に、キイがうなずいた。

「そうそう。なんか地震があったとかって言ってたじゃない。それで、ラガロのお墓がくずれて、ケミルの丘からお墓の中が見えたんだって。そのときケミルの丘から、それを見おろした人たちがさ、落馬したり、病気になったり、つぎつぎひどい目にあったらしいのよ。

だもんで、これはきっとラガロが見おろされるのをいやがっているんだろうって噂《うわさ》になってさ、各地からスガラ・オ・ラガロ〈ラガロの担棺〉の祭りに集まってきた人たちも、その話を聞いて、まだだれもケミルの丘に参拝してないんだって。わたしらが儀礼の歌舞《かぶ》を奉納《ほうのう》するときも、結界の木のあたりで見物するつもりなんだってさ」

「……結界の木？」

バルサが問うと、サリがこたえた。

「頂上にむかう上り坂の、九合目あたりに、朱色《しゅいろ》の縄がむすばれた木があったでしょう。あれのことよ。あそこから上は、聖域とされているの。聖域といっても、エウロカ・ターン〈森の王の谷間〉のように禁域じゃなくて、だれでも参拝できる場所だけれどね」

「そうなのよ。いつもは、見物客も頂上の草地に登って、わたしらといっしょに歌をうたったりするのにねぇ」

言いながら、キイは、思いだしたように土瓶を持ちあげて、茶葉を入れてある壺《つぼ》に湯をそそいだ。

「厨房でたむろしていた連中がさ、わたしがサダン・タラムだって気づいて、声をかけてきたんだよね。あんたら、早くエウロカ・ターンに行って、御霊鎮《みたましず》めをしてくれよってさ。なんの話よって聞いたら、祟りが怖いから、おれたちは、今年はケミルの丘にも登れないってんだもの。

冗談《じょうだん》じゃないよ。だれも行かないケミルの丘に登るなんて、弓の的になりにいくようなもんじゃないか！　射殺《いころ》されても、それ見ろ、祟りだと思われるだけだろうしさ、絶好の機会だもん、やつら、絶対襲ってくるよ！」

バルサは、ジグロを見た。ジグロは、かすかに目を細めてはいたが、とくに顔色も変えず、淡々《たんたん》とキイの話を聞いていた。

バルサが自分を見ているのに気づくと、ジグロは口を開いた。

「バルサ、ケミルの丘について説明しろ」

「うん。前に、街道《かいどう》からケミルの丘を見たときは気づかなかったけど、ケミルの丘ってのは、こちらから登っていく分には、ずいぶんなだらかな丘だね。だけど、頂上に立つと、むこう側――エウロカ・ターンの森を見おろせるほう――は切りおとしたように崖《がけ》になってる。

お頭、いつもは、あの丘の上の、石積みのところで儀礼をされるんですか？」

「ええ。あの石積みの手前に立って、シャタ〈流水琴《りゅうすいきん》〉を奏《かな》でながら歌をうたうのよ」

サリの言葉にかぶせるように、キイが口をはさんだ。

「そんで、わたしらが、お頭をとりかこむようにして、演奏するわけ。――ねぇ、お頭、こうなったらさ、この街には武具屋だってあるんだから、盾《たて》を買ってさ、全員で……」

「――キイ」

ジグロがさえぎった。

「護衛の策はおれが決める。いまはだまって聞いていてくれ」

気をのまれたように、キイはだまりこんだ。

「バルサ、続けろ」

「うん。でも、わたしも、キイと同じようなことを考えていたんだ。

丘へ登っていく道は、森の間を抜けていくから、アール家の森の道と同じように、弓で狙われる確率は低いし、九合目までは大勢の人がいっしょに行くわけだから、その結界の木までの間は大丈夫《だいじょうぶ》だと思う。

それに対して、頂上のあたりは草地になっていて森の縁《ふち》から距離があるし、こちらのほうがずっと明るい場所にいるんで、木陰《こかげ》に潜まれたら、まず、敵をみつけることはできない」

バルサは、描いてきた略図を指さした。

「それに射手が潜むのに適している場所がけっこうあった。ここと、ここと、ここが、いちばん、狙いやすい位置だと思う。すこし足場はわるいけど、無理をすれば、ここでも不可能じゃない」

「やつらの痕跡はあったか」

「ここと、ここに足跡があった。こっちは、かなり新しかったから、やつらかもしれない」

ジグロがうなずくのを見ながら、バルサは続けた。

「この地形だと、矢を防ぐためには、キイが言ったみたいに盾を使うのがいちばんだと思うけど、盾は意外に重いし、なれていないと、矢が飛んできたとき、とっさにそちらにむけるのはむずかしいから、持ち運んでいる最中に狙われたら、防げないかもしれない。だから、今回はみなに、危険覚悟《かくご》で手伝ってもらって……」

だまって聞いていたジグロが、略図から目をあげた。

「いや、ケミルの丘へは、サリとおれたちだけで登る。バルサ、おまえウラ（射手）をやれ」

つかのま、なにを言われたのかわからずに、バルサは眉をひそめてジグロを見た。

――その言葉の意味が、わかったとたん、バルサはあおざめた。

「でも、父さん、ここも、森の端との距離は絶好の射程距離だよ。この距離だと、矢の速度は落ちない……」

ジグロは口の端をゆがめた。

「それは、おまえにとっても同じ条件だろう」

バルサは、なおも言いつのろうとしたが、ジグロの目が、それ以上なにも言うな、と、告げていた。

「……バルサがウラ（射手）をやるって、どういうこと？」

真剣《しんけん》な表情を浮かべて、サリが問いただした。

ジグロは静かにこたえた。

「おれがあなたを守り、バルサが敵のウラ（射手）を倒《たお》すということだ。――盾で守るより確実に、あなたの身は守るから、心配せずに、この件は、おれたちに任せてくれ」

有無《うむ》を言わさぬ口調でそう言うと、ジグロはバルサを見た。

「いま持っている弓では、精度が低すぎる。弓を買いにいくぞ」

ジグロについて、バルサが立ちあがると、キイが声をかけた。

「え、でも、いまバルサの昼ごはんが来るよ。食べてから行ったら？」

バルサは首をふった。

「……帰ってから食べるから、とっておいて」

言いおいて、バルサは、自分のカッルを壁の掛《か》け釘《くぎ》からはずし、すでに戸をあけて廊下《ろうか》に出てしまったジグロのあとを急いで追いかけた。

まだ湿《しめ》っているカッルをまとって階段をおりながら、バルサは小声でささやいた。

「父さん、どうして、こんな強硬《きょうこう》な策をとるの？」

ジグロはふりかえらずに、ささやきかえした。

「アール家の森では、サダン・タラムたちを置いていけないだろう。ケミルの丘なら、結界のところまで見物客が登ってきている。サダン・タラムたちを守る必要がない」

「でも、丘の上は風が読みにくくて、ティカ・ウル〈逆さ狩《が》り〉ができるような場所じゃないの、わかっているくせに。危険すぎるよ！」

玄関までおりたジグロは、ふりかえって、厳しい目でバルサを見つめた。

「声を低めろ。守る相手に不安をあたえるな」

バルサは、ぐっと唇《くちびる》をかんだ。

ジグロは、カッルの頭巾を目深にかぶり、通りに出ると、足早に歩きはじめた。

「父さん……」

バルサは、ジグロの背に、ささやきかけた。

「わたし、自信がない」

ジグロはこたえず、足取りをゆるめることもしなかった。

「あの射手、まったく矢通間《やづま》をぶれさせずに四矢も連射してきた。……あの射手が、第二矢を射る前に、射たおすなんて、わたしには……」

ジグロは、前をむいたまま、言った。

「それでも、おまえが射手をやるしかない。いまから射手を探して雇《やと》うことなど、できないんだからな」

「でも、無理にティカ・ウル〈逆さ狩り〉なんかしないで、サダン・タラムたちに手伝ってもらって、盾で防ぐ方法も……」

ジグロは足取りをゆるめると、バルサをふりかえった。

「その方法では、サダン・タラムに犠牲者《ぎせいしゃ》が出るかもしれん。それに、アール家の森のほうが、ケミルの丘よりも弓でやられる危険度が高いのは、さっき言ったとおりだ。なんとしても、ケミルの丘で射手を倒しておかねばならん」

「だけど射手の数がわからないでしょう？　あの夜、襲撃《しゅうげき》してきた者たちの数は、予想より多かったじゃない」

「いや」

ジグロは、首をふった。

「おまえが偵察に出たあと、庭に残っていた馬の足跡を調べた。庭についていた馬の足跡は二頭分しかなかった。一頭分が深く地面にくいこんでいて、あとの一頭の蹄《ひづめ》の跡は浅かった。――つまり、射手が馬を連れてきて、逃《に》げだした男たちをむかえたんだろう。一頭をひとりに渡し、もうひとりは自分の馬に同乗させたのだ。とすれば、射手は多くても三人。あのすぐれた射手は……」

ジグロはきつい光を目にたたえて、つぶやいた。

「たぶん、商人のひとりだ」

「えっ」

バルサはおどろいて、目を見ひらいた。

「どの男？」

「マランとかいう名の、細い男がいただろう」

「ああ……うん。おとなしくて、ほとんどしゃべらなかった人だね」

「そうだ。あいつが、伸《の》びをしているのを見たとき気づいたんだが、あいつは猿腕《さるうで》で、弓手《ゆんで》（左手）が右手より長かった」

猿腕の者は、肘から手首にかけて、腕をぐっと外にそらすことができるので、弦《つる》で腕の内側を打つことも多いが、肘を立てることで弓手がゆるまなくなるから、矢を的中させやすい利点もある。弓の名手には、猿腕の者が多いといわれていた。

「それに、弓手の親指に大きな指輪をしていただろう」

バルサはうなずいた。外見に不釣合《ふつりあ》いな指輪を親指にはめていたのは、おぼえている。ジグロの言うとおり、あの指輪で、矢がこすれてできる黒ずみを隠していたのかもしれない。

「あの男が射手だとすれば、あの隊商にいた男たちだけで、襲撃者の人数は変わっていないことになる。――隠密裏《おんみつり》に襲撃をおこなおうと細心の注意をはらっているやつらだ。仲間以外の者を雇うのは極力避《さ》けようとしているんだろう」

いつしか、雨は小降りになっていた。

「おまえ、火虫の値段を知っているか」

ジグロに問われて、バルサは首をふった。

「火虫はな、金貨三枚払っても買えないほど高価な鉱石でつくる。稀少《きしょう》な石だからな。それを、ああいうふうに使ったというだけでも、やつらにとって、襲撃の意図を隠すことがいかに大切かわかるだろう」

バルサは、うなずいた。

「アール家の者たちが助けてくれるようなら、なんとかなると思ったが、それが望めるかどうかわからない以上、危険覚悟で最善をつくすしかあるまい」

武器屋の看板をさがしながら、ジグロはつぶやいた。

「護衛を請け負った以上、おれたちには、自信がないなんて言葉を吐く贅沢《ぜいたく》は、ゆるされていない。能力が劣《おと》れば命を落とす。それだけだろうが」

バルサは唇を噛《か》みしめた。

かかっているのが自分の命なら、あんな言葉は吐かなかった、と思いながら。

10 命の値段

怖いような夕焼けが、空一面にひろがっている。

街はずれの林の中で、バルサは、三本の立ち木にむけて、ひたすら、矢を連射していた。立ち木が男に見えていた。――こちらにむけて、弓を構えている射手の姿に。

一矢射た次の瞬間《しゅんかん》、身体《からだ》をまわし、右手の立ち木に弓をむけて矢を放つ。……だが、どうしても、三矢目を放つ前に、敵の射手が放つ目に見えぬ矢に射ぬかれてしまう。

自分の腕では、精度がたもてる連射は二矢までなのだと、バルサは思いしった。

あの射手は、一息に四連射できる。

いかにジグロが神速の槍使《やりづか》いでも、防ぐのは三矢が限界だろう。槍を風車のように旋回《せんかい》させれば、四矢防げるかもしれないが、それでは、バルサに射る相手を示せない。

陰に潜んでいるバルサに射手の位置を示して射たおさせるために、ジグロは、あえて、すべての射手が矢を射おわるまで、隙《すき》をつくらねばならないのだ。

バルサは唇をかんだ。

ジグロがつくった一瞬の隙に正確に敵の位置を見ぬいて、三人の射手を射ぬけるだろうか。

彼《かれ》らはジグロの短槍《たんそう》の腕を知っている。矢をはじかれることを想定して、多方向から狙《ねら》うだろう。

（……一）

矢が来た方向を見さだめて、バルサが射手を射る。

（……二）

身体を反転させ、別の位置に潜む射手を射ぬく。

（……三）

敵からも自分の位置を特定され、目に見えぬ矢が自分をつらぬく。――どうしても、間にあわない。三人目があの弓の名手だったら、自分が射ぬかれた直後、ジグロとサリにむかって残りの矢が飛んでいる……。

草を踏む足音が聞こえてきた。聞きなれた足音だった。

「バルサ」

キイが声をかけてきたが、バルサはふりかえらなかった。歯をくいしばって、弓を構えるや、また、一矢、二矢、三矢と矢を放った。だが、どうしても、矢筋《やすじ》がさだまらなかった。

自分がすすり泣くように息を吸っていることに、バルサは気づいていなかった。

「バルサ！」

キイが、ふいに肩《かた》をつかんだ。

「あんた、その指……！」

バルサは弦から指をはずし、弓をおろした。弦を引く指は鹿革《しかがわ》でおおっているが、弓を持つ手は素手《すで》だ。矢がこすっていく親指の皮がむけて、ぽたぽたと血がしたたっていた。

バルサはむっつりとした表情で、親指を口にくわえた。舌が傷口に触《ふ》れたとたん、鈍痛《どんつう》が刺《さ》すような痛みにかわって、バルサは顔をしかめた。

不安げな声で、キイがつぶやいた。

「……ねえ」

「あんたの、そんな顔、はじめて見るよ。——ジグロさんは、お頭《かしら》を絶対に守れるって言いきっていたけど、ほんとのところは、なにか危険があるんだね？」

バルサは、じっとキイの顔を見た。

「ジグロの言葉に、嘘《うそ》はないよ」

「だけど……」

バルサは、かすかに首をふった。

「そうじゃない。あんたが思っているようなことじゃないんだ。ジグロは絶対にお頭を守る。お頭は安全だよ。でも、わたしは……」

声がかすれた。

「ジグロを守れる自信がないんだ」

おさえる間もなく、鼻の奥につん、と痛みがひろがった。バルサは歯をくいしばって息を吸った。

「あの射手は一気に四矢射ることができる。わたしが敵を射たおせなかったら、ジグロはかならず、自分の身体で矢を防ぐ……」

バルサはぐっと唇をひきむすんで、立ち木の方へ顔をむけた。立ち木が涙《なみだ》でぼやけて見えた。

これまで、幾度《いくど》も戦闘《せんとう》を経験してきた。触れれば切れる刃物《はもの》が目の前にあるのだから、恐《おそ》ろしくないはずがない。だが、戦いがはじまれば、一気に頭の中が白熱したようになって、全身が燃えあがる。むしろ、心の底にたまっている暗い怒《いか》りを思いっきり解放できるという快感さえあった。

自分はもう並の護衛士より使えるはずだ、という自負もあった。人に聞かれたら、胸をはって、そう言えるし、その言葉を証明するためには身体をはることもいとわない。

だけど、いまは、そういう思いが——自信も、捨《す》て鉢《ばち》な怒りもすべてが——消えていた。

(かかっているのが、自分の命じゃないからだ)

自分の腕にかかっているのが、ジグロの命だからなのだ。

自分が射損じ、ジグロの身に矢が刺さる瞬間が、まざまざと目に浮かんできて、どうしても消えてくれなかった。

「……ねえ」

キイの、低い声が聞こえた。ふりかえると、キイがバルサを見つめていた。

「ごめんね」

キイの大きな目に涙がにじんでいるのを見て、バルサは眉をひそめた。

「なにが?」

キイは、すすりあげるように息を吸うと、涙声で言った。

「あんたたちに、こんなことさせてさ。——冗談じゃないよね、金なんかいくら払ったって、ひきかえにはできないよね、わたしらのために命を捨ててくれって、たのんでるんだもんね」

バルサは無言でキイを見ていた。

「あんた、きっと、お頭に腹を立ててると思うけど、でも、お頭はさ、わがままや強情《ごう》で鎮魂《ちんこん》の儀礼《ぎれい》をやろうとしてるんじゃないのよ。——わたしらは弔《とむら》ってこそのサダン・タラムなの。わたしらが弔えるって、みんなが信じてくれてるから、大金を払ってもらえるし、故郷のみんなも養えるの。だから……」

ぼろぼろ涙を流しているキイを見ながら、バルサは心の中でつぶやいた。

(ちがう)

自分は、サリに腹を立てたことなどない。サリのせいで、死ぬかもしれないことを、恨《うら》む気持ちなどなかった。

「……あんたが」

バルサは言った。

「あやまることなんて、なにもないんだよ。わたしらの仕事は、端《はな》から金で命を売ってるんだ。わたしらが命を落とすとしても、それは、あんたたちのせいじゃない。自分の力が足らなかったせいさ」

キイが顔をしかめた。

「そんな！　それは、そうだろうけど、でも、なんで……」

バルサは、キイから目をそらした。

「なんで、こんな仕事をしてるかって？　そりゃ、それしか生きる道がないからさ」

「そんな、生きる道なら、ほかにいくらでも……」

キイに視線をもどして、バルサは首をふった。

「ちがうよ。金をもらえる仕事なら、たしかに、ほかにいくらでもあるだろうよ。そうじゃないんだ。わたしが生きる道って言ったのは、そういう意味じゃない」

キイを見つめて、バルサは言った。

「わたしは人を殺して生きのびてきた。そんなわたしでも、生きていていい——息をしていていいんだと思えるのは、この道の上しかないってことだよ」

バルサは、手もとに視線を落とすと、弓の弦をゆるめはじめた。

「サリや……いろんな人が、わたしを哀《あわ》れんでくれているのは知っている。いたいたしく見えるんだろうね、十六やそこらの小娘《こむすめ》がこんな仕事をしてるのを見るとさ。

──でも、そういう目で見られるたびに、わたしは、いつも、わめきたくなる」

歯をくいしばって、バルサは言った。

「わたしらのことは、わたしらにしかわからない。──あんたらの秤《はかり》じゃ、測れないんだ」

そう言ったとき、かすかに足音が聞こえてきた。

足音の方に視線を移すと、下草を踏み、小枝をよけながらやってくるサリの、ほっそりとした姿が見えた。

「お頭……」

ふりかえって、キイがつぶやいた。キイのかたわらまで来ると、サリはおどろいたように言った。

「キイ、あなた、なんで泣いているの？」

キイはあわてて、顔をぬぐった。

「……ちょっと。なんでもないです」

サリはしばらく気づかわしげな顔でキイを見ていたが、キイがそれ以上説明する気がないのをみてとると、バルサに顔をむけた。

「ジグロを探しているんだけど、ここじゃなかったのね。あなたと弓の調整をしているのかと思ったのだけれど。ジグロがどこにいるか、知らない？」

バルサは、首をふった。

「さあ。武器屋のところで別れたので」

言ってから、バルサは眉をひそめた。

「お頭、ジグロのつきそいなしに、宿の外に出るのは危険ですよ」

サリは、ふっとほほえんだ。

「そうね」

つぶやくように言ってから、サリは静かな声で続けた。

「わたしね、ジグロとあなたに話したいことがあって、あなたがたを探していたのよ」

サリはバルサに近づき、そっと、弓を持っているバルサの手をとった。

「あなたがたとむすんだ契約《けいやく》は、ここまでにしましょう」

バルサは目を見ひらいた。サリはバルサを見つめて、言葉を継《つ》いだ。

「これまでは、わたしたち全員が狙われているんだと思っていたけれど、敵の狙いが、わたしひとりだとわかった以上、わたしの命と、あなたがたの命をひきかえになどしたくない」

バルサが口を開こうとするのを、サリは止めた。

「命を惜《お》しむなら、儀礼をおこなわずに逃げれば済むことなのよ。――その道を選ばない以上、ほかの人をわたしの決断の道連れにはしたくないの。……わかって」

サリの目は揺《ゆ》れていなかった。その目を見ながら、バルサは自分の手を静かにサリの手から引き抜《ぬ》いた。

「ここまででいいと言われて、わたしらが手を引くと思いますか」

サリの目が揺れた。

バルサは弓を担《かつ》ぐと、サリから離《はな》れて木立をまわり、幹に刺さっている矢を引き抜きはじめた。

「お頭」

幹に足をかけて矢を引き抜きながら、バルサは言った。

「父に、その話をしても無駄ですよ。そうか、って、うなずくだろうけど、守るのはやめない。わたしらにとっちゃ、報酬《ほうしゅう》をもらえる日数が少なくなるだけです」

ふりかえると、サリは、なにも見えていないような目で、こちらを見ていた。梢《こずえ》をすかして射《さ》しこんでいる黄昏《たそがれ》の細い光が、その姿をまだらに染めている。

サリは無表情だったが、その目には、まぎれもない恐怖《きょうふ》の色が浮かんでいた。

（この人は……）

ほんとうに、ジグロが好きなのだ。

そう思った瞬間、胸の底に痛みが走った。——サリをいとおしく思う気持ちがこみあげてくる一方で、なぜか、こういうサリの顔は見たくない、とも思った。

バルサは、衝動的《しょうどう》に、幹から抜いたばかりの矢を弓につがえると、さっと弦を引いて、林の奥《おく》の木立めがけて放った。

弦をゆるめてあった弓は、拍子《ひょうし》抜けするほど軽く引けて、もやもやとした感情を矢とともに放ってはくれなかったが、矢が幹にあたった瞬間、バルサは、ふいに、頭の中に白い光が走るのを見たような気がした。

（そうか……）

バルサは、強い光を浮かべた目で、矢の刺さった幹を見つめた。

「バルサ」

ためらいがちな声が、背後から聞こえてきた。サリが、くすんだ顔色のまま、こちらを見ていた。

バルサはすばやく矢を回収すると、サリのところへ歩みよった。

「宿に帰りましょう」

サリは、バルサにうながされるままに歩きはじめたが、帰る途中《とちゅう》、ずっとなにかを考えているようすで、ひと言も口をきかなかった。

＊

サリが、ジグロとバルサのところへやってきたのは、夜もふけて、そろそろ寝台へ入ろうかという時刻だった。

長いこと仲間たちだけで話し合いをし、その結果を伝えにきたのだった。

「今年はここまでにして、島に帰ることにしました。——ケミルの丘《おか》とエウロカ・ターンでの儀礼はおこないません」

サリの目もとには濃《こ》い疲《つか》れの色が浮かんでいたが、もう心は決まっているようで、その口調は落ちついていた。

「考えてみれば、当たり前のことでしたね」

ふっと目もとをゆるめ、サリは言った。

「弔う者が、弔われるようになっちゃ、だれも報《むく》われませんもの」

ジグロはだまってなにか考えていたが、やがて、ゆっくりと口を開いた。

「それで、この先、サダン・タラムとしてやっていけるのか？」

サリは苦笑《くしょう》を浮かべたまま、答えた。

「正直わからないわ。でも、いまわたしが死んだらヤス・ラトル〈鎮魂の儀礼〉をおこなえる者もいなくなってしまいますから」

サリは額にかかった髪《かみ》を指でかきあげ、ため息をついた。

「とにかく、まずはアール家の殿《との》さまに詫《わ》び状《じょう》を送ります。

護衛をつけるからケミルの丘で儀礼をおこなうようにおっしゃるかもしれませんけど、アール家にお詫びにうかがったあとでケミルの丘にもどっても、もう魂《たましい》の風は吹《ふ》かないのでね。お怒りになるでしょうけれど、書状の中でていねいにご説明して、わかっていただくしかありません」

バルサがおもわず眉根《まゆね》を寄せると、それに気づいたのだろう、サリはバルサに視線をむけた。

「なにか、気になる？」

「ええ。――なんで、アール家に行ってからだと、その、魂の風？　が吹かないんですか？」

「ああ」

サリは顎《あご》に細い指をあてて考えていたが、やがて、口を開いた。

「説明するのがむずかしいわね。こちら側のことじゃなくて、あちら側の風の流れにかかわることなので……」

あちら側、と聞いたとたん、頭に浮かんだことを、バルサは口にした。

「それって、もしかして、ナユグのことですか？」

サリはおどろいたようにバルサを見た。

「あら！　そう、新ヨゴではナユグというのよね。わたしらはノユークというのだけど。あなた知っているのね、ノユークのことを」

「知っているというか」

バルサはちょっと口ごもった。

「呪術師《じゅじゅつし》に弟子《でし》入りしてる幼なじみがいて、そういうことをしょっちゅう話してくれるんで」

サリはほほえんだ。

「そう。それならわかってもらえるでしょう。わたしは、ノユークの風を感じることができるの。だから、サダン・タラムの頭を務めているのよ」

無意識に胸のあたりをさすりながらサリは言った。

「わたしがヤス・ラトル〈鎮魂の儀礼〉をおこなうときは、ノユークに吹く風の力を借りて、この世とあの世の境をふるわせて歌声を伝えるのだけれど、ノユークの風はね、吹く時と場所が決まっているのよ」

バルサはおもわず瞬きをした。風が吹く時刻や場所が決まっているというのは、どうも感覚として、よくわからなかったからだ。

バルサのその表情を見ながら、サリはほほえんだ。

「わかりづらいわよね。目に見えることではないし。――そう、あれは、風というより水の流れに似ているわ。船乗りが潮の満ち干《みひ》や海流の流れ方を読んで海路を伝えてきたように、はるかむかしから、サダン・タラムの頭たちはノユークの風の道を学んで、その知識を伝えてきたのよ。

わたしたちがたどっている道筋や儀礼の日時は、ノユークの風をつかまえるための、たがえることをゆるされぬ厳密な道順なの。

ケミルの丘は、ノユークの風をつかまえるのがいちばんむずかしいところでね、わずか一日でもずれると、もうつかまえられない。エウロカ・ターン〈森の王の谷間〉は逆に、いちばん風をつかまえやすいのよ。あまり日時にかかわらない。それだけ、ノユークに近いのかもしれないわね」

サリが口を閉じると、それまでだまってなにか考えていたジグロが顔をあげた。

「護衛士として、いくつか申しあげたいことがあるが、よろしいか」

サリは居住まいをただした。

「ええ。どうぞ」

ジグロはうなずき、静かに言った。

「あなたがたがここで鎮魂の旅をやめて、我らの任を解き、帰途についても、故郷に帰り着く前に殺される可能性が高いと、おれは思う」

サリが目を見ひらいた。

「え？　なぜ？」

「ここまで敵の出方を見てきた護衛士の勘《かん》だ。――やつらはなにかを恐れている。あなたが、エウロカ・ターンに入ることでなにかが露見《ろけん》することを極端《きょくたん》に恐れている。あなたを殺せばすむ話なら、もっと簡単なやり方がいくらもあるが、偶然《ぐうぜん》あなたがたと行きあったように見せるために隊商をよそおったり、火虫を使うような、手間も費用もかかる方法をとってまで、あなたを殺そうとしているのは、わずかでも露見したらこまることをかかえているからだ」

ジグロはサリを見つめた。

「そういう秘密をかかえている者は、いつか秘密がばれるのではないかという恐怖からのがれられないものだ。ああいうことが起きるかも、こういうことが起きるかもと、不安にさいなまれつづけ、完全に露見の可能性がなくなるまで、安らげない」

バルサはうつむいて、その言葉を聞いていた。

（……汚《きたな》い秘密の露見を恐れるものは）

露見の恐怖を忘れることはない。何年経《た》っても追手《おって》を放ちつづける。

「その秘密が、今年あなたがエウロカ・ターンに入らねば、この先は露見しても意味がなくなるたぐいのものなら、あなたがあきらめたら安堵《あんど》して、追わぬかもしれん。そうであってくれればよいが、おれたちはまだ、敵がなぜ、あなたを殺そうとしているのか、その理由を知らぬ」

「この先も、わたしに、エウロカ・ターンに入られたらこまるのなら」

サリがつぶやき、ジグロはうなずいた。

「その危険を、完全に断とうとするだろう。──野のどこかで殺し、死体を埋《う》めてしまえば、その事実があったことすらだれにもわからぬ」

サリは呆然《ぼうぜん》とした表情で、自分の腕をさすっていた。

「おれは、アール家からの返事が来ないことも気になっている」

サリは、はっとジグロを見た。

「書状が確実《かくじつ》にとどいたのかどうか、請《う》け負った飛脚《ひきゃく》にたしかめたが、飛脚はたしかに親書をとどけたと言っていた。飛脚の言葉が正しければ、とうに、アール家から使者が来ているはずだ。——来ないとなると、その理由が気になる」

ジグロは顎をなでながら言った。

「あなたは毎年、エウロカ・ターンで鎮魂の儀礼をおこなっているが、これまでは襲《おそ》われたことはない。とすれば、敵は、今年新たに生じた事情によって、あなたを殺そうとしていることになる」

「やはり、マハラン材の……」

言いかけたサリの言葉をジグロはさえぎった。

「それも可能性のひとつだが、もっと気になることがある」

「地震《じしん》？」

バルサがつぶやくと、ジグロはうなずいた。

「そうだ。ターサの英雄《えいゆう》の墓が地震でむきだしになっているとすれば、エウロカ・ターンに入ることができるあなたには、墓の内部がはっきりと見えるだろう」

サリはあおざめた顔で、ジグロを見ていた。

「でも……では、親書を受けとっても返事をしないのは……襲ってきているのは、アール家の手の者だということ？　でも、ラガロの墓の屋根が壊《こわ》れて、中が見えてしまうことが問題なら、彼らはむしろ、一刻も早く鎮魂の儀礼をして墓をもとどおりにしたいと願っているはずだわ。わたしを殺すなら、いまではなく、墓の中を見てしまったあとのはずよ」

「たしかに。しかし、アール家の内部が一枚岩とは限るまい。それに、アール家の者であれば、あなたがたがたどる道筋に詳《くわ》しい」

ジグロの言葉に、サリは、信じたくない、という表情で首をふった。

口を閉じたサリに、バルサはそっと言った。

「アール家の若殿さまって、ロタの大領主の娘を娶《めと》ったんですよね」

サリは眉をひそめて、バルサを見た。

「ええ」

うなずいてから、サリは首をふった。

「あなたがたが言いたいことはわかるけれど、でも、わたしは、それもちがうと思う。オリアさまはアール家では無言の圧力と監視《かんし》の目に、いつもさらされておられる。わずかでもわるいことが起きたら、自分のせいにされるから、傍《はた》で見ていても気の毒になるくらいに、一生懸命《けんめい》、なにごとも起きぬように気をつかっておられるわ。ラガロの墓がくずれたことさえ、彼女《かのじょ》が嫁《よめ》に来たからだなんていう噂《うわさ》をたてられているのも知っておられるでしょう。アール家でいちばん鎮魂を望んでいるのは、オリアさまのはずよ」

風が出てきたのだろう。窓がかすかに鳴った。

「……今日、飛脚に詳細《しょうさい》を問いただしたとき」

ジグロが言った。

「飛脚は、若殿のシッサルは不在で会えなかったと言っていた。親書を本人以外の者に手渡《てわた》したのか、と詰問《きつもん》すると、奥方が、まちがいなく自分が手渡すと誓《ちか》ってくださったのでお渡しした、と言った」

サリは、はじかれたようにジグロを見た。

「おれはオリアというその奥方の人となりを知らぬ。だから、なにも断定はできぬ。しかし、親書を受けとったのは奥方だ」

サリの目に哀《かな》しげな色が浮《う》かんだ。うつむいたサリに、ジグロは言った。

「あなたがたが決めたように、退《ひ》いてみるのもひとつの手だろう。その場合は、エウロカ・ターンまで護衛したらかかったであろう日数分だけでも、おれたちが護衛する。

幸運が味方してくれるなら、あなたがたが退く意思を見せたことで、敵も手出しをやめるかもしれぬ。そうなる可能性もあるのだから、退いてみる価値はあるだろう」

ジグロは淡々と続けた。

「その一方で、退けば、ふたつ、不利なことも生じる」

サリは顔をあげてジグロを見た。

「ふたつ？」

ジグロはうなずき、ふと、バルサを見た。

「わかるか？」

バルサは眉根をぎゅっと寄せた。

「ひとつは、たぶん」

「言ってみろ」

「退いたら、襲われた理由も敵の正体もわからないままになる」

サリが、ああ、と、つぶやいた。

「そうね。それは、たしかに、将来に不安を残すことになるわね。もし、今回のことの裏に、なんらかのかたちでオリアさまがかかわっているとしたら……」

寒気がしたように、サリはまた腕をさすった。

「……あ、そうか」

バルサはつぶやいて、ジグロを見た。

「もうひとつもわかったかも。——ここで退いたら、サダン・タラムとアール家の信《しん》頼《らい》関係が消えちゃうってこと？」

ジグロは、バルサにはこたえず、サリを見た。

サリはじっとその目を見つめ、やがて、ため息をついた。

「そうね。ここで退いたら、サダン・タラムはもう、サダン・タラムではいられなくなるわ。

エウロカ・ターンでの鎮魂の儀礼は、わたしたちが、わたしたちと成った、もっとも大切な、いわば、存在する理由のようなものだし、アール家が、わたしたちの島での暮らしをささえられるほど多額の儀礼料をくださっているのも、わたしたちが鎮魂の儀礼をおこなえるからこそのことで……」

言いながら、サリは無意識に口もとを片手でおおった。指がかすかにふるえていた。

ふいに、ジグロが手をのばし、サリの肩に触れた。

「退くことの利はひとつ。すすむことの利はふたつ。——ならば、すすまぬか」

サリは、しかし、答えなかった。

ジグロはサリの肩に置いた手に、力をこめた。

「おれたちのことを思ってくれているのなら、それはおかどちがいだ。おれたちにとっての不幸は死ぬことじゃない。刃《やいば》の前に身をさらすのがおれたちの仕事だ。死ぬのを不幸だと思うなら、こんな仕事はしていない」

サリは顔をあげた。

なにを考えているとも読みとれぬふしぎな表情を浮かべて、長く、ジグロを見つめていたが、やがて、ジグロの手をそっとはずして立ちあがった。

そして、胸に手をあてると、静かに言った。

「それでは、あらためて、お願いいたします。三食のほかに、日に銅貨三十枚で、そのお命をわたしの盾《たて》にくださいませ」

11　ケミルの丘で

人が近づいてくる気配は感じていたが、マランはふりかえらなかった。——仲間のユキムの足音だとわかっていたからだ。

「……登ってきたか」

ふりかえらずにささやくと、ユキムが低い声で答えた。

「そろそろ結界の木のあたりに来る」

かすかに人のざわめきが聞こえていたから、マランは、すでに弓の弦《つる》をきちっと張っていた。

「ジグロと小娘もついてきているか」

答えが返ってこなかったので、マランははじめて、ユキムをふりかえった。

ユキムは顔をゆがめて、すまぬ、とつぶやいた。

「ジグロはサダン・タラムの頭の脇《わき》にぴたりとついてきているが、小娘のほうは居どころ不明だ」

マランが顔をしかめると、ユキムは言い訳をするように言葉を継いだ。

「夜明け前に宿を出たのかもしれん。サダン・タラムに同行していない。宿にもいなかった。見張ってはいたのだが、あの宿は、夜明けまで酔客《すいきゃく》の出入りが多くて……」

マランは厳しい表情のまま、ユキムを見つめた。

「ドラスにも、そのことを伝えろ。油断をするなと言え。くれぐれも小娘とあなどるな」

ユキムは口もとをひきしめて、うなずいた。

「行け。おまえも早く位置について試射を済ませろ。言うまでもないことだが、矢を残すなよ」

ユキムは一礼すると、敏捷《びんしょう》に下生えを跳《と》びこえ、日の下へ出て、ドラスが潜《ひそ》んでいる向かい側の森へ消えていった。

マランは小さくため息をつき、すこしの間目をつぶった。

そして、目をあけると、丘の上に積みあげられている白石造りの石組みを見つめた。よく晴れて、日は天空高く昇《のぼ》り、石組みが白く浮きあがって見えている。

マランは、もうすぐそこに立つはずの女人《にょにん》の姿を思いえがいた。その背後に立ち、壁《かべ》のように女人を守る武人の姿も。

どう射るかは、すでに考えてある。武人がどの位置に立つかによって、だれがどう射るかも決めてある。

小娘の位置が不明というのは問題だが、きわめて大きな問題というわけでもない。仲間たちはみな腕が立つ武人だ。この下生えや樹木が密集している森の中で、弓で狙えるほど近よってくれば、その気配を感じぬはずがない。

いまの時刻は谷から風がはうように上ってくるので、向かい風になる。矢がおしさげられて、狙いより下にあたることを考えておかねばならないが、これもさして大きな問題ではなかった。鏃《やじり》には毒が塗《ぬ》ってある。身体のどこでも一矢あてられれば、用は足りる。

遺体は、谷へ投げおとせば、エウロカ・ターンがのみこみ、人が立ち入ることをゆるさぬ禁域の深い闇《やみ》につつんでくれるだろう。

その光景を思いえがいたとたん、うなじに寒気をおぼえて、マランは暗い表情になった。

丘を登ってくる人びとのざわめきが、はっきりと聞こえるようになってきた。ロタ人を揶揄《やゆ》する歌も聞こえる。

（……ああいう輩《やから》がいなければ）

こんなことをせずに済んだのだ、という思いが胸をさすった。

自宅の炉辺《ろばた》の自分の椅子《いす》と、向かい合わせに座《すわ》っている妻の姿が目に浮かんだ。それが癖《くせ》の、ちょっと首を右にかしげた姿勢で、夢中で編み物をしている妻の姿が。

マランは息を深く吸い、その光景を胸の底に沈《しず》めた。そして、弓の張り具合と、すぐ持てるように平たい石を枕《まくら》にして置いてある矢の位置を丹念《たんねん》にたしかめた。

目の端《はし》に動くものを見たような気がして、丘の上に視線をもどすと、ふたりの人影《ひとかげ》が木々の間に見えた。

明るい日の光のもとで、儀式場にむかって歩いていくその姿がはっきりと見える。

(はずしようのない的だ)

ジグロは、サリの背後にいる。大きな木製の盾を左手に、短槍《たんそう》を右手に持って、左右どちらから矢を射られても守れる位置にいる。

(ユキム、ドラス、射損じるなよ)

ふたりは木の上にいる。盾をサリの背後に置いて、その身をかばっても、上から射られる矢を防ぐことはできない。

そう思ったとき、ジグロが手をのばして、盾を石積みに立てかけてしまった。サリはそれにむきあうように立った。その背は、こちらからはまる見えだった。

マランは眉をひそめた。

（……？ あれは盾じゃなかったのか）

サリの背後に立てるならともかく、石積みとサリの間に置いてしまったら、矢を防ぐ盾にはならない。なにか儀式の道具だったのだろう。

サリが背筋をのばし、石積みと、そのむこうにひろがる谷にむかって立つと、ジグロはその身をかばうように、サリと背を合わせて、こちらをむいて立った。

（なるほど、きさまが生きた盾というわけか）

マランは唇《くちびる》をゆがめた。よほど腕《うで》に自信があるのだろうが、その自信が仇《あだ》になることもある。

風が吹いてきて木の葉を揺らし、やがて、しずまった。

サリが、なにか小さなものを懐《ふところ》から出して、天に掲《かか》げるのが見えた。

（シャタ〈流水琴《りゅうすいきん》〉を掲げた！）

いまだ、と思ったとき、矢が二方向から飛んだ。

弓弦《ゆんづる》の音は聞こえなかったが、ジグロがすばやく体《たい》を開き、短槍で矢をはじくのが見えた。

神速でふられた短槍の穂先《ほさき》が、ふたつの方向を指ししめしたように見えた瞬間《しゅんかん》、マランは矢を三矢、続けざまに放った。

体を開いていたジグロの胴《どう》に矢が吸いこまれていくのを見たように思ったが、ジグロの身体が消え、矢が木の盾にあたる高い音が響《ひび》いた。

かすかな悲鳴とともに、人が木から落ちた音が、続けざまに聞こえてきた。

なにが起きたのかわからず、マランはおもわず一歩、前に出た。

石積みの横の地面に転がっているジグロの姿が見えた。

（……あたったのか？）

と、思った瞬間、腹に石がぶちあたったような衝撃《しょうげき》がきた。

矢が刺さっている脇腹を見、矢が飛んできた方向を見て、マランは凍《こお》りついた。

さっき自分が放った矢が盾に刺さっている。その真上、石積みの背後から半身を出して、まっすぐこちらに弓をむけている射手がいた。

（小娘！）

ずっとあの石積みのむこうに潜んでいたのか？　しかし、あのむこうは絶壁《ぜっぺき》のはずだ。

（……岩棚《いわだな》か）

苦い思いが頭をかすめた。

試射をしたときも、矢が谷底へ落ちていくのをここから見とどけただけで、石積みのむこうがどうなっているか、のぞきこむことはしなかった。——ラガロの墓がむきだしになっているのを見るのが恐ろしかったからだ。

石積みのむこう側の、崖《がけ》の途中に、人が潜めるような窪《くぼ》みがあったのかもしれない。

矢が来る！

かろうじて木の陰《かげ》に転げこみ、マランは激しく浅い呼吸をくりかえした。

（だが、石積みの陰にいたら、射手の位置は見えなかったはずだ。——どうやって、ドラスとユキムを射おとした？）

ピタ、ピタ、と短槍の穂先を左右にむけたジグロのしぐさが目に浮かび、マランは思わず、うめいた。

（……〈逆さ狩り《ティカ・ウル》〉）

ジグロは自らの身をトック（的）にして、射手の位置を小娘に示したのだ。そして、あの盾に刺さった矢が、マランの位置を示した……。

それにしても、あの細い身体《からだ》をした小娘が、わずか一息の間に三矢、正確に矢を放てたということが、信じられなかった。

矢はあいかわらずとぎれずに飛んでくる。正確に、ここを狙っている。

マランは激痛をこらえ、目をつぶり、矢が飛んでくる調子を測った。——はやい。信じられぬ速さで連射してくる。

だが、森の木々のおかげで矢はあたらなかった。

遠くから鈍《にぶ》い音が聞こえてきた。ドラスかユキムが、ジグロと闘《たたか》っているのだろう。

矢がとぎれた、と思ったとき、足音が聞こえた。

あの位置からではあたらないとさとって、小娘がこちらに駆《か》けてくるのだ。

マランは腹に刺さった矢を手でおさえ、弓を持ちあげるや、歯をくいしばって土に刺しておいた予備の矢を抜いてつがえ、木立の間に立つと、目の前に来ている娘めがけて矢を射た。

至近距離《きょり》から放たれた矢は、避《さ》けられるものではない。

娘はそれでも、おどろくべき身のこなしで身体をひねり、矢の直撃を避けた。

目の前にのびてきた短槍の穂先をおもわず弓で受けると、弓が砕《くだ》ける音がして、右肩に焼け火箸《ひばし》でたたかれたような激痛が走った。

のけぞった身体が後ろに倒《たお》れていく。膝《ひざ》が身体の下でねじれ、土に刺してある予備の矢が身体の下で折れるのを感じたが、もはや、それをどうこうする余裕《よゆう》もなかった。

娘は獣《けもの》のように唇をまくりあげていた。光を背負って陰になっている顔の中で、歯だけが白く見えた。自分を突《つ》き刺すために持ちあげた短槍の穂先も木漏《こも》れ陽《び》に白く光った。

「……」

声が聞こえた。なにを言っているのかわからなかったが、娘の手が止まった。

大きな人影が娘の背後にあらわれた。

「殺すな。手を使えないよう縄《なわ》でしばれ」

マランは目をつぶった。

胸に、深い哀しみがひろがった。炉辺の椅子と、妻の姿が目に浮かび、涙があふれてきた。

命を惜しめば、汚名《おめい》が残る。この先には、恥《はじ》にまみれた暮らしが待っている。

マランは、自分の下になっている折れた矢の位置を背で感じていた。その矢の先についている、毒にひたしてかわかした鏃のことを思いながら。

娘が衣《ころも》の前をはだけた。腹にしっかりと巻かれた縄が見えた。

（……縄で胴を守っていたのか）

マランは汗《あせ》まみれの顔をゆがめた。

ふと、歌が聞こえてきた。おどろくほど伸《の》びのある、美しい歌声だった。

その瞬間、痛みの赤い靄《もや》の中に、一条の光が射したような気がした。波のようなものが全身をやわらかくさすっていく。

唐突《とうとつ》に、母の顔が見えた。まだ若い、おぼえているとも思っていなかった母の、つややかな顔が。

川が流れていくように、脳裏《のうり》にいくつもの光景が浮かんでは過ぎ去っていく。

娘の手が止まっていた。縄の端をつかんだまま、なにも見ていないような目でこちらを見おろしている。

その目に浮かんでいるものを見たとき、胸の中でなにかがほどけ、身体の力が抜けていった。

娘が動きを止めているいまなら身体を動かせたが、マランは動かなかった。毒の鏃を自分の腿《もも》に刺《さ》す気力はもう、わいてこなかった。

右肩《みぎかた》の傷から血が流れでているせいだろう。全身が冷たくなり、視野がせばまっていく。

マランはあえぎ、かすんでいく目を見ひらいた。涙《なみだ》が、あとからあとから頬《ほお》を伝っていく。気を失う前に、涙の膜《まく》を通して見えたのは、緑の葉群《はむら》に白くおどる木漏れ陽だった。

＊

「……聞こえる？　ね、聞こえる？　あれ、お頭の歌だよね？」

キイは隣《となり》にいるサンサをちょっとつついた。

〈結界の木〉の手前に群れている人びとは知り合いごとに寄りあつまってしゃべっている。一応、儀式に配慮《はいりょ》して声を低めてはいるが、それでも、これだけの人数がいると、そのざわめきは耳障《みみざわ》りだった。

サンサは目をつぶって耳をすましていたが、やがて目をあけると、いらだたしげに舌打ちをし、群衆をふりかえってどなった。

「ああ、うるさい！　あんたら口をつぐみな！　鎮魂の妨《さまた》げになる！」

その声に打たれたように、人びとはだまりこんだ。

突然おとずれた静けさの中をただようように、かすかに歌声が聞こえてきた。

サダン・タラムたちの顔が、一気に明るくなった。

群衆たちも、その歌声に気づいたのだろう。みな、わずかに口をあけて、その美しい歌声に聴《き》きいっている。

「ああ、よかった！　よかった！」

キイは自分の身体を抱《だ》いて天をあおぎ、口の中でつぶやいた。

「うまくやれたんだね、バルサ、ありがとう、ありがとう……」

そのとき、なにかがピシッと腕にあたった。

「あ、痛っ！」

腕をさすりながら小石が飛んできた方を見て、キイは凍りついた。

小暗い森の中に幽鬼《ゆうき》がいた。

すぐに、それが、木陰に立っているバルサだとわかったが、それでも、最初に感じた恐怖は消えず、胸が痛いほど心《しん》ノ臓《ぞう》が脈打っていた。

バルサが手招きをしている。

群衆に気づかれぬよう、なにげないふうをよそおって、キイは森に足を踏《ふ》みいれた。

バルサに近づくと、血のにおいがぷん、と鼻についた。

血の気のない頸《くび》から頰にかけて点々と血がついている。目が光り、ふだんとはまるでちがう異様な表情をしていた。

「……あんた、怪我《けが》したの？」

おそるおそる声をかけると、バルサは首をふった。

「返り血だよ」

「でも、そこ、切れてるよ」

上衣《うわぎ》の脇腹のところが、すっぱり裂《さ》けている。さわって教えてやろうと手をのばしたとたん、激しい勢いで手をはらわれた。

「痛！　なにすんのさ！」

むっとしてバルサをにらみつけたが、バルサは意に介《かい》したふうもなく、手がとどかないところまでさがった。

「さわらないほうがいい。毒矢だったかもしれないから」

バルサは一度深く息を吸うと、静かに吐《は》き、呼吸をととのえた。

「お頭は無事だよ。射手もすべて捕《と》らえた。動けないよう拘束《こうそく》してあるから、街の役人のところへ運ぶのを手伝うよう、男衆に伝えて。……群衆に気づかれないように、彼《かれ》らがいなくなってから運ぶから」

キイは眉根を寄せた。

「わかった。でもさ、むしろ、あそこにいる連中に襲撃があったことを知らせちゃったほうがいいんじゃない？」

　バルサは首をふった。

「そうしないほうがいいっての？　なんでよ？」

　わずかにためらってから、バルサは口を開いた。

「……黒幕がアール家だったら、どうする」

　キイは、はっと目を見ひらいた。

　昨夜、サリから聞いたことを思いだし、キイは肩を落とした。

「そうか。考えたくないけど、そういうことだったら面倒《めんどう》だよね。……わかった」

　バルサはうなずくと、すっと踵《きびす》を返した。

　下生えを跳びこしながら獣のように駆けていく、その細い後ろ姿を見ながら、キイはなぜか、胸がつまるような、重苦しい哀しさにとらわれた。

　――わたしは人を殺して生きのびてきたから。

　そう言った、バルサの声が耳の奥によみがえり、キイはつかのま、目をつぶった。

　そして、長いため息をつくと、仲間のところへもどっていった。

12　アール家へ

ケミルの丘から宿にもどると、思いがけぬ事態が待ちうけていた。——アール家からむかえの武人たちが来ていたのだ。

サリの姿に気づくと、宿の脇に馬をつないで待っていた武人たちの中から、ひとりの男が近づいてきた。

「……アガチさま！」

サリはびっくりして駆けより、お辞儀《じぎ》をした。アガチと呼ばれた壮年《そうねん》の男もほほえんで礼を返している。

武人たちの出方次第《しだい》では即応《そくおう》できるよう警戒《けいかい》していたバルサは、そのようすを見てすこし気をゆるめた。

「だれ？」

隣にいるキイにささやくと、

「アール家の家令だよ」

と、答えてから、キイは小声でつけくわえた。

「融通《ゆうずう》がきかない堅物《かたぶつ》だけど、わるい人じゃない」

バルサはちらっとジグロを見あげた。なにを考えているのか、ジグロはじっとターサ氏族の紋章《もんしょう》入りの頭帯《ずたい》を巻いている武人たちを見つめていた。


襲撃者たちは役人ではなくアール家がじきじきに取りしらべることになった。

宿の一室を仮牢《かりろう》としてととのえたり、傷の手当てをしたりというさまざまに手間がかかり、夜もだいぶふけてから、ようやく夕餉《ゆうげ》をとれるようになった。

サリたちはアガチたちと夕餉をとり、その夕餉には、雇《やと》われ護衛士はくわわることはゆるされなかったが、夕餉のあと、サリが部屋に来て、アガチの話を伝えてくれた。

「わたしが送った書状はちゃんとシッサルさまのお手もとにとどいていたそうよ」

と、サリは言った。

「ただ、書状がとどいたあと、オリアさまのお具合がわるくなって、それが悪阻《つわり》だとわかって、大騒《おおさわ》ぎになったものだから、開封《かいふう》するのを忘れたまま、数日置いてしまわれたのですって」

サリの表情は明るかった。

「そういうことって、あるのよね。なんでこんなときに、こんなことがってことが。でも、よかったわ、ほんとうに。ここからはアール家が守るとおっしゃってくださっているし」

ジグロはだまって聞いていたが、サリが語りおえると、口を開いた。

「シッサル殿は、襲撃の理由に心当たりがあるようだったか？」

サリは首をふった。

「ないようね。アガチさまの口ぶりだと、盗賊《とうぞく》の襲撃が偶然かさなっただけではないかと思われているような感じだったけれど、ことがことだけに、会って、きちんと話を聞いてから、必要があれば調べるとおっしゃっておられたって。でも、そうなると、あなたがたのおかげで襲撃者を生け捕りにできて、ほんとうによかったわね」

ジグロは答えなかった。

その表情を見て、サリは静かな声でたずねた。

「なにか、気になっているのね」

「……これが気になる、と言えるようなことはないのだが」

ジグロはなにか考えていたが、やがて、顔をあげてサリを見つめた。

「彼らは、我われが護衛することはゆるしたか」

「ええ」

うなずいたサリの頬が、わずかに赤らんだ。

「あの……ごめんなさい、ちょっとね、口実を使ったの。自分たちが守るといってい
るのに、なにを言うかって顔をされたから、じつはあなたはわたしの良い人なので、
同行をゆるしてほしいってたのんだのよ。

アガチさまは、むすっとした顔をなさってたけどね、サダン・タラムに色恋《いろこい》の説教は
無粋《ぶすい》とでも思ったんでしょ、したいようにすればよい、とおっしゃってくださったわ」

ジグロは表情を変えず、ただうなずいただけだった。

わずかに上気した顔で、サリはバルサを見た。

「まだ、ちゃんとお礼を言っていなかったけれど、今日はほんとうにありがとう。あ
なたのおかげで生きのびたわ」

ふいに話をふられて、バルサは口ごもった。

「……仕事ですから」

そう答えただけでだまると、なんとなくすわりのわるい沈黙《ちんもく》がただよった。

「弦をかえたのか」

ふいに、ジグロに言われ、バルサは顔をあげた。

「うん。——わかった？」

「おまえが気にいったあの弓は、粘《ねば》りがいい素材で精度も高かったが、おまえには、やや硬《かた》すぎるかな、と思っていた」

バルサはびっくりして、ジグロを見た。

（買ったときに気づいていたなら、言ってくれればいいのに）

ジグロはこういう人だ。かかっているのが自分の命だというのに、こんな大事なことすら指摘《してき》しない。

ふっと腹が冷たくなった。——自分の弓の不備に気づかなかったら、ジグロはいま、こうしてここにはいなかったかもしれないのだ。

気づかなかったではすまない。ほんのわずか思いがいたらないだけで、大切な人を亡《な》くすかもしれない。そういうものなのだ、この仕事は。

バルサの顔色を気にしたふうもなく、ジグロは淡々《たんたん》と言った。

「弦もだが、場所どりが良かったな」

バルサは肩をすくめた。

「……あの祭壇《さいだん》の後ろが岩棚になってたのは、わたしの手柄《てがら》じゃない」

ジグロが微笑《びしょう》を浮かべた。

「まあ、そうだな。地形にもめぐまれた」

その言葉を聞きながら、バルサは胸の中でつぶやいた。

(それだけじゃない)

ジグロは木の盾を用意していた。バルサは、石積みにあたった矢の角度を見ようと思っていたのだが、あの一瞬に立ちあがって見ただけでは、石積みがはじいた矢の方向を見さだめられはしなかっただろう。

ジグロはサリを守ることを第一に考えていた。サリをかばって地面に倒れながらでは、三人目の射手の位置を示せないことが、はじめから頭にあったのだ。

木製の盾は、なによりもみごとに、矢が飛んできた方向を示してくれた。

バルサはため息をついた。——自分は、まだまだだ。

階下で、ふいに賑《にぎ》やかな楽の音《ね》がわきあがった。不安から解放されたキイたちが騒いでいるのだろう。

ジグロは、サリに顔をむけ、

「ところで、ふたつ聞きたいことがあるのだが」

と、言った。サリは瞬《まばた》きした。

「え？ ……ええ、どうぞ」

「エウロカ・ターンは、あなたが中にいれば鎮《しず》まっているのか？ ほかのだれかがいっしょに中に入っても、魔物《まもの》に襲われることはないのか」

サリはすこし考えるような表情になった。

「わたしが鎮めているのかどうか、それは正直、わからないけれど、でも、そうね、これまで、あの谷間の森の中でなにかに襲われた、ということはないわね。

なにかこの世ならぬモノがただよっているような気配はあるのだけれど、いっしょに入るアール家の殿《との》さまもそういうモノに危害をくわえられたことはないし、狼《おおかみ》も気配と遠吠《とおぼ》えだけで、姿さえはっきりと見たことはないわ」

ジグロはうなずいた。

「では、もうひとつ。エウロカ・ターンの中で、なにか飲み食いをする機会はあるのか」

「飲み食い？ ——食事などはしないけれど、飲むことはあるわね。

エウロカ・ターンに入る前に、お清めの花酒《はなざけ》を殿さまもわたしもひと口飲んで、身体の前後に数滴《すうてき》ずつ落とすという儀礼があるから」

ジグロは自分の考えをたしかめているように、すこしうつむいたまままたずねた。

「今回は、墓を直さねばならんから、大人数が中に入るだろう。彼らも清めの酒を飲むのだろうか」

「そう、ね。あそこは聖地だから、入る者はみな身を清めなくてはならないから」

なにか考えながらサリの言葉を聞いていたジグロは、やがて、顔をあげ、サリを見た。

「……あなたに、たのみたいことがある」

＊

アール家までの道程《みちのり》は、好天にめぐまれて、楽な旅だった。

下見したときにバルサが危険と感じた、あの小川の草地でも襲われるようなことはなく、秋の光が、ただ、のんびりと野を染めていた。

ケミルの丘《おか》の周囲は針葉樹の森で暗かったが、このあたりは広葉樹が多く、森も明るい。

陽の光に金色に輝《かがや》く葉群のむこうに、アール家の館《やかた》の尖塔《せんとう》が見えてくると、サダン・タラムたちも表情をゆるめ、くつろいだようすになった。

ターサ氏族の英雄ラガロの血を伝えるアール家の館は、さして大きくはなかったが、荘厳《そうごん》な造りで、西棟《にしとう》にそびえる尖塔の先にはターサ氏族の守護女神《めがみ》ハンマの目をかたどった青い旗が、風になびいている。

玄関《げんかん》へいたる石段の両脇には秋の花が飾《かざ》られて、古い館の重苦しい印象をやわらげていた。

バルサが花に視線をむけていることに気づいたのだろう。かたわらにいたキイがささやいた。

「オリアさまが嫁《とつ》いでこられてから、館の印象がずいぶん変わったんだよ。以前は、陰気《いんき》くさいお館だったんだけどね」

サンサににらまれて、キイは肩をすくめたが、バルサにちらっと眉《まゆ》をあげてみせた。

一行はまず、控《ひか》えの間に通された。

すでに身を清める湯や手拭《てぬぐ》いなどがそろえられており、男女を隔《へだ》てる衝立《ついたて》も用意されていたので、バルサも女たちとともに身をぬぐって旅の埃《ほこり》を落とし、新しい衣に着《き》替《が》えた。

その後、サリだけは当主のもとへ案内され、あとの者たちは、サダン・タラムがここをおとずれるときにいつも宿としてあたえられる別棟《べつむね》に案内された。

いかにも北部らしく天井《てんじょう》が低い造りなので、南部の領主の館にくらべれば狭《せま》く感じられたが、それでも、石造りの壁にかけられている寒さよけの厚織りの布は、精巧《せいこう》な模様が織りこまれた高価なもので、歴史ある名家らしい重厚《じゅうこう》な印象をかもしだしていた。

別棟の部屋もそれなりの広さがあり、中央には大人数でかこむことができる食卓《しょくたく》があった。給仕の者などはいなかったが、食卓には焼き菓子《がし》をのせた大皿や、果物をむいて玻璃《はり》の器《うつわ》に入れたものなどが並べられていた。

天気がいいので、あけはなたれている窓からは秋の明るい陽光が射《さ》しこみ、玻璃の器に満たされた果汁《かじゅう》と赤い果肉をやわらかく光らせている。

どこかにリスマの花が咲《さ》いているのだろう。いい香《かお》りが風にのって部屋に入ってくる。この花の香りをかぐと、バルサはいつも、秋の深まりを感じて、すこしさびしい気持ちになった。

サダン・タラムたちは食卓につくや、早速《さっそく》、菓子や果物に手をのばし、取り分けて食べはじめたが、ジグロとバルサは持参の水筒《すいとう》から水を飲んだだけで、出されているものには手をつけなかった。

「この果物、ひんやり冷えてるし、汁気《しるけ》たっぷりでおいしいよ。ほんとうに食べないの？」

と、キイが声をかけてきたが、バルサは首をふった。それを見て、不安になったのだろう、キイは匙《さじ》を持った手を止めた。

「でも、あんたたちが食べないなら、わたしらも食べないほうがいいのかな」

ジグロが口を開いた。

「絶対、とは言えないが、まず大丈夫《だいじょうぶ》だろう」

「……狙《ねら》われているのは、お頭だから？」

キイが小声で言うと、ジグロはうなずいた。

そのとき、人のおとずれを告げる鈴《すず》の音が鳴ったので、サダン・タラムたちはびくっとした。

みなが匙を置いて立ちあがると、扉《とびら》があいて、豪奢《ごうしゃ》な衣をまとった若い男女が、サリと侍女《じじょ》を伴《ともな》って入ってきた。

「若殿さま、若奥《わかおく》さま」

サンサが言い、みなが深ぶかと礼をした。

「いや、そのまま、そのまま。長旅で疲《つか》れているだろう。まずは喉《のど》をうるおしてくれ」

若殿、と呼ばれた背の高い若者はそう言いながらサリをふりかえり、

「サリも疲れただろう。父上は話が長いから」

と、苦笑した。

「いいえ、とんでもないことでございます」

サリはほほえんだ。

「御殿さまは昨年よりもお元気そうで、ほっといたしました」

それを聞くと、若殿はかたわらの妻をちらっと見て、唇の端をゆがめた。

「去年は、さまざまあったから」

それだけ言って、彼は若い奥方の肘《ひじ》のあたりをそっとささえて食卓に導いた。

バルサはおもわず、礼を失するほどまじまじと奥方を見つめてしまった。そうせずにはいられないほど、美しい人だったのだ。

光沢《こうたく》のある茶色の髪《かみ》と、内側から光っているように見えるなめらかな肌《はだ》。そして、なにより、その目が、なんともいえず美しかった。

「若奥さま、大丈夫なのですか？　お具合がわるいとうかがいましたが」

サンサが言うと、オリアはほほえんだ。

「ありがとう、大丈夫よ」

そう言ってから、オリアはすっと笑《え》みをおさめた。

「わたしの具合がわるかったせいで、あなたがたをあやうい目にあわせてしまったと聞いたわ。ほんとうにごめんなさい」

サンサがあわてて手をふった。

「いえいえ！ そんな！ こちらこそ、お祝いを申しあげるのが遅《おそ》くなって申しわけございませんでした。ご懐妊《かいにん》、ほんとうにおめでとうございます」

みなが口ぐちに祝いの言葉を述べると、オリアは頬を上気させて、ありがとう、と答えた。そして、そっと腹のあたりに手をおいて、静かな声で言った。

「あなたがたに言祝《ことほ》いでもらえたら、きっとこの子は幸せになれるわね。この子も、あなたがたと同じように、ターサとロタの血が混じったトル・アサ〈楽しみの子〉だから」

サダン・タラムたちは、ちょっと困惑《こんわく》した顔になった。その言葉は、いわば一夜《いちや》の関係をさす言葉であったからだ。

サリは、しかし、おっとりと微笑《ほほえ》みを浮《う》かべて、うなずいた。

「本当ですね。むかしは、女神ハンマが天の夫のもとへいそいそと昇る夕べは、ターサとロタの垣根《かきね》は消えて、みな、ただの裸《はだか》の男女となってたがいをあたためあったのですものね。

おふたりのお子さまが幸せな人生を過ごされますように、わたしたちは心をこめて言祝がせていただきます」

サリの艶《つや》のある表現を聞いて、オリアの頬にふわっと赤みがさした。ちらっと部屋の奥に立っている侍女を見てから、オリアは照れ隠《かく》しのように眉をあげて、きらきらした目でジグロを見た。

「あたためあうといえば、お頭も恋をしておられるって侍女から聞いたのだけど、あなたがお頭の良い人？」

それを聞いて、キイたちがにやにやしながらジグロを見たが、ジグロはわずかに眉をあげただけで、なにも言わず、ただオリアに軽く目礼した。

「じつは、わたしも会いたかったのだ」

若殿シッサルが、ふいにまじめな顔になって、ジグロを正面から見つめた。

「その方が捕らえた襲撃者《しゅうげきしゃ》たちを見てきたが、三人ともみごとに利《き》き腕を殺されていた。なかなか、ああはいかぬものだ。サリはすばらしく腕が立つ武人を見そめたのだな」

ジグロはわずかに頭をさげ、

「おそれいります」

と、言った。

「それにしても、あの書状に書かれていたことは本当なのか。幾度《いくど》も襲《おそ》われたというのは」

サリがジグロを見ると、ジグロが口を開いた。

「まことでございます。三度、襲撃がございました」

シッサルは眉根を寄せた。

「書状にも、そう書いてあったが……三度となると、野盗《やとう》ではないな」

「野盗ではございません。二度目に捕らえた者が、武人の誇《ほこ》りを口にいたしました」

シッサルはむずかしい表情になった。

「詳《くわ》しく話せ。どのような襲撃であったのか」

ジグロは簡素に、しかし、明確《めいかく》に事情が伝わるように襲撃の詳細《しょうさい》を語った。

バルサはシッサルを見るふりをしながら、目の端で奥方オリアの表情を気にしていたが、オリアはただ眉をひそめて聞いているだけだった。

語りおえると、ジグロはまっすぐにシッサルを見つめて、たずねた。

「これまで、このような襲撃はなかったことを考えますと、いまの話の中で申しあげましたように、マハラン材の献上《けんじょう》や英雄《えいゆう》ラガロの墓がくずれたことなど、今年になって生じた事情が襲撃の誘因《ゆういん》になったように思われます。――なにか、お心当たりはございますか」

シッサルはうなった。

「その方の話を聞けばたしかにそのように思えるし、そのふたつが原因であるとするなら、命じたのは……」

言いよどんだ夫の言葉を、オリアがひきとった。

「わたしの父のように思えるわね」

オリアの頬はすこし血の気がうすらいでいたが、目には強い光が浮かんでいた。

「話の筋をたどれば、そう思えるけれど。――そうだとすれば、なぜ、そんなことをしたのか、わたしが父に問いただすわ」

まっすぐにサリを見つめて、オリアは言った。

「まだ、そうだと決まったわけではないけれど、あなたを襲わせたのが父であるなら、わたしは心からお詫《わ》びをします。そして、もう二度とあなたに危害をくわえることがないよう、わたしが命にかえても事態の収拾に努めますから、どうか心を安んじてください」

サリは深く頭をさげて感謝したが、バルサは、なんとなく、オリアの言葉と表情に違和感《いわかん》をおぼえていた。

ちらっとジグロに目をむけたが、ジグロはただ、じっと若い夫婦を見つめていた。

13　エウロカ・ターン〈森の王の谷間〉で

　まだ暗い谷間に、濃《こ》い朝霧《あさぎり》がただよっている。

　晩秋の夜明けの冷《ひ》え込《こ》みはきつく、アール家の家令アガチは、ほかの者に気づかれぬようにそっと足踏みをしていた。

　ラガロの墓を直すために、エウロカ・ターン〈森の王の谷間〉に入る職工たちと、夜明け前から松明《たいまつ》の灯《あか》りをたよりに石材や道具の最終確認をしてきたが、心のどこかにおびえがあって、さまざまよけいなことを考えずにはいられなかった。

　アガチは、ちらっとナンナの木に目をやった。

　エウロカ・ターン〈森の王の谷間〉との境界に立つ、幽鬼のような白い木が、ゆらゆらと揺《ゆ》れているように見えて、どきっとした。

（……朝霧のせいだ）

　朝霧がとりまいて流れているから、そう見えるだけだと思ったが、もう一度視線をむけると、そこがほかの場所とは霧の流れ方がちがうことに気がついてしまった。

ナンナの木のあたりだけは、谷間の奥から吹《ふ》く風に朝霧がふわっとおしかえされているのだ。

（ここに入るな、と風がおしている）

アガチは頭をふって、浮かんできた思いをふりはらい、目の前の作業に心をもどそうとしたが、腹の中にあるひんやりとしたおびえは消えていかなかった。

だから、サダン・タラムが奏《かな》でる笛と太鼓《たいこ》の音が聞こえてきたときは、心からほっとした。

朝霧をついてサダン・タラムたちがやってくる。男衆が掲げている松明の灯りに、女たちの衣装《いしょう》がキラキラと輝《かがや》いていた。

先頭に立つサリは、しかし、とても質素な灰色の衣をまとっていた。〈黄昏《たそがれ》と夜明けの衣〉と呼ばれる鎮魂《ちんこん》儀礼の衣だった。サリに続いて歩いてくるアール家の当主と若殿もまた、灰色の衣をまとっている。

行列の中にオリアの姿がないことに、アガチは安堵《あんど》した。そんなことはすまいと思ったが、オリアが我《が》を通してついてきたらと、不安に思っていたのだ。

（ただでさえ、墓がくずれるほど怒《おこ》っておられるだろうに）

ロタの女などが聖地を穢《けが》せば、なにが起きるかわからない。

大きな地揺れがあってラガロさまの墓が壊《こわ》れたと聞いたとき、アガチはまっさきに、ロタの女が嫁《よめ》に来たからだ、と思った。ほら見たことか、こういうことになると思った、と舌打ちをしたものだ。

あの女が若殿の子をはらんだと聞いたときの、なんともいえぬ暗い思いは、いまもアガチの心の底によどんでいた。

英雄ラガロの血を伝えるターサの最後の誇り、アール家の血に、マグア家の血が混じる。いったん混じってしまえば、二度と消えることはない。

(ああ、カミルさまが生きておられたらなぁ)

いまさら思っても詮無《せんな》いことをアガチはまた思った。長子《ちょうし》であられたカミルさまが、十八の若さで急逝《きゅうせい》されるという悲劇が起きなかったら、いまとはちがう未来を夢みることもできたのに。

(カミルさまなら、ターサの妻を娶《めと》ってターサの純血《じゅんけつ》を守ってくださっただろうに、もはやアール家は、ロタの血が混じっていない当主を戴《いただ》くことはないわけだ)

アガチは暗い目で、ナンナの木の脇《わき》に置かれた祭壇の前に立ったサリと、その両脇に立つ殿さまと若殿を見つめていた。

聖地とこの世を分ける門番のように立っている二本のナンナの木。そのやや手前に設けられた祭壇の前にサリが立つと、若殿がこちらを見て、わずかに顎《あご》をひいて合図をした。

アガチは職工たちをふりかえり、

「行くぞ。殿さま方の背後につけ」

と、命じた。

夜明けの灰色の霧の中で、頭巾《ずきん》を目深《まぶか》にかぶっている職工たちの姿は、どこかこの世の者ではないように見えた。

彼らが声をかけあいながら重い石材などをのせた台車を動かして、アール家の当主たちの背後につくと、サダン・タラムたちといっしょに来ていた侍女たちが大きな壺《つぼ》の蓋《ふた》をとり、清めの花酒を杯《さかずき》についで、エウロカ・ターン〈森の王の谷間〉に入る者たちに手渡《てわた》していった。

サリは杯を持ちあげると、エウロカ・ターンの方に顔をむけ、静かな声で、森の王に呼びかけた。

「森の王よ。これからわたしたちは、穢れをはらうマキリの花の蜜《みつ》で醸《かも》したこの花酒にて、我《わ》が身を清め、貴《とうと》い御君《おんきみ》の谷間に入らせていただきます」

その声が朝霧に鈍く響いて消えると、アール家の当主とシッサルが杯を掲《かか》げてから、一気に花酒を飲みほした。

アガチも職工たちも、手に持った杯に口をつけた。香りの強い濃厚《のうこう》な花酒がつるりと喉を下《くだ》り胃の腑《ふ》に落ちると、ふわっとした温《ぬく》もりが胃の腑から喉のあたりまでひろがった。

サリがなにか小さくて薄《うす》っぺらいものを掲げた。

アガチはつかのま、なにかの板を掲げたのか、と思ったが、サリが小声でうたいはじめると、その薄っぺらいものが風に吹かれてでもいるように小刻みにふるえはじめた。

と、サリの声質《せいしつ》が変わった。

うたっているのはひとりなのに、ふたりの人間が微妙《びみょう》に音程を分けてうたっているかのように、ふたつの音が反響《はんきょう》しあって振動《しんどう》を起こしている。

その振動に揺さぶられて、朝霧がゆるやかに渦巻《うずま》きはじめた。

はじめはゆるやかだった朝霧の渦は、すぐに急流が渦巻くように激しく流れはじめ、うねりながら地をはって、サリの身体を駆けあがりはじめた。

サリの全身が朝霧の渦にまきこまれた……と思う間もなく、あの薄いものが微光を放ってふくらみはじめた。光の輪郭《りんかく》がきれいにととのうと、それは琴《こと》の形になっていた。サリは我が子をいつくしむようにそれを抱くと、シャーン！　と、かき鳴らした。

とたんに、世界が割れた。

アガチはおもわず空の杯をとりおとした。全身がふるえ、そのふるえが手に伝わり、杯を持っていられなかったのだ。

エウロカ・ターン〈森の王の谷間〉の奥の天空に近いあたりからまっすぐに光が射して、サリの全身を金色に浮かびあがらせていく。

朝日が昇《のぼ》ったのだ。

だが、それはいつもの朝日ではなかった。なにがどうちがうと言葉にすることはできなかったが、だれもが、それをただの朝日ではないと感じていた。それは、身体《からだ》の芯《しん》をつらぬいていく確信だった。

金色に燃えあがる朝霧の渦を身にまとい、谷間を流れくだる水流のような音を響《ひび》かせるシャタ〈流水琴《りゅうすいきん》〉を爪弾《つまび》きながら、サリが歩きだした。

鎮魂の歌をうたいながら歩いていくサリの背後から、夢をみているような目をして当主たちが続く。

アガチはもうおびえていなかった。金色の朝霧にとりまかれ、夢の中を歩くように、職人たちを導いて、畏《おそ》ろしき森の王の谷間へと足を踏みいれていった。

いつもは小暗い、深い森が、いまはぼんやりと明るみをおびている。歩いているはずなのだが、足が地面を踏んでいる感覚がしない。いや、たしかに踏んではいるのだが、なにか分厚いものの上から地面を踏んでいるような鈍《にぶ》さがあるのだ。

音も、ぼんやりと鈍い。

(……水の底にいるようだ)

ゆらめく金色の水の中を歩いているようで、わずかに息苦しい。

深い森の木々が行く手をはばむように手をのばして道をせばめてくる。その枝たちは、しかし、サリの歌声とシャタ〈流水琴〉の響きに触《ふ》れると、やわらかく身をひき、空間を開いていく。

艶のあるサリの歌声は水面に落ちた水滴《すいてき》のようにゆったりと輪をひろげ、木々を渡る風の音が琴の響きに和していく。

やがて、前方に、まぶしいほどに明るい場所が見えてきた。

朝の光がさんさんとふりそそいでいる広びろとした草地の中央に、灰色の石積みが見える。

自分が見ているものが英雄ラガロの墓であることに気づいて、アガチは息をのんだ。

これまで思いえがいていたような、おどろおどろしい暗さなどまるでなかった。白い朝の光にきらきらと朝露《あさつゆ》を光らせている草地に、その墓はゆったりと眠《ねむ》っていた。

おどろいたせいだろうか。それとも、長く歩いてきたせいだろうか。頭が重く、身体がきつくなってきて、目の前がぼやけはじめた。やたらに眠い。

（……いかん、おれは倒《たお》れるぞ）

そう思ったとき、前を歩いていた殿さまが、ふいに草地に膝《ひざ》をつき、くずれるように座《すわ》りこみ、ゆっくりと横に倒れていくのが見えた。

かたわらや背後でも、人が倒れる音が、どさ、どさ、と聞こえ、なにが起こったのだと考える間もなく、草地がせりあがってきて、全身に鈍い衝撃《しょうげき》が伝わってきた。頭が強くふられて草地にあたり、痛かったが、その痛みさえぼんやりとしていた。

朝露にぬれた草が頬《ほお》に触れている。息をするたびに青草の匂《にお》いがする。地面についている耳になにか聞こえた。足音だ。だれかが駆《か》けてくる。

必死で目をあけると、かすむ視界に、女の姿がぼんやりと見えた。それがだれであるかに気づいて、アガチは息をのんだ。

（……オリアさま？）

そう思ったのを最後に、アガチは深い眠りに落ちていった。

第三章　風の行方《ゆくえ》

1　母の胸飾《むねかざ》り

風が出てきたのだろう。窓にあたる雨の音が耳につくようになった。

北部ではめずらしい大きな窓にはめこまれている玻璃《はり》に、雨粒《あまつぶ》が激しくあたり、ときおり鋭《するど》く光る稲光《いなびかり》が、複雑な反射を床《ゆか》におどらせている。

マグア家の当主アザルは、大きな指輪をした手でコツ、コツと肘掛《ひじか》けを軽く打ちながら、目の前にかしこまって座《すわ》っている、妹の遺児たちに、努めてやさしい口調で、

「吹《ふ》き降《ぶ》りがひどくなってきたな。——やはり、今日は泊《と》まっていかぬか」

と、声をかけた。

だが、ルミナもクムも、首を横にふった。

「お心遣《こころづか》い、ありがとうございます。でも、エウロカ・ターン〈森の王の谷間〉の鎮《しず》めの儀式《ぎしき》まで、もう日もございませんので、さまざま準備がございまして」

アザルは目を細めた。

「そうか。そうだな。そろそろサダン・タラムがおとずれる頃《ころ》か」

「はい。明後日《みょうごにち》には到着《とうちゃく》すると思います」

アザルはかすかに唇《くちびる》の端《はし》を曲げた。

「トル・アサ〈楽しみの子〉の末裔《まつえい》たちは、遊興芸人の割には几帳面《きちょうめん》だからな」

とたんに、クムの目に不快そうな光が浮《う》かんだ。サダン・タラムへの揶揄《やゆ》を、ターサ氏族全体への揶揄と感じたのだろう。

（こいつは、ますますアール家の顔になってきたな）

十三歳《さい》にしては小柄《こがら》だが、太い眉《まゆ》に頑固《がんこ》な気質があらわれているその顔を見ながら、アザルは胸の中で嘆息《たんそく》した。

今年死んだアール家の老当主に、じつによく似ている。せっかく得た好縁《こうえん》を、くだらぬ誇《ほこ》りのためにことごとくつぶして家をかたむけたばか者に。

（ふしぎなものだな。クムの顔には、どこにもマグア家の面影《おもかげ》がない）

ルミナのほうは、ふとした拍子《ひょうし》に見せる表情が、あまりにも妹のオリアによく似ていて、どきりとするほどだったが、クムもオリアの血をひいているはずなのに、母親には似ず、いかにもアール家の男という顔をしている。

ルミナは顔をあげて、細い声で応じた。

「今年は三人の弔《とむら》いもございますし、すこし長く滞在《たいざい》してもらおうと思っておりまして、その準備もせねばなりません」

アザルはうなずいた。

「そうだな。しっかり弔ってもらわねばな」

そう言ったとき、ちらっと妹の真剣《しんけん》なまなざしが脳裏《のうり》にひらめき、胃のあたりをとがったものがかすったような、いやな気持ちがした。

（……この世を去った者は）

もう、この世ではなにもなせない。未来は生きている者のためにあるのだから、その幸せをみださず、鎮まっているべきなのだ。

（オリア、娘《むすめ》たちの幸せを願うなら、わたしを信じて鎮まっていてくれよ）

心の中で妹に呼びかけたが、むかし、まさにこの部屋で、当時まだ健在だった父を異様に光る目で見つめて、我《わ》が子の幸せについて語っていた妹の顔が、いよいよはっきりと思いだされてきて、アザルはおもわず深く息を吸った。

（鎮まっておれよ、オリア。――あの頃とは、事情もさまざま変わったのだから）

どれほど強く望もうとも、妹はもうなにもできないのだ、と理性ではわかっているのに、心の底で不安定に揺《ゆ》れているなにかが、どうしても消えていかなかった。

（むしろ）

この気持ちこそ、領主の勘《かん》なのかもしれない。

なにも起きるはずがないと、状況《じょうきょう》をあまく見て足もとをすくわれぬよう、ささいなこともないがしろにせず、水も漏《も》らさぬ万全《ばんぜん》を尽《つ》くすことこそ、領主に必要なことなのかもしれない。

――おまえは小心なところがあるが、それはかならずしもわるいことではない。

父の、すこしかすれた低い声が、ふと思いだされた。

――考えつくせよ。蟻《あり》の一穴《いっけつ》から水が漏れて土手がくずれることもあるのだからな。考えつくして手を打ってもなお、思いがけぬことにはばまれることはあるものだが……。

あのとき父は、サダン・タラムの頭《かしら》の暗殺に失敗したことを思いだしていたのだろう。考えをつくした計画を、雇《やと》われ護衛士などにはばまれてしまった苦い思い出を。

そう思ったとき、胸の底に触《ふ》れていたとがったものが、ふいに強く胸を刺《さ》し、いやな気持ちがたかまってきた。

（あのときとは、事情がちがう。もう、そこまで気にする必要はないはずだ）

自分にそう言い聞かせても、不安は消えていかなかった。

ルミナとクムが、じっとこちらを見つめている。

「……では」

アザルは気持ちをきりかえるように、肘掛けを手でひとつたたいて立ちあがった。

「婚礼《こんれい》の儀は、来春、喪《も》が明けてからということで準備をすすめてよいな」

ルミナがひとつ息を吸ってから、細い声で言った。

「……今日のご提案を持ちかえって、家臣たちを納得《なっとく》させてから正式にお返事いたします」

その煮《に》えきらぬ答えに、アザルは苛立《いらだ》ちをおぼえた。

返答が遅《おく》れれば遅れるほど支障が生じる可能性がふえる。とくにエウロカ・ターン〈森の王の谷間〉での儀式のあとに返答となると、状況が大きく変わってしまうかもしれない。

アザルは口を開きかけたが、すんでのところで思いなおし、出しかけた言葉をのみこんだ。

（いや、ここでおしすぎてはならない）

婚儀にせよ、アール家の吸収にせよ、ルミナ自身が納得した結論でなければ、この先の安寧《あんねい》にはむすびつかない。

アザルは、ゆっくりと口を開いた。

「そうか。では、もう一度だけ、しっかりと家臣に説明して納得させるがいい。新たな提案もしたし、な。そなたらにとってはいい話だから、説得もしやすかろう」

それを聞いて、クムが、ぎゅっとむすんでいた口を開いた。

「ひとつ確認《かくにん》なのですが、マハラン材からあがる利益の半分は、アール領民に還元《かんげん》してくださるという新たなご提案も、文書にして、お渡《わた》しいただけますね」

アザルは眉をあげた。

「もちろんだ。たがいの条件はすべて文書化し、イーハン陛下に提出する」

ほほえんで、アザルはクムを見おろした。

「おまえもずいぶんしっかりしてきたな。これからもいっそう励《はげ》め」

クムはむっとした顔をしたが、それでも一応、礼儀に則《のっと》ったしぐさでお辞儀をした。

退出の挨拶《あいさつ》をして、部屋を出ていく姪《めい》と甥《おい》の後ろ姿を見つめながら、アザルは心の中でつぶやいた。

（マハラン材の利益の半分か……）

それで良い取引きをしたとふたりは心から思っている。

（ということは、やはり、オリアは、あのことを伝えぬまま逝《い》ったのだ）

安堵《あんど》の波が胸にひろがったが、あの不安な揺れはまだ、完全にはおさまらなかった。

（領主の勘、か）

念には念を入れるべきなのかもしれない。

（問題は、あれがどこにあるか、だが。――オリアのことだ、あれを館《やかた》に隠《かく》すような迂闊《うかつ》なまねはしておるまい）

子どもの頃は大らかな娘だったが、アール家に嫁《とつ》いでからは、いつも家中の者たちに監視《かんし》されていたからだろう、人が変わったように警戒心《けいかいしん》が強くなっていた。

オリアを憐《あわ》れむ気持ちが、ふいにわいてきて、アザルは小さくため息をついた。

（シッサルはいい男だったが）

それでも、アール家に嫁いだことは、やはり、妹にとっては不幸なことだったのではなかろうか。

妹はシッサルを愛し、自分と家族の行く末を真剣に思っていた。結婚生活も、つらいばかりではなかったのだろうが、家臣たちの反感には悩《なや》まされつづけた一生だった。

（だれがみつけるともかぎらない館の中にあれを隠しはすまい。――とすれば、やはり、エウロカ・ターン〈森の王の谷間〉の中だろう）

サダン・タラムの頭と領主しか足を踏《ふ》みいれることがない禁域。

ルミナはまだ、あそこへ足を踏みいれたことはない。

当主と跡継《あとつ》ぎが、わずか一年のうちに相次いで亡《な》くなるとは、だれも思っていなかったから、ルミナは儀礼に参加した経験はないはずだ。

ことがことだけに、老当主が生きている間は、まだ若い娘や息子《むすこ》に事情を伝えることができないでいるうちに、オリアは急逝《きゅうせい》したのだろうが、

（万が一にも、なにか、目にすれば気づくようなことを、それとなくルミナに伝えていたら）

これまで慎重《しんちょう》に、心をつくして積みあげてきたさまざまが、一気に崩壊《ほうかい》するかもしれない。

アザルはコン、コンと指輪で肘掛けを打ちながら考えつづけ、やがて、結論に達した。

「トークル！」

部屋の隅《すみ》に控《ひか》えていた家令に声をかけると、家令は、すぐに近よってきた。

アザルは低い声で、家令に綿密な指示を伝えた。

＊

馬車の揺れ方が変わったので、ルミナは、馬車がアール領に入ったのを知った。マグア領内の馬車道はきちんと平面に組んだ石畳《いしだたみ》で水捌《みずは》けもよい。細かな振動《しんどう》と石を打つ馬車の響《ひび》きがうるさいが、雨の日でもはやくすすむことができる。

アール領内の道は、馬車が通る主要な道でも石畳があるところはわずかで、あとは土をかためただけの道なので、激しい雨が降っている今日のような日はぬかるんで、御者《ぎょしゃ》も馬も苦労する。

（……わたしが嫁いだら）

忘れないで、道の舗装《ほそう》のための費用をマグア家から引きだそう。そのための口実も考えておかねば。窓を閉めきったうす暗い馬車の中で、ルミナはひとり、そんなことをぼんやりと考えていた。

父母の事故以来、ルミナとクムは同じ馬車に乗るのをやめた。片方が事故にあっても、片方が生きのこれるように。

前を行くクムが乗った馬車の車輪が、ぬかるんだ土を削《けず》ってできた轍《わだち》に車輪をとられて、馬車は激しく左右に揺れる。ピチャ、ギュ、ギュ、ギリギリ、と車体全体がいまにも壊《こわ》れそうに、きしんでいる。

(お母さまと、お父さまが逝ってしまったのも)

こんな雨の日だった。春先の、激しい雨に打たれた馬車が、どんなふうに坂道をはずれ、大木に激突《げきとつ》していったのか……。

ルミナはぎゅっと目をつぶった。

(お母さま……お父さま)

怖《こわ》かっただろう、痛かっただろう。――最期《さいご》になにを思っただろう。

鼻の奥《おく》が熱くなり、涙《なみだ》がにじんできた。ルミナは両手で顔をおおった。熱い涙がてのひらにひろがっていく。

声をあげて、ルミナは泣いた。

両親が逝ったあと、ルミナは声をあげて泣くことはほとんどなかった。ひとりで寝《ね》ている夜でさえ、声をあげて泣くようなことはできなかった。自分の双肩《そうけん》に担《にな》ってしまったものが、声をあげて泣くことをゆるさなかったのだ。

いま、ひさしぶりにルミナは声をあげて泣いていた。激しい吹き降りと、騒々《そうぞう》しい馬車の音で御者にも泣き声が聞こえない、うす暗い、この馬車の中で、ようやく思いきり泣いた。

(ああ、お母さま、お母さま……!)

もう一度会いたい。声を聞きたい。抱《だ》きしめたい。その温《ぬく》もりと慕《した》わしい匂《にお》いを感じながら抱きしめあいたい。それができたなら、もうほかにはなにもいらない……。

いつかは別れねばならぬことは、もちろん覚悟《かくご》していたけれど、これほど突然に、こんなかたちでうばわれてしまうとは思ってもいなかった。

老いか病でゆっくりと逝く母と、さまざま話しながら、聞いておきたいことを、ちゃんと聞いてから別れるものだと、なんとなく思っていた。これほどあっけなく、何を聞く間もなく、終わりがおとずれることもあるのだと、父母を亡くして、はじめて知った。

その容赦《ようしゃ》のなさ――あまりにもあっけらかんとした容赦のなさに、啞然《あぜん》とした。とても、ほんとうにそんなことが起きているとは思えなかった。

いまもまだ、〈ほんとうのこと〉ではない毎日を生きているような、奇妙《きみょう》にしらじらとした感じがある。

朝起きたら、いつものように母が庭にいて、サダン・タラムが余興に奏《かな》でる恋《こい》の歌をふんふんと鼻歌まじりにうたいながら、食卓《しょくたく》に飾る花を摘《つ》んでいるような気がする。

母はうたうことが好きで、とくに恋歌が好きだった。機嫌《きげん》がよいときは、ルミナの頰《ほお》をつつきながら、わたしのかわいいトル・アサちゃんは、どんな恋をするのかしらね、とからかった。

家令のアガチなどは、母がルミナをトル・アサ〈楽しみの子〉と呼ぶのを不快に思っていて、それを漏れ聞くと露骨《ろこつ》にいやな顔をしたが、そんなとき、母はわざと大声で恋歌をうたったものだ。

父がはしたないからよしなさい、とこまったようにたしなめると、母は、あなたも年をとったわね、むかしはいっしょにうたったのに、と、苦笑《くしょう》まじりに父に言いかえしていた。

母はサダン・タラムが好きで、彼女《かのじょ》らがおとずれるのを心待ちにしていた。とくに頭のサリが大好きで、一年に一度、サリが館をおとずれると、夜ふけまで語りあっていたものだ。

サリがくれた小さな胸飾りもお気に入りで、実家のマグア家に呼ばれたときは、いつも、胸《むな》もとにつけて出かけていた。

むかしむかし、まだ女神《めがみ》ハンマの星祭りがおこなわれていた頃、ロタとターサの若者たちが交換《こうかん》したという、女神を示す麦の穂《ほ》と天の神を示す星形のマグアの花をかたどった小さな胸飾りは、かつての若者たちと同じように異氏族の若者と恋に落ちた母にとっては、特別な意味があるものだったのだろう。

その胸飾りを今日、ルミナがつけていたことに、伯父《おじ》は気づいただろうか。

——いつか、ハンマの星祭りを、再開できたら……。

母が、胸飾りをなでながら、そうつぶやいたのを聞いたことがある。そんな日が来ることを母はずっと願っていたのだろう。

（……サリと）

母は、そんな話をしていたのかもしれない。

そう思ったとき、胸にいやな痛みが走った。——母が二十年前、アール家を呪《のろ》ったという、あの噂《うわさ》のことが、頭をよぎったのだ。

（サリに聞かねば）

きっとサリなら知っている。二十年前、エウロカ・ターン〈森の王の谷間〉でなにがあったのか。母が逝ってしまったいまなら、きっと、その真相を話してくれるだろう。

そう思いながら、揺れる馬車の中で、ルミナは祈《いの》るようにそっと、胸飾りをなでていた。

2 襲撃《しゅうげき》

チイ！ と鋭い声をあげて、小さな緋色《ひいろ》の鳥が天に舞《ま》いあがった。

昨日《きのう》の雨が嘘《うそ》のように今日は美しく晴れて、晩秋の陽《ひ》がゆるく照らしている草地に、小鳥たちがせわしなく出たり入ったりしている。

風が渡っていくたびに、金色のノキの穂が波うつようにいっせいに揺れ、草地を横切って流れていく小川の、かすかな瀬音《せおと》が聞こえていた。

「……ここに来ると」

かたわらを歩いているキイが声をかけてきた。

「いつも、あんたが言ったことを思いだすんだよ。ほら、あんたがまだ棒みたいに細っこい娘で、でも、いっぱしの護衛士の顔してさ、この草地がいちばん危ないってジグロに話してたのをさ」

バルサは苦笑した。さっきから同じことを思いだしていたからだ。

昨日、ケミルの丘《おか》で、エオナがシャタ〈流水琴《りゅうすいきん》〉をかき鳴らしながらみごとに鎮魂《ちんこん》の儀礼をおこなったときも、石積みの後ろに隠れていた朝のことを思いだしていた。

ケミルの丘には射手は潜《ひそ》んでおらず、ターサの見物人たちはまばらで、あの頃とはすべてがちがってしまっていたが、それでも、ここへいたるまでの旅程のひとつひとつが、ジグロとともにサリを守りながら旅をした日々の記憶《きおく》をよびおこし、なつかしくもあり、つらくもあった。

長い年月を経て、すべては遠い思い出に変わっていたが、そのこと自体が胸を刺すのだ。

あれほどの存在感をもって生きていたジグロが、もうこの世にいない。その人生はすでに終わり、自分の中でも、いつしか遠くなっている。自分の時もやがては終わり、親しい人びとの記憶からもうすれていくのだろう。そんなことを思いながら、ここまで歩いてきた。

ロタの北部では、タルシュとの戦《いくさ》の影響《えいきょう》は新ヨゴのようになまなましくはなかったが、目に見えにくいかたちで残ってはいて、食いつめた野盗《やとう》の横行もあった。一度、そういう輩《やから》に襲《おそ》われたが、その襲撃を退けたほかは、護衛士らしい仕事をすることもなく、むかしよりはるかに楽な旅だった。

先頭を歩いているサンサが、よっ、と小さく掛け声をかけて小川をまたぎこえるのを見ながら、バルサは、小娘だった自分が気負った声で、ここを渡るときには、わたしたちは陽の下に出てしまうので、森陰《もりかげ》を見とおすのがむずかしくなるし、周囲の森と、この草地との距離《きょり》は、射手にとっていちばん的にあてやすい絶好の距離なのだと説明したことを思いだした。

（たしかに、ここは襲撃には易《やす》く、守るにむずかしい場所だ）

そう思ったとき、うなじになにか感じて、バルサは、はっと短槍《たんそう》をかざした。反射的な動きだったが、短槍に硬《かた》い物があたって、はじかれたのが見えた。

次の矢が飛んできたときは、バルサはもう、矢の射線とサダン・タラムたちの間に自分を置いて、射手にむきなおっていた。

「襲撃だ、走れ！」

バルサはどなった。

その声に打たれたように、みんながあわててアール家の方角に走りだそうとするのを、矢を防ぎながら、バルサはひきとめた。

「そっちじゃない！　もと来た方へ走るんだ！」

キイが、え？　と声をあげた。

「なんでさ！　もうすこしでアール家なのに……」

「だから待《ま》ち伏《ぶ》せの可能性がある！」

バルサは背後を見ずにどなった。

「とにかく走れ！」

キイはうなずき、エオナの背をおして、走りはじめた。

そのときエオナが、あっ！　と声をあげた。矢が別の方向から飛んできて、足をかすったのだ。

バルサはエオナがしっかり立っているのを見てとると、そのまま行くようにうながした。

(射手はふたりか)

射線から射手の位置はわかった。狙《ねら》いがエオナであることも。

バルサは射手が隠れている木々の狭間《はざま》の角度を見てとるや、エオナに駆《か》けより、その走る方向を、左右の射手、両方から見えにくい位置にずらした。

つかのま、矢がとぎれた。次の瞬間《しゅんかん》、東側の森陰でなにかが動き、木々の間に標的をとらえようとする射手の姿が見えた。

バルサは鋭く短槍をひくや、射手に投げた。短槍はうなりをあげて一直線に飛んだ。

短槍がぶちあたった射手が吹っとぶ鈍《にぶ》い音が聞こえたときには、バルサは腰《こし》から短剣を抜《ぬ》きはなち、そちらとは反対側の森にむかっていた。

矢が飛んでくる。それを短剣ではじきざま、バルサは森陰にとびこみ、次の矢をつがえようとしていた射手の腕《うで》を深ぶかと斬《き》り裂《さ》いていた。

悲鳴をあげる射手から弓と矢をうばうや、バルサはすぐにまた、草地にとびだした。

アール家の方角から男が三人駆けてくる。射手からのがれた場合のために、待ちぶせていた襲撃者たちが、射手が失敗したとみて襲ってきたのだ。

バルサは一息に二矢放った。

襲撃者のひとりが突《つ》きとばされたように背後に倒《たお》れるのが見えたが、もう一矢ははずれた。なれぬ弓で射線がさだまらなかったのだ。

バルサは弓をほうり投げるや、短剣を構えてふたりの男におどりかかった。

＊

ふりかえったキイは、バルサの身体《からだ》が舞うように、ふたりの男の間を駆けぬけるのを見た。次の瞬間、ふたりの男から血しぶきがとんだ。

バルサは短剣の柄頭《つかがしら》で、地面に膝《ひざ》をついた男たちの頭をすばやく打ち、男らは声もあげずに昏倒《こんとう》した。

返り血を浴びて立っているバルサの姿を見て、キイは、ふいにジグロを思いだした。ジグロよりずっと小柄なのに、肩《かた》をわずかにさげ、油断なく倒れた男らを見おろしているバルサの立ち姿は、おどろくほどジグロによく似ていた。

バルサはすぐに向きを変えると、いったん森に入って短槍を回収してから、こちらへ駆けもどってきた。

あれだけの闘《たたか》いをしたのに息もあがっておらず、汗《あせ》もかいていない。静かな表情でエオナのふくらはぎの傷を見てから、こちらに目をむけた。

「キイ、お頭を背負えるかい」

エオナがびっくりしたように顔をあげてバルサを見た。

「わ、わたし、大丈夫《だいじょうぶ》よ？　歩ける、わ」

襲撃をうけて動揺《どうよう》し、顔はまっ白で、唇もふるえていたが、傷そのものはほんのかすり傷で、たしかに背負わねばならないほどの状態ではなかった。

なんで、そんなことを、と聞こうとして、キイはバルサの表情に気づいた。

「……お頭は軽いから、アール家まで背負うくらいなんでもないよ。年はとったけど、日頃の鍛《きた》え方がちがうからさ」

努めて軽くこたえ、キイはエオナを背負ったが、サンサは気づかわしげにバルサを見た。

「でも、アール家にむかっていいのかい？」

「いまはそれが最善です。さあ、行きましょう」

バルサは足早に歩きはじめた。短槍を持ち、あたりを警戒しながら先頭を歩いていく。サンサはすこし背をまるめて、おびえた視線を左右に走らせつつ、そのあとに続いた。

彼女らに続いて歩きながら、キイは胃のあたりにいやなものが動くのを感じていた。

（バルサは、なにを心配して、お頭を背負わせたんだろう）

矢はかすっただけだ。衣《ころも》は切れたけど、もう血も止まっていたくらいなのに。

そう思ったとき、古い記憶がよみがえってきた。まだバルサが小娘だった頃、矢で切り裂かれた衣をさわろうとして、激しく手をはじかれた記憶が。

（……まさか）

キイは、頭の芯《しん》が冷たくしびれていくのを感じ、大きく息を吸った。

「大丈夫？」

エオナが気づかって、声をかけてきた。

「わたし、歩けるよ、ほんとうに」

キイはもう一度息を吸い、明るい声で言った。

「なに言ってんですか。せっかくなつかしい思い出にひたってたってのに」

エオナはつかのまだまり、それから、かすかに笑いをふくんだ声で、

「……わたしも、思いだしてた」

と、言った。

「むかしは、たくさん、おんぶしてもらったね」

「そうですよ。たくさん、たくさん、おんぶしたもんです」

言いながら、鼻がつんとしてくるのを感じて、キイは唇をぎゅっと引きむすんだ。

そして、できるだけ足をはやめた。一刻も早くアール家に着かなくてはならない。激しい焦《あせ》りが胸を焦《こ》がしていた。

草地を抜け、森の道を行き、やがて、木々のむこうにアール家の尖塔《せんとう》が見えはじめたとき、エオナがふいに小さな声で言った。

「……キイ、わたし、変。足の指がしびれてる……」

キイはおもわず、前を行くバルサに叫《さけ》んだ。

「バルサ!」

バルサは駆けもどってきて、エオナのようすを見てとると、短槍を地面に突き刺した。

「キイ、短槍を持ってきてくれ」

言いおくや、バルサはエオナをキイの背からおろして自分で背負い、アール家にむかって走りはじめた。

キイは柄にバルサの手の温もりが残る短槍を引き抜き、そのあとを追って走りはじめたが、目に涙がにじみでてきて、前がよく見えなかった。

(ああ、女神さま！ ハンマさま！ どうか、どうか、エオナを助けてください！)

ただただ、その祈りだけをくりかえしながら、キイは走りつづけた。

3 侍女《じじょ》のユリーマ

「姉上！」

扉《とびら》のむこうから切迫《せっぱく》した声が聞こえ、返答も待たずにクムが部屋に入ってきた。

家令のアガチから収穫《しゅうかく》の報告を受けていたルミナは、おどろいてクムをふりかえった。

クムは、自分が乗馬用の鞭《むち》を手に持ったままなのに気づいていないようすで、せきこむように言った。

「サダン・タラムの頭が襲撃された！　毒矢を受けて怪我《けが》をしている！」

ルミナはあわてて、持っていた文書を机に置いた。

「サリが⁉」

クムが首をふった。

「いや、それがサリじゃないんだ」

もどかしげにクムは続けた。

「サリは病が重くて、島に残ったんだって。娘のエオナがね、いまは頭で、毒矢を受けたのは、そのエオナなんだ」

ルミナはあおざめた。弟のそばに行き、その肩にふるえる手を置いた。

「エオナは、いま、どこに？」

「とりあえず控えの間の長椅子《ながいす》に寝かせた。マルル師を呼びにいかせようとしたんだけど、侍女たちが、師は館にいないって言うんだ」

ルミナがふりかえると、家令のアガチがうなずいた。

「今朝、マシリ集落へ行かせました。あそこで熱病がはやりはじめたというので。子どももふくめて、かなりの人数がやられているというので、弟子《でし》たちもいっしょに」

ルミナは顔をしかめた。

「なんて間がわるい！」

それから、はっと思いついたように顔をあげた。

「クム、ユリーマを呼んできて」

その名を聞いて、アガチが顔を不快げにゆがめたが、ルミナは無視した。

母のオリアにつきしたがってマグア家からやってきた侍女ユリーマは、薬草に詳《くわ》しい。

子どもの頃熱を出すと、母はユリーマに薬草を煎《せん》じるように言いつけた。ユリーマの治療《ちりょう》の腕はたしかで、風邪《かぜ》や腹痛など、マルル師の手をわずらわせることもなく、治ってしまったものだ。

ユリーマもいまは侍女の務めからは退いているが、こちらで結婚した彼女は、母の死後もマグア家に帰ることなく、館の裏手の農場で暮らしている。

「ユリーマに事情を説明して連れてきなさい！　早く！」

クムはちらっとアガチを見たが、それでもうなずいて、部屋をとびだした。

廊下《ろうか》を走りながら、クムは下仕《しもづか》えの者を目で探していた。できることなら、ユリーマに会いたくなかったからだ。

――ユリーマには、あまり心をおゆるしにならぬよう。

領内の視察をしていたとき、アガチに、そう忠告されたことがある。アガチはユリーマが母とともにアール家を呪った疑惑《ぎわく》を捨てきれないのだ、と言っていた。

――考えたくないことですが、しかし、これまでさまざまあったのですよ。どうしても、そう思わずにはいられないようなことが……。

アガチは頑固だが、嘘で人を貶《おとし》めるような卑怯《ひきょう》なことはしない男だ。だから、彼に、とつとつとした口調でそう言われると、そうだな、ユリーマはもともとマグア家につかえていたのだもの、いまもあちらに忠誠を誓《ちか》う気持ちが強かろう、と思わずにはいられなかった。

そう思うのは、しかし、クムにとっては切ないことだった。――ユリーマはやさしい人で、クムとルミナを我が子のようにかわいがってくれていたからだ。

幼い頃熱を出すと、ユリーマは苦い薬湯《やくとう》にいい香《かお》りがする蜜《みつ》を入れて、甘《あま》くしたものを、匙《さじ》ですくって、ふうふう吹いて冷ましてから、ひと口、ひと口飲ませてくれた。眠《ねむ》りにつくまで、静かに歌をうたってくれた。おだやかで、けっして声を荒《あら》らげることのない人だった。彼女が館を辞したときは、ずいぶんさびしく思って、なにかと口実をつくっては会いにいったものだ。

だからこそ、いまは、その顔を見るのがつらかった。

裏口へ続く階段をおりはじめたとき、ちょうど裏口の扉が開いて、水がしたたっている桶《おけ》をぶらさげた下仕えの少年が入ってきた。

クムはほっとして、

「おい！」

と、声をかけた。そして、こちらをふりあおいで、あわててお辞儀をした少年に、ユリーマを呼んでくるよう命じた。

「……毒矢を受けた怪我だということを、忘れずに伝えるんだぞ」

少年はまっ赤な顔をしてうなずき、裏口に水桶を置くと、明るい戸外へと消えていった。

＊

控えの間の扉をあけて、長椅子に横たわるエオナの姿を見る前に、ユリーマはなにが起こったか察していた。

エオナをとりかこんで、不安そうな面持ちで立っている人びとに小さくお辞儀をして、エオナの脇《わき》に膝をつき、そのふくらはぎの傷を見ながら、心の中では、ただただ、どうしよう、どうしよう、と思っていた。

「やはり毒矢？」

ルミナに問われて、ユリーマは顔をあげ、うなずいてみせた。

「……そのようでございますが」

ユリーマは口ごもりながら続けた。

「でも、わたしは医術師のような知識はございませんし、その、矢傷のようなものには、触れたこともございませんし……」

それを聞いて家令のアガチが顔をしかめるのを見、ユリーマは内心、しまった、と思った。案の定、アガチは、こちらをじっと見すえて、

「そんなことはなかろう」

と、言った。

「子どもの矢傷を治したことがあったではないか。森で、あやまって矢を受けた子どもの……なんといったか、ほら」

「……ああ、ニクルでございますね。ええ」

ユリーマはしかたなく、いま思いだした、というふうをよそおった。

「でもあれは毒矢ではございませんでしたし」

ルミナがいぶかしげな顔でこちらを見ているのに気づき、ユリーマはわずかに首をすくめた。

「どうしたの、ユリーマ。おまえらしくないわね、こんなときに、そんなふうに……」

それ以上責められるのがいやで、ユリーマはあわてて頭をさげた。

「申しわけございません。ひさしぶりの怪我人で、気持ちが動転しておりまして」

ってている。青白い顔で横たわ

サダン・タラムたちが不安をあらわに見まもっている。

これまでのやりとりを聞いているのか、いないのか、瞼《まぶた》を閉じ、青白い顔で横たわっている、まだ若いエオナを見つめ、ユリーマはつぶやいた。

「……とにかく、手をつくします。解毒《げどく》の薬になるものは、いくつかございますので、急いで探してみます」

そう言って立ちあがると、ユリーマはみなに頭をさげ、足早に部屋をあとにした。

館の外に出ると、晩秋の光につつまれた。

いつの間にか日はかたむき、やわらかな橙色《だいだいいろ》の光が木々の幹を斜《なな》めに染めている。

すすり泣きのような音を喉《のど》の奥でたてながら、ユリーマは薬草小屋へむかって歩きはじめた。

（どうしよう……どうしよう……）

幸い傷は浅くて、入った毒の量は少ないようだし、矢がかすった場所も心《しん》ノ臓《ぞう》からも遠いふくらはぎだけれど、それでもこのまま解毒しなければ、遅《おそ》くとも明後日《あさって》には呼吸が止まり、エオナは死ぬだろう。

いま解毒すれば助かる。でも、助けてしまえば、あの娘はエウロカ・ターン〈森の王の谷間〉にルミナとクムを導いてしまう。もし、奥方さまが、娘にはわかるようなかたちで、あれをエウロカ・ターン〈森の王の谷間〉に置いていたら……。

（アザルさまは、それを恐《おそ》れてあの娘を襲わせたのだろうし）

ここであの娘を助けてしまえば、きっと、ルミナもクムも、この貧しいアール領の人びとも、しなくてよい苦難を続けることになる。

（ああ、どうしよう。――奥方さま、お恨《うら》み申しあげますよ。なんでわたしなどに、こんな選択《せんたく》を！　もう年寄りで、学もないわたしに、こんな……）

自分の思いにひたりきっていたせいだろう、ユリーマは薬草小屋に着いて、薄《うす》い木の戸をあけて中に入ったときも、自分の背後に人がいることに気づいていなかった。うす暗い小屋の天井《てんじょう》から莢《さや》ごと干してあるダゴイ豆の束を見つめながら、手をのばしてそれを取るべきか、取らぬとするなら、どう言い訳をするか考えていたとき、不意に小屋が暗くなった。

戸が閉まる音を聞いて、びっくりしてふりかえると、戸を背にしてだれかが立っていた。

「……だれ？」

ユリーマはおびえて、ひっくりかえった声をあげながら、その人をまじまじと見つめた。

女だった。たしか、さっき、サダン・タラムといっしょにエオナを見つめていた中年の女だ。静かな表情をしているのに、全身からにじみでるような威圧感《いあつかん》がある。衣のあちこちについているのが血のしみだと気づいて、ユリーマはふるえはじめた。

「わたしがだれだか、わかりませんか、ユリーマさん」

女の言葉に、ユリーマは眉をひそめた。

「わ……わからないわ。会ったことがあるのかしら」

女はうなずいた。

「ありますよ。もう二十年も前のことだから、わからないのも無理もないが」

言いながら、女は、すたすたと近づいてきた。

「いまは、昔話をしている暇《ひま》はない」

言いながら、女はちらっとダゴイ豆の束を見やった。

「早く、その豆を煎じてください」

ユリーマは、はっと目を見ひらいた。

（……知っているんだわ）

この女は、あの毒矢の毒がイキーマであることも、イキーマの毒はダゴイ豆で消せることも知っている。

心のどこかで、はりつめていたものが解《と》けた。とたんにめまいがして、ユリーマは倒れそうになった。

しっかりとしたあたたかい手が両肩をつかみ、ささえてくれた。

「……あ、ありがとう」

つぶやくと、女は片手を離《はな》して、手近にあった椅子を引きよせて座《すわ》らせてくれた。

そして、炉《ろ》の火をかきおこし、豆を煎じるための道具を手早くととのえはじめた。

ぼんやりそれを見ながら、ユリーマはつぶやいた。

「あなた、薬草の心得があるのね」

女はふっと笑ったようだった。

「つれあいが薬草師ですから」

そして、こちらにむきなおると、静かな声で言った。

「あなたとオリアさまが二十年前にしたことを、わたしは知っています」

ユリーマは、また心ノ臓の鼓動《こどう》がはやくなるのを感じていた。——遠い記憶が呼びさまされ、ふいに、目の前にいる女の姿とたたずまいが、たくましい男の姿とその脇にいた少女の姿にかさなっていった。

「……あなた」

女はうなずいた。

「あのときの、護衛士の娘です。——わたしは告発をする気はありません。ただ、エオナさんを助けたいのです」

女の目には強い光があった。

「さあ、ダゴイ豆を煎じて、エオナさんを助けてください」

ユリーマはひとつ息を吸い、うなずいて、立ちあがった。

ダゴイ豆は細かく磨《す》りつぶしてから煎じなくてはならない。灰汁《あく》も取ってはいけない。その灰汁に毒を吸いよせる力があるのだと、薬草のことを教えてくれた伯母《おば》が言っていた。

ひとつひとつの作業に没頭《ぼっとう》するうちに、さまざまな思い出が心によみがえってきた。マグア家につかえはじめた若い頃のことや、当時まだよちよち歩きだったオリアさまにはじめてお目通りして、そのあまりのかわいさに、ひと目で心をうばわれたこと。やがて、恋に落ちたオリアさまから毎夜のように話しかけられ、身分の垣根《かきね》も年の差もこえて語りあかしたこと。そして、オリアさまがこちらに嫁いでからの、長い年月……。

——豆の灰汁は舌を刺すけれど、毒も刺して、いっしょに流れてくれるものよ。良いも悪いも、一筋縄《ひとすじなわ》じゃあ、いかないものね。

薬草に詳しかった伯母の声が耳の底で聞こえ、その言葉が胸にひろがった。

オリアの突然の死のあと、ひとりで心にかかえているしかなかった、重くたまっていたものが、次から次へ心に浮《う》かんでくる。蓋《ふた》をしていると、煮豆の泡《あわ》が、急激にふきあがってあふれてしまうように、これまでこらえてきたさまざまが、喉もとまでつきあげてきて、苦しかった。

ユリーマは、湯の中からぷつぷつとわきあがってくる泡を、じっと見つめていた。

4　隠されていたこと

エオナの回復は早く、夜がふける頃には半身を起こして、あたたかいラル（シチュー）をすすれるようになっていた。

キイたちはさっきまで、雛《ひな》の周りを飛びまわる親鳥のように、毛布でくるんでやったり、お茶を持ってきてやったりと大騒《おおさわ》ぎをしていたが、いまはラルをすすっているエオナのそばで、疲《つか》れた顔で座りこんでいた。

この時季、夜は冷えこむので、北部の館ならではの大きな暖炉には火が入り、パチパチと小さな音を立てて燃えている。煙突《えんとつ》の掃除《そうじ》が充分《じゅうぶん》でないのだろう、煙《けむり》がすこし逆流していたが、薪《まき》の間にいい香りがする香木《こうぼく》がさしこまれているので、むしろ心地《ここち》よかった。

「……疲れたね」

キイが低い声で言った。

「ほんとに、ね。……わたしらの寝床《ねどこ》も、こっちに持ってきてくれるようたのもうか」

と、サンサが応じたとき、扉の外から鈴《すず》を鳴らす音が聞こえてきた。

食器をさげに来たのだろうと思っていたキイたちは、侍女も連れずに入ってきたのが当主のルミナとクムであることに気づくと、あわてて立ちあがった。

「そのままで」

ルミナが手でおさえるようなしぐさをした。

ルミナとクムがエオナに近づくと、エオナのかたわらに座っていたユリーマが立ちあがって、ふたりに場所をゆずった。

キイが椅子をもうひとつ持ってきて長椅子の脇に置くと、ルミナとクムは並んで、エオナの脇に座った。

「具合はどう？」

ルミナに問われて、エオナはかすれ声で、

「……だいぶ、楽になりました。もう大丈夫です。ご心配をおかけして、申しわけございませんでした」

と、答えた。

ルミナは、じっとエオナの顔を見ながら、

「よかった」

と、つぶやいた。

「でも、明後日の儀式《ぎしき》は無理かもしれないわね。……エウロカ・ターン〈森の王の谷間〉に、ぜひとも入りたかったのだけど」

エオナは顔をくもらせた。できる、と答えたいが、ほんとうにできるか自信がないのだろう。迷いが目にあらわれていた。

「明後日は、むずかしいかもしれません。でも、もうすこし日数をいただければ、きっとできます」

「そうね、そうしましょう」

「……申しわけ、ございません」

ルミナは苦い笑《え》みを浮かべた。

「気にしないで。あなたのせいではないのだから。来年も、あなたはここに来るのだし」

それを聞いたとたん、隣《となり》に座っていたクムが、はっと姉の顔を見た。

「来年も、姉上は儀礼をするつもりなんだね？」

ルミナは弟を見、しばらくだまっていたが、やがて、ため息をついた。

「わたしがいなくても、あなたが続けなさい」

クムが歯をくいしばった。そして、くいしばった歯の間から言葉をおしだした。

「僕《ぼく》も、ここにはいないかもしれないじゃないか」

キイが、おもわず声をあげた。

「え？　それは、どういうことです？」

大声で聞いてしまってから、あわてて、失礼をいたしました、とキイはあやまった。

ルミナはキイたちをふりかえった。

「あやまらなくていいわ。その話をするために、ここに来たのですから」

そして、淡々《たんたん》とした口調で、自分にマグア家の長子《ちょうし》との結婚《けっこん》の話がすすんでいることと、その話が本決まりとなれば、アール家は事実上消滅《しょうめつ》することを話した。

「……わたしもね」

感情をおしころした口調で、ルミナは言った。

「できることなら、この家を守りつづけたいわ。たとえわたしがマグア家に嫁《とつ》いだとしても、クムを当主として残すことができるなら、アール家が消えることはないから」

キイがおそるおそる聞いた。

「……そう、できないんですか？」

ルミナは首をふった。

「わたしの結婚話の要諦《ようてい》は、マグア家がアール家を吸収することにあるわけだから、それはできないのよ」

そして、にがにがしげにつけくわえた。

「身内の恥《はじ》をいうようだけれど、お祖父《じい》さまがもうすこし寛容《かんよう》で、ロタ系氏族の人たちと親しくつきあえる方だったら、こんなことにはならなかったはずなの。豊かな富を生むマハランの森を所有しているのに、それを売るための伝手《つて》をお祖父さまはことごとくつぶしてしまった。せっかくお父さまが苦労してふやした伝手を。気位ばかり高い方で、気にいらないことがあると、我慢《がまん》というものができなくて」

とたんに、クムが椅子を鳴らして立ちあがった。

「ちがうよ、姉上！　たしかにお祖父さまは頑固《がんこ》だったけど、でも、お祖父さまはタ－サ氏族の誇《ほこ》りを大切にしていただけだ。ずるいロタ系氏族の連中に大きな顔をされて、下手《したて》に出るような情けないことはできなかっただけだよ。ずるいというなら、マグア家がいちばんずるい。きっと、裏でほかのロタ系氏族の連中とのいさかいをあおって、お祖父さまが怒《おこ》るようにしむけたんだ」

ルミナは首をふった。

「そんな、証拠《しょうこ》もないことを憶測で口にしてはいけません」

クムは声をいっそう荒らげた。

「証拠がないってのが、マグア家の連中が策略に長《た》けている証拠さ！　母上は一族より人がよくて、疑われるようなことをしてしまったけどね」

「クム！」

ルミナが怒《いか》りにこわばった顔でなにか言いかけたとき、ふいに、ユリーマの声が聞こえた。

「クムさまのおっしゃるとおりですよ」

ルミナがおどろいてユリーマをふりかえった。ユリーマは暖炉の脇の長椅子に、護衛士の女と並んで座り、両手を膝の上でにぎって、こちらを見つめていた。

「オリアさまは、おやさしい方でございました。だれよりもおやさしい方で、この厳しいご時世、そういう方ほど苦しむようにできているようです」

にぎりしめている指の関節が白くなっていた。ユリーマは、ひと言ひと言、おしだすように、話しはじめた。

「家令のアガチさまを筆頭に、あの日、ラガロの墓を直しに入った人たちが流してきた噂は、わたしもよく知っております。……ね、クム坊《ぼっ》ちゃま、あなたさまが言っておられるのは、あの噂でございましょ？　オリアさまが、あの日エウロカ・ターン

「おまえは、そんな噂など嘘だと言うはずもないからな」

〈森の王の谷間〉にしのびこんで、アール家を呪ったという」

クムがまっ赤な顔で、うなずいた。

「おまえは、そんな噂など嘘だと言うだろうが。母上に忠実な侍女だったおまえが、そんな話を真実だと言うはずもないからな」

そのきつい視線を受けて、ユリーマは泣きそうな顔になった。だが、ユリーマは涙《なみだ》をこらえて、ふるえている唇《くちびる》を開いた。

「いいえ、クム坊ちゃま。……いいえ。それは本当のことでございます」

クムだけでなく、ルミナも、おどろいて目を見ひらいた。

ユリーマはふるえる声で続けた。

「ただ……ただですね、その噂は半分だけ本当で、半分は嘘です。いえ、嘘じゃないですね、まちがい、なのです」

「まちがい？」

ルミナの問いかけに、ユリーマはうなずいた。

「アガチさまはたぶん、ご自身が見た光景を、ご自身がわかるように、解釈《かいしゃく》されたのですよ。朦朧《もうろう》としておられたから、しかたがないですけれど」

「朦朧としていた？　アガチが？」

クムが問うと、ユリーマは小さくうなずいた。

「はい。たぶん、ほかの人たちも朦朧としていて、自分が見ていることが、夢か現《うつつ》か、わかっておられなかったと思います。――あのとき、エウロカ・ターン〈森の王の谷間〉の中にいた人たちはみな、わたしが眠り薬を入れた〈清めの花酒《はなざけ》〉を飲んでおられましたから」

思いがけぬ告白に声も出せずにいるのはルミナとクムだけではなかった。サダン・タラムたちも、わずかに口をあけて、まじまじとユリーマを見つめた。

「なぜ、そんなことを⁉」

ルミナの問いに、ユリーマはかぼそい声でこたえた。

「オ……オリアさまを、ラガロの墓に立ち入らせるためでございます」

ルミナもクムも、声もなくユリーマを見つめた。

「オリアさまは、どうしてもラガロの墓に入らねばならなかったのです。ご当主さまが見てしまう前に……」

話しはじめはしたものの、ほんとうにうちあけてよかったのか、まだ迷いがあるのだろう。ユリーマはふるえていて、なかなか次の言葉を継《つ》げなかった。

クムが立ちあがり、どなった。

「なにをだ？　――母上は、我《わ》が氏族の男たちに、なにを見せまいとしたのだ！」

その声のきつさに打たれたように、ユリーマはいっそう激しくふるえはじめた。必死に口を開くのだが、その口から声が出ない。

あおざめた顔をひきつらせて、クムがつめよろうとしたとき、ユリーマのかたわらに座っていたバルサが、ユリーマの肩に手を置いてクムを見つめ、言った。

「お母上がアール家の人びとに見せまいとしたのは、ラガロの遺骨です」

キイが、ええ⁉と、素《す》っ頓狂《とんきょう》な声をあげた。

「あんた……あんたは、エウロカ・ターンの中でなにがあったのか、知ってたの⁉」

バルサはキイとサンサに顔をむけた。

「すべてではないけれど、ある程度は」

「なら、なんで話してくれなかったのさ！　わたしらずいぶん心配したし、怖《こわ》い思いもしてたのを、あんたもよく知ってたくせに。いっしょにひどい目にあったんだからさ」

激昂《げっこう》して、なじるキイに、バルサは静かに応じた。

「サリさんが言わないことを、わたしが言えるはずがないじゃないか。――サリさんは、言わなかっただろう？」

キイはまっ赤な顔でなにか言おうとしたが、横からサンサが言った。

「言わなかったよ、お頭《かしら》は。エウロカ・ターン〈森の王の谷間〉から出てきて、呪《のろ》いは鎮《しず》めたから、もう心配いらない、と言っただけで。――それ以上、聞いちゃいけない感じだったから、わたしらも聞かなかった」

バルサはうなずいた。

「あの頃《ころ》は、サダン・タラムはいまよりずっと人数が多かったから、サリさんは万が一にも話が漏《も》れて、ひろがることを恐れたんだろう」

ルミナが、あの、と声をかけてきた。

「あなたは、どういう人なのです？」

バルサはルミナに軽く一礼した。

「失礼をいたしました。突然《とつぜん》割ってはいって。わたしは、サダン・タラムの護衛をしているバルサという者です。あなたのお母さまがラガロの墓に入ったあの日も、わたしは父とともにサリさんの護衛をしておりました」

「サリの……」

「はい。あの頃、サリさんは命を狙《ねら》われておりましたので」

ルミナがおどろいて、瞬《まばた》きした。

「え？　サリが、命を？　だれに？」

バルサはこたえなかったが、ユリーマが口を開いた。

「……マグア家の刺客《しかく》に、でございます」

ユリーマはゆっくりと顔をバルサにむけて、つぶやくように言った。

「あなたは……あなたも、あの護衛士のお父さんもはじめから知っていたのですね。オリアさまがエウロカ・ターンに入ったことだけでなくて、遺骨のことも……。知っていて、これまでだれにも話さずにいてくださった……」

バルサは苦笑した。

「護衛士は、知ってはいけないことを知ることが多い稼業《かぎょう》です。口の閉じ方を知らない者は長く生きられませんので」

そう言ってから、ユリーマの肩に置いた手にそっと力をこめた。

「あなたは、つらかったでしょう。こんなにも長いこと、だまったまま、ここで暮らすのは」

ユリーマの目に涙が浮き、つっとこぼれおちた。

5　ユリーマの告白

ユリーマは両手で顔をおおい、肩をふるわせて泣きはじめた。そして、泣きじゃくる息の間から、切れぎれに言葉をおしだした。

「……オリアさま、ああ、オリアさま、おゆるしください。……でも、もう、いいですね。オリアさまが生きておられたら、きっと、同じことをなさいましたよね……」

長くおしこめていたものを吐《は》きだすように、ユリーマはバルサに肩を抱《だ》かれたまま泣きつづけ、やがて、涙をおさめたときには、その顔はむくんで、瞼が腫《は》れあがっていた。

「……あのとき」

ユリーマは口を開いた。

「サリさんを襲《おそ》ったのも、今日、エオナさんを襲ったのも、マグア家の刺客でございます。証拠のないことですから、わたしなどがなにを言っても、告発もできないことですが……」

唇をなめて、ユリーマはふるえる声で続けた。

「こんな話、わたしが墓まで持っていくほうがいいと思っていましたけれど、でも、こんなふうに、お子さまがたに誤解されたままでは、オリアさまが浮かばれません。それに」

ユリーマはちらっとエオナを見た。

「このままでは、サダン・タラムの方がたの命にもかかわりますし……」

大きく息を吸って、ユリーマは言った。

「あのときも、いまも、サダン・タラムの頭は、マグア家にとっては、いてもらってはこまる人で……。隠《かく》したいことを――エウロカ・ターン〈森の王の谷間〉に隠された秘密を――陽《ひ》の下《もと》にさらしてしまう、いてもらってはこまる人で……」

エオナはあおざめた顔で、魅《み》いられたようにユリーマを見つめていた。

ユリーマは、ここではないところを見ているような目をして話しつづけた。

「ラガロの墓の中にある遺骨は、ターサ氏族の人たちにけっして見られてはならぬものなのだと、オリアさまは、何度も何度もわたしにおっしゃっていました。サダン・タラムの頭がシャタ〈流水琴《りゅうすいきん》〉で道を開かないかぎり、だれも入ることができないエウロカ・ターン〈森の王の谷間〉に守られて、何百年も安全に隠されていたのに、よりによって、せっかく恋《こい》しい方とむすばれた年に、地震《じしん》が起きるなんて、と……！」

ユリーマはぎゅっと顔をゆがめた。

「墓の屋根が壊《こわ》れて、遺骨がむきだしになっているという話を聞いたとき、オリアさまは、それはもう動転して、お父上に、どうしたらよいかおたずねになったのです。でも、お父上からの返信は、ただ、こちらで善処するから、おまえはなにも知らぬ顔で、ふだんどおりに暮らしていなさい、ということだけで、オリアさまの不安を取りのぞくようなものではございませんでした。オリアさまは、サリがアール家に到着《とうちゃく》してしまえば、わたしは離縁《りえん》される、と、あおざめた顔で苦しんでおられました」

ユリーマはルミナを見た。

「サリさんがもうそろそろやってくる、という頃に、オリアさまがあなたさまをみごもられたことがわかりましてね。地震さえなければ、いちばん幸せなときだったでしように！

サリさんからの親書が届けられて、襲撃《しゅうげき》を受けたものの怪我ひとつ負わずに、あとすこしでここへ来るとわかったときは、悪阻《つわり》がひどくなって、わたしは、あなたさまが流れてしまうのではないかと、もう心配で、心配で……」

ユリーマは大きく息を吸い、言葉を継いだ。

「だからわたし、申しあげたのです。――ご心配にはおよびません、サリさんがエウロカ・ターン〈森の王の谷間〉への道を開いても、まだできることはございます、と」

ユリーマはクムに視線を移した。

「わたしは花酒の香料によく似た匂《にお》いの眠り薬を知っておりました。それを清めの花酒に混ぜれば、ラガロの墓に入る前に、みなを眠らせることができます。いったん、サリさんが道を開けば、サリさんが中にいる間、道は開いたままで、魔物《まもの》が襲ってくることはないと聞いておりましたから、それなら、みなが眠っている間に、隠さねばならぬ物を持ってきてしまえばいい、と。

わたしが行くつもりで、そう申したのですけれど、オリアさまは、わたしが森に入ることをおゆるしになりませんでした。万が一にも眠り薬が効かず、目をさましている者がいたら、アール家の嫡男《ちゃくなん》の嫁《よめ》である自分ならなんとでも言い訳がたつけれど、侍女にすぎないわたしでは、打ち首になる、とおっしゃって。流産の危険がある時期なのに、祟《たた》りを受けるかもしれないことをしに、ご自身で、あの恐ろしい谷間に……」

目に涙をためて、ユリーマは言った。

「ほんとうに、おやさしい方だったのです、オリアさまは」

クムは、きりきりと歯をくいしばり、ユリーマをにらみつけ、吐きすてるように言った。

「なにがやさしいものか！　実家の汚《きたな》い嘘《うそ》を隠すために、必死だっただけじゃないか！」

おさえようとしたルミナの手をふりはらい、クムはユリーマにつめよった。

「え、そうだろう？　そうまでして隠さねばならぬものがラガロの遺骨だとすれば、それがどういう秘密か、武人の子ならすぐわかる！」

ユリーマはふるえながら、じっとクムを見あげていた。

「そうです。遺骨を隠さねばならないと、マグア家の者が思っているとターサに知られてしまえば、それだけでもう、おしまい。――アール家とマグア家の間にあった尊《とうと》い絆《きずな》は切れて、また、断絶の時代がやってきてしまう」

ため息をつき、ユリーマはささやくように言った。

「だから、サダン・タラムの頭に、消えてもらわねばならなかったんですよ」

椅子を鳴らしてキイが立ちあがった。

「ちょっと！　あの、失礼ですけどさ、わたしら武人さまじゃないんで、遺骨がなんで、そんなにまずいものなのか、そんなもののために、なんでお頭の命が狙われたのか、もっと、きちんと教えてもらえませんかね！」

サンサがあわててキイの袖《そで》をつかんだが、キイはその手をふりはらって腕《うで》を組み、ユリーマたちをにらみつけた。

ふりかえってキイを見つめ、クムが言った。

「ラガロさまは、毒殺されたのさ、パジャを飲まされて」

口の中に苦いものでもふくんでいるかのように顔をゆがめて、クムは言った。

「ロタの武人の子なら、幼い頃から、パジャを盛られて暗殺された話をあれやこれや聞かされて育つ。だからこそ、他氏族の家に招かれたとき、いっしょに食事をすることが、信頼《しんらい》の証《あかし》になるのだ、と。

毒蔦《どくつた》の液からつくるパジャは無味無臭《むしゅう》でなにに混ざっていても気づけない。飲まされて半日以上も経《た》ってから心ノ臓が止まるが、それが病なのか毒のせいか、医術師でも診《み》てわかるものじゃない。ただひとつ――死後長く経ってから、首の骨に斑紋《はんもん》が出る」

クムは自分の喉の、すこし突《つ》き出た骨のあたりをさわってみせた。

「ここのところの骨に、蛇《へび》の文様のような斑紋が出るのだ。だからパジャは別名〈蛇のひと嚙《か》み〉とも呼ばれる。その斑紋は、ここの骨が残っているかぎり消えない。燃やされると、ほかの骨と同じように白くなってしまうが」

　キイが、ああ、という表情になった。

　クムはにがにがしい顔のまま、続けた。

「ロタの武人の子は、他家でだれか急死して、他家の者たちが火葬《かそう》を急ぐようなら毒殺を疑えと教わって育つのだ」

　クムはユリーマにむきなおった。その目には怒りだけでなく、なにか激しい哀《かな》しみのようなものが浮かんでいた。

「だから、マグア家は、ラガロさまの遺体をわざわざここまで運んできて、エウロカ・ターン〈森の王の谷間〉に葬《ほうむ》ったんだな。容易には立ち入れない聖域に埋めて、汚い秘密を隠そうとしたんだ。

　戦《いくさ》を終わらせるために、たったひとりでおとずれたラガロさまを、マグア家の連中は毒殺した。そして、それが病だったかのようによそおって美談にしたてあげて、何百年も隠しつづけた」

　クムの目には涙が浮かんでいた。自分の喉に手をやって、クムはうめくように言った。

「この身体《からだ》をひきさきたい！　そんな汚い人びとの血が半分流れているかと思うと、耐《た》えられない！」

ユリーマはなにか言おうと口を開きかけたが、岩のように頑《かたく》なな顔で自分をにらみつけているクムの目を見て、顔をゆがめた。

沈黙《ちんもく》が部屋をおおったとき、ふいに、声が響《ひび》いた。

「失礼だが、それはあなたの推測で、事実かどうかは、また別の話でしょう」

6 脅迫《きょうはく》の代価

クムは、はっと声の主に顔をむけた。

平静な面持《おもも》ちで自分を見ている女護衛士を、クムはにらみつけた。

「推測? これまでの話を聞いていなかったのか? 毒殺以外、ありえないだろう!」

バルサはうなずいた。

「毒殺は事実でしょう。だけど、そのほかのことは、数百年前にさかのぼってその現場に立ち会わないかぎり、だれにもわからない」

口を開こうとしたクムを制して、バルサは言葉を継いだ。

「いま、この場の話を数百年経って推測されたら、だれがどんな思いで、どんなことを語ったか、正確に伝わると思いますか。

わたしらにできるのは、察することだけだ。わずかに残された断片《だんぺん》を見て、こうだったんじゃないか、ああだったんじゃないか、と。そういうとき、よくやってしまうのが、ありがちなこと、を、本当のこと、とすりかえて思いこんでしまうことで。

なかば眠りかけた夢うつつの状態で、禁域の森に駆《か》けこんできたオリアさまを見て、アール家を呪うためだと思いこんだ家令さんのように」

クムはぎゅっと唇をむすび、しばし言葉を探していたが、やがて、きつい声で言った。

「毒殺された証拠の骨を、母上は墓から盗《ぬす》みだした。アール家の者たちが見てしまう前に。それは事実なんだろう！

たとえ、呪ったというのがアガチの思い込みだったとしたって、母上がやったことが汚い裏切りであることには変わりはない。自分が離縁されたくなくて、アール家に対しておこなわれたもっともけがらわしい嘘を隠したのだから！」

「それは、ちがいます！」

ユリーマが、よろよろと立ちあがった。

「オリアさまは、あなたさまがたのためにやったのです！」

「嘘だ！」

「嘘ではありません！　離縁されたくなかったということも、たしかに、ございましたでしょうけれど、でも、オリアさまが離縁されてしまえば、身ごもっておられたルミナさまもアール家の未来も、ひどい方向へ変わってしまう。それをいちばん、恐れておられたのです！」

ユリーマの顔はまっ赤になっていた。

「お生まれになる前のことですから、ご存じないでしょうが、あの頃、アール家の財政は、いまとよく似た、ひどい状況《じょうきょう》に落ちこみつつありました。

こんなことを申しあげたら、あなたさまはもっとお怒りになるでしょうが、先ほどルミナさまもおっしゃっておられましたけれど、老当主さまはほんとうに偏屈《へんくつ》な方で、その頃も、それまでの取引き相手をことごとくきってしまいになって、マハラン材さえ取引き先がなくなっていたのです。

唯一《ゆいいつ》、なにがあっても変わらずにさまざまな取引きを引き受けてくれたのはマグア家で、ある意味、マグア家との絆があったから、老当主さまは我《が》を通せたのかもしれません。だから、老当主さまはシッサルさまとオリアさまの結婚をしぶしぶながらでも、おゆるしになったのですよ！」

目に涙をにじませて、ユリーマは思いを吐きだすように話しつづけた。

「でも、老当主さまがラガロの毒殺を知ってしまえば、激怒《げきど》して、マグア家との絆を完全に断《た》ちきってしまう。そうなれば、アール家がどうなるか！」

ユリーマは皺《しわ》の浮いた手で涙をぬぐった。

「オリアさまは、シッサルさまをほんとうに愛しておられました。それはもう、心から！　だから、シッサルさまが苦しむのを見たくなかったし、シッサルさまとの間に生まれようとしている大切な我が子の未来を、ひどいものにもしたくなかった。だから……だから、危険を冒《おか》しても、隠したのですよ、ラガロの遺骨を、老当主さまの目から！」

唇をふるわせて、ユリーマはクムをにらみつけた。

「情けないです、クムさま。ほんとうに、情けない。なんでやさしかったお母さまを信じずに、アガチなどの言うことばかりを信じるのですか！」

クムはぎゅっと眉根《まゆね》を寄せたまま、ユリーマをにらみかえしていた。

「……だけど、アール領だけ不運が続くのは……」

ユリーマは首をふった。

「そんなこと、ただの口実ですよ！　不運の本当の原因を見たくなかった人たちの言い訳です！　クムさまは幼すぎてご存じないからしかたありませんが、クムさまがお生まれになった頃は、アール領はいまよりずっと豊かだったのです！　その理由、ご存じですか？」

「……」

だまりこんだクムを見すえて、ユリーマは言った。

「お母さまが、ご実家を脅《おど》したからです」

クムが瞬きをした。

「え？」

「誓《ちか》って本当のことですよ、これは」

「脅したって、どういう……」

ユリーマは首をふった。

「詳《くわ》しい内容は存じませんけどね、マハラン材の流通を改善してアール家をささえなければ、ラガロの遺骨のことを話すと、お父上を脅した、とおっしゃっておられました」

クムは眉をひそめた。

「それは、変だろう。だって、お祖父さまにラガロの遺骨のことを知られたくないから……」

言いかけたクムの言葉をユリーマはさえぎった。

「あ、ちがいますよ。老当主さまに話す、と脅したのではないのです」

「……？　では、だれに？」

ユリーマはほほえんだ。

「ヨーサム陛下に、です」

クムも、背後にいたルミナも、はっと目を見ひらいた。

「……ああ」

ルミナがつぶやいた。

「ヨーサム陛下は各氏族に公平な政《まつりごと》を心がけておられたから……」

ユリーマは大きくうなずいた。

「たとえむかしのことであっても、ラガロの毒殺を隠してマグア家がアール家に近づき、マハラン材の流通で大きな利益を得てきたとお知りになれば、きっとロタ氏族を代表する長として、相応の償《つぐな》いをお考えになるはずです」

茫然《ぼうぜん》とした表情で、ルミナは独り言のように言った。

「陛下じきじきのお言葉があれば、ロタ氏族の長《おさ》たちも従うし、南部の有力氏族との直接の流通経路も開けるかもしれない。——マグア家を通さずにすむ……」

ルミナはぼんやりとエオナを見ていた。エオナのむこうに、サリを見ているのかもしれなかった。

「聞いたことがあるわ、お母さまに。お母さまとの婚姻《こんいん》で、マグア家はマハラン材の製材と流通の権利を得て、一気に前途《ぜんと》が開けたのだって。祭儀場《さいぎじょう》の建て替《か》えにもマハラン材を提供して、国中にマグア家の名が知られるようになったのも、そのおかげだったのだって」

　ルミナは顔をゆがめた。

「当時、ラガロの毒殺を知られることは、マグア家にとっては、富も名誉《めいよ》も一挙に失う恐ろしいことだったのでしょうね」

　それを聞いて、クムが、はっと顔をあげた。

「姉上！　それ、使えるんじゃないか、いまでも！」

　クムはせきこむように言った。

「ラガロの遺骨だよ！　ラガロの毒殺の証拠を我われがにぎっているとなったら、伯父上《おじうえ》の言いなりになんかならずに、有利な取引きができるよ！　ね？　母上がやったみたいに！」

　ルミナの頰《ほお》に、ゆっくりと赤みがさした。

　ユリーマに視線を移し、ルミナは聞いた。

「お母さまが隠したというその遺骨、いま、どこに？」

　ユリーマが顔をくもらせた。

「そ、それが……わたしは知らないのです」

　クムが口を開く前に、ユリーマはかさねて言った。

「信じていただくのはむずかしいと思いますけどね、誓って本当なんですよ。そのありかを知っていたら、わたしも、もっと早く、あの、ルミナさまの縁談が出たときにね、この話をうちあける決心ができていたかもしれないのですけどね」

　両手をもみしだきながら、ユリーマはエオナに頭をさげた。

「そうしていたら、あなたを、こんなひどい目にあわせることもなかったでしょうに、ほんとうに、ごめんなさい。

でもね、肝心《かんじん》の証拠の品が手もとになければ、この話はマグア家に対する怒りをおふたりに植えつけるだけだと思って……」

　クムの顔に落胆《らくたん》の色がひろがった。

「手がかりだけでもないのか？　なにか、母上がおっしゃっていたこととか、いま思えば、というようなことだけでも」

　そう言ってから、ふと、クムはバルサをふりかえった。

「そなたは知っているのではないか？　当時、母上がしたことを見たのだろう？」

　バルサは首をふった。

「残念ですが、知りません」

　バルサは落ちついた口調で答えた。

「あの日、わたしは父に言われて、お母さまを見張っていました。お母さまがユリーマさんに見おくられてそっと館《やかた》を出て、エウロカ・ターンに駆けこんでいくところまで見とどけましたが、わたしはエウロカ・ターンには入らなかったのです」

クムがぎゅっと眉根を寄せた。

「なぜ。せっかく見張っていたのに……」

「父に、入るな、と言われていたのです。入ってみたかったのですけどね。父はゆるしてくれませんでした。

オリアさまがユリーマさんを止めたのと同じように、万が一にも目ざめている者がいたら、わたしの姿を見せたくないと思ったのでしょうね。

父は、祭壇《さいだん》のあるあたりからは見えない木陰《こかげ》に潜《ひそ》んでいて、わたしが、奥方《おくがた》さまが入った、と知らせると、わたしをそこにとめおいて、自分だけエウロカ・ターンに入っていきました」

ルミナが眉をひそめた。

「……ちょっと待って。では、あなたも、あなたのお父さんも、花酒に眠り薬が混ぜられていたことを知っていたのね？」

「そういうことが起きるのではと、推測していただけです」

バルサはキイたちに顔をむけた。

「おぼえているかい。わたしも父も、アール家に着いてから、出されたものは口にしなかっただろう?」

キイが、目を見ひらいた。

「あ、それ、おぼえてるよ! ……そう、そうだったね」

「父は、サリさんにも、アール家で出されたものは食べないようにたのんでいたんだ。清めの花酒もね、口にふくむふりをするだけで飲まないようにと」

キイとサンサが顔を見あわせ、納得《なっとく》したようにうなずいているのを見ながら、ルミナは、目を細めた。

「では、サリも眠っていなかったのね」

バルサはうなずいた。

「あの日、エウロカ・ターンの中で目ざめていたのは、四人だけでした」

ルミナが瞬きした。

「四人? ……え、だって、サリと、お母さまと、そのあなたのお父さんと……」

バルサはルミナを見つめて、言った。

「あなたさまのお父上も、起きておられたそうです」

7　エオナの言葉

ルミナとクムが打たれたように目を見ひらいた。ユリーマまでもが、びっくりしてバルサを見た。

「え？　え？　……本当ですか、それ？　若殿《わかとの》さまが？」

心底おどろいたのだろう。ユリーマはなかば腰《こし》を浮《う》かしていた。

「あなたは知らなかったんですか」

バルサに問われて、ユリーマは首をふった。

「いえ、全然！　オリアさまは、そんなことはなにもおっしゃいませんでしたよ。若殿さまも、知っておられるようなそぶりは、まったくお見せになりませんでしたし。だから、わたし、ああ、オリアさまは、若殿さまがお父上を裏切るようなことをさせたくなくて、ご自分ですべてをかぶられたのだと……」

言いながら、ユリーマはルミナたちに視線をむけた。

ルミナもクムも、茫然とした顔でたがいを見、それからバルサを見た。

「ほんとうに、お父さまも、お母さまがしたことを見ていた、と」

バルサは首をふった。

「見ていただけじゃないですよ、お父上は」

淡々とした口調で、バルサは続けた。

「わたしの父は無口な人で、なにが起きたのか、あまり詳しく話してはくれなかったのですがね、ラガロの遺骨を拾ったのは、オリアさまではなくシッサルさまだった、と言っていました。万が一にも、オリアさまに祟りがかかるようなことは、させたくなかったのだろうと」

バルサはすこしうつむき、むかしのことを思いだしながら、ゆっくりと話しつづけた。

「ラガロの遺骨は風雨にさらされて、バラバラになっていたそうです。シッサルさまは小さな箱を用意しておられて、それに斑紋がある遺骨を入れたそうで、それを見て、これは若夫婦があらかじめ話しあって決めていたことだったのだな、と思ったと、父は言っておりました」

バルサは顔をあげ、ルミナとクムをじっと見つめた。

「父にとって、もっとも大切だったのはサリさんの命を守ることでした。ですから、マグア家が秘密を隠さねばならぬ相手――アール家の当主になる方――が、秘密の品を手にした時点で、護衛士としての役目は終わったのです。

お父上も、お母上も、サリさんに謝罪をして、その身の安全を誓い、穢《けが》れた過去の秘密は、よき未来のために使う、とおっしゃったそうで、父もサリさんも、それで充《じゅう》分《ぶん》と思ったのでしょう。

わたしが、その遺骨を納めた箱はどうしたの？　とたずねても教えてくれませんでした」

息をつめて聞いていたクムが、残念そうにため息をついた。

「父上も母上も、なんで、僕らに教えておいてくれなかったのだろう！　こんな大切なことを！」

ルミナも、ため息をついた。

「お父さまもお母さまも、まさかこんなに早く、しかもふたりいっしょに逝《い》くとは、思っておられなかったでしょうし……。お祖父さまの目が光っているうちに、わたしたちに伝えるのは危険だと思ったのかもしれないわね」

ちらっと苦笑を浮かべて、ルミナはクムを見た。

「もっとずっとあとに――お祖父さまもおられなくなって、あなたも大人になって

——そういう頃に、うちあけようと思っておられたのかも」

クムはぎゅっと顔をしかめた。

「ちゃんと話してくれたら、いまだって……」

ルミナは弟の肩《かた》に手を置いた。

「怒らないの。わたしだって、こんな汚い話を聞かされていたら、伯父上の前で平静な顔をしていられなかったかもしれない。おっしゃることに、いちいち腹を立てていたかもしれないわ。これからだって……」

ルミナは、突如《とつじょ》襲ってきた感情の波をこらえようとするかのように両手で顔をおおった。

そして、うめくように言った。

「こんな話、証拠の品がなかったら、むしろ毒になるだけだわ！」

夜風が窓を揺《ゆ》らした。

煙突《えんとつ》から吹《ふ》きこんできた風におされて、暖炉《だんろ》の炎《ほのお》が激しく揺れた。部屋の中に、薪《まき》がはぜる音が小さく響いている。

バルサは暖炉の火を見つめていたが、やがて、顔をあげて、若い姉弟を見た。

「ラガロの暗殺のことですが」

クムが、はっとしたようにバルサを見た。

バルサはちょっと唇の端《はし》をゆがめた。

「さっき、数百年も前のことなど推測しかできないと言った口でなにを言うか、と思われるかもしれませんが、じつは、わたしもむかしは気になって、父に言ったんですよ。

仇敵《きゅうてき》の家にひとりでのりこんだ男が急死して、その遺体が返されてきて、それを、禁域の谷間に埋《う》めてくれ、と言われて、アール家の人びとも同意したなんて、そもそも変な話じゃないかなってね。――ふつう、疑うでしょう」

クムが困惑《こんわく》したように、姉を見あげ、それからバルサに視線をもどした。

そんなクムを見ながら、バルサは言った。

「父は、なんと答えたと思います？」

クムは眉根を寄せて、首をかしげた。

「さあ……」

バルサはほほえんだ。

「父は表情も変えずに言いましたよ。――毒殺をした側が遺体を家族のもとへ担《かつ》いでいったということ、遺体を返された側も納得して、禁域の谷間に埋めることに同意した、ということ、そのことに、当時の両家の事情が透《す》けてみえるな、と」

いつの間にか、ルミナも顔をあげてバルサを見ていた。

バルサは若い当主を見つめて、言った。

「護衛士や用心棒のような仕事をしていると、人がなにかを守ろうとするとき、どんな振舞《ふるま》いをするか、いやというほど知るようになります。

見えみえの疑念があっても、仇敵の仕業《しわざ》だとわかっていても、やった側だけでなく、やられた側すらも、おたがいだまって、事実を美談にすりかえたとしたら、そのときかかわった人たちがなにを考えたか、なんとなくわかる」

微笑《びしょう》を浮かべたまま、バルサは言った。

「ま、推測にすぎません。――でも、結果が、その推測をすこし、補強しているでしょう。

かつて血で血を洗う争いをしてきた仇敵同士が、たがいをうとましく思う気持ちはあるとはいえ、数百年もの間争わず、婚姻の絆をむすぶような間柄《あいだがら》になっているわけですから」

笑《え》みを消して、バルサは言った。

「争いをおさめるってのは、ほんとうにむずかしいものです。双方《そうほう》の理屈《りくつ》も感情も事情も、複雑にからみあっていて、こんがらがっている糸の、どれを切ればほどけるかわからない。争いのもとが長く続いてきた憎《にく》しみなら、なおのことで。

でもね、ひとつだけ、明らかなことがあるんですよ。ごく単純なことで、これだけはまちがいない、ということが」

クムが、おもわず、引きこまれたように身をのりだした。

「それは、なに？」

バルサはクムを見つめて、言った。

「争いが続けば、傷つき苦しむ人がふえる、ということです」

バルサはエオナに顔をむけた。

「数百年前の毒殺が、これほど長く経ったあとでエオナさんを傷つけた。それどころか、二十年前にサリさんが殺されていたら、そもそもエオナさんは生まれてくることすらなかったんですよ」

クムとルミナに視線をもどし、バルサは言った。

「ひどいことだと思いませんか」

ルミナが、わずかに顎《あご》をひくようにして、うなずいた。

バルサはまっすぐに、ふたりを見つめていた。

「いまですら、この毒殺は、人を殺すほどの毒を持っています。──マグア家のご当主さまは、いまこのときも、きっと、あなたがたが遺骨を手にすることを恐《おそ》れている。もう、とうに、エオナの襲撃が失敗したことは伝わっているでしょうから」

バルサの言葉を聞いて、部屋にいる者みなが、はっとした表情になった。

「え？……え？」

キイが腰を浮かした。

「それって、なに？　じゃ、お頭がまた、襲われるってこと？」

バルサはなにか考えながら言った。

「さあ、それはわからない。──正直、あんな手で襲ったということが、わたしにはちょっと、ふしぎに思えるんだが……まあ、それはそれとして、マグア家のご当主さまにしてみれば、遺骨が存在していて、ルミナさまかクムさまが手にする可能性が残されているかぎり、不安であることはまちがいないだろうね」

バルサはルミナを見た。

「アール家が断絶するような提案を、おふたりがお受けになったことで、たぶん、マグア家のご当主は、おふたりが遺骨の存在を知らないのだ、と思ったのでしょう。だから、おふたりが遺骨を手にする前に、サダン・タラムの頭を殺して、エウロカ・ターンへの道を閉ざそうとした」

ルミナが、あ、と口をあけた。

「では、遺骨はエウロカ・ターン〈森の王の谷間〉に？」

バルサは首をかしげた。

「マグア家のご当主はそう思われたのでしょうが……。サダン・タラムの頭は一年に一回しかおとずれないし、万が一、頭が死んで、跡継《あとつ》ぎもいない、なんてことになったら、エウロカ・ターン〈森の王の谷間〉は、鍵《かぎ》のない金庫のようなものになってしまう。そんなところに隠したのだとしたら」

バルサは苦笑を浮かべた。

「遺骨を使う意志がなかったか、使うべきかどうか迷っていて、運命がゴイ（サイコロ）をふるのを待っておられたか、どちらかのように思えますよ、わたしには」

クムはよくわからなかったようで瞬きをしていたが、ルミナはなにか考えながら、だまって、バルサを見つめていた。

「わたしは一度しかご両親さまにお目にかかっていませんし、当時はまだ十六の小娘《こむすめ》でしたが、それでも、おふたりがたがいを心から思いやっていることは、感じられましたよ」

バルサはルミナを見つめて、言った。

「遺骨を使うということは、アール家の利益のために、国王の面前で公《おおやけ》に、マグア家の名誉を地に落とし、その領民の暮らしも害するということを意味します。お父さまにしてみれば、自分の妻の一族を苦しめるということです。

そうしなければアール家が滅《ほろ》びるとなれば、やるかもしれないが、マグア家とうまくつきあってさえいれば、そんな事態にまではいたっていなかったのでしょう？

そういう状況で、そういうことをなさる方でしたか、お父さまは」

ルミナはじっとバルサを見つめていたが、やがて、口を開いた。

「そういう方ではなかったわ。……そういう方ではなかった」

強い光が、その目に浮かんでいた。

「でも、わたしは、使うわ。遺骨がみつかったら。そうしなければ、アール家は滅びてしまうのだから」

バルサはその言葉に答えなかった。ルミナはちょっと身をのりだした。

「なに？　なにか、わたし、まちがったことを言っている？」

バルサは首をふった。

「いや……大変不遜《ふそん》なことですが、わたしだったら怖《こわ》くて使えないな、と思ったのです」

　ルミナは目顔で、話すよううながした。

　バルサはためらった。

「わたしが知らない事情があるのでしたら、見当ちがいなことを言うことになるかもしれませんが」

「かまわないわ。言ってみて」

「……ならば、申しあげますが、わたしは、あの遺骨は、たとえみつかったとしても、使えない物のような気がするのです」

　クムが眉をあげた。

「なぜ？」

「お母上の頃《ころ》とは、事情が大きく変わっているような気がするからです。――いや、それより、そもそも、お母上も、お父上も、結局、ほんとうに国王に暴露《ばくろ》する、というような使い方はなさらなかったでしょう」

　ルミナは真剣《しんけん》な表情で聞いていた。

「おふたりは、脅しはしたものの、実際に脅しを実行することはなかった。もともと、あれは、そういう使い方しかできない物のような気がするのです。

さっきも言いましたが、実際に使ってしまえば、当時のマグア家にとって大変な打撃で、そんなことをされたら、もはや、両家の仲は回復不能なまでに断絶したでしょう」

バルサは、むかしを思いだしながら、話しつづけた。

「当時は、新しい祭儀場の建設を予定していた時期で、マグア家はすでに、高価なマハラン材を大量に提供すると王さまに申しでていた。

そんな時期だったから、マグア家のご当主は、なりふりかまわず、サリさんを殺そうとしたのでしょう。

当時のアール家のご当主さまは、みなさんのお話によれば、ラガロの毒殺などという話を知ってしまえば、激怒して、マグア家との絆を断ってしまうような方だったそうですから、マグア家にとっては、老当主さまに知られる、ということだけで、大打撃だったわけです。

そういうときだったから襲撃もしたし、また、お母上の脅しにも、大きな効果があった」

そこで言葉をきり、バルサはすこし唇《くちびる》の端をゆがめた。

「まあ、マグア家のご当主にしてみても、アール家と断絶したいわけではなかったでしょうし、娘の婚家を富ませることは、娘の幸せにつながるわけですし、ね。だから、ご両親さまの脅しに応じて、有力な北部のロタ系氏族の長を紹介して、販路《はんろ》をひろげる手伝いをした」

ルミナはわずかにうつむき、なにか考えながら聞いていたが、やがて、顔をあげてバルサを見た。

「……わかったような気がするわ。あなたが、さっき言ったことが。——お母さまの頃と、いまとでは、事情が、あまりにもちがいすぎるわね」

バルサはうなずいた。

「さっき、今日の襲撃が正直ふしぎだった、と言ったのは、そういうことなんです。よけいなことだった気がするんですよ」

ルミナが、ちらっと笑った。

「伯父上は、先へ先へと気をまわすところがおありだから」

つぶやいてから、話についていけていないようすの弟に顔をむけた。

「遺骨がみつかったとしても、使えない理由、わからない？」

クムは太い眉を寄せて、姉を見つめていた。

「うん。だって、お祖父《じい》さまがおられなくたって、国王陛下に伝えられたらマグア家はこまるはずじゃないか、いまでも、それは同じだと思うけど」

ルミナは首をふった。

「同じではないわ。使うとなったら、わたしたちは、脅しではなく、ほんとうに、陛下に訴《うった》え出なければならない」

「それだって……」

弟の言葉にかぶせるように、ルミナは言った。

「わたしたちが、これは、これこれ、こういう事情のものでございまして、と訴え出たとしても、エウロカ・ターン〈森の王の谷間〉から出してしまえば、それは、ただの箱に入った遺骨よ。毒殺のしるしはあっても、それがほんとうにラガロの遺骨かどうか、証明するのはむずかしいわ。

マグア家のような大領主家を告発して名誉を貶《おとし》め、わたしたちの利益のために使うには、あまりにも弱すぎる」

ルミナはため息をついた。

「お母さまたちのときは、家がかたむきかけていたとはいえ、まだ財政にすこしは余力があったし、マグア家は、すでに祭儀場建設のためにマハラン材を提供すると請《う》け負ってしまっていたのだから、そんなことをされたら、ほんとうに、とてつもなくこまったはずよ。

でも、わたしたちの状況は、それとはあまりにもちがいすぎる。わたしたちには長い審議《しんぎ》を闘《たたか》いぬく財政的な余力などかけらもないし、破産覚悟《かくご》でやったとして、今後、マグア家の恩恵《おんけい》なしに、一から財政を立て直していくなんて、現実的ではないわ。……たとえ、陛下がわたしたちの訴えを認めて、新たな伝手《つて》を紹介《しょうかい》してくださったとしても、そのときまで持ちこたえる財力が、わたしたちにはない」

顔をゆがめて、ルミナはつけくわえた。

「イーハン陛下がおっしゃっておられる、ユギ・ア・ロタ〈名誉のロタ〉も公平に、というのは、あくまでも対等にあつかうという意味で、わたしたちに特別待遇《たいぐう》をするようなことではないし、大きな戦のあとだから、ターサとロタが争って国がみだれるようなことは、おいといになるでしょう」

ルミナは、バルサに視線をもどした。

「たしかに、伯父上はよけいなことをしたわね。エオナを襲《おそ》わなければ、わたしたちがこんなことを知ることもなかったのに」

バルサはルミナを見つめて、たずねた。

「伯父上は、なにを恐れたのだと思われますか」

ルミナはちょっと考えてから、こたえた。

「たぶん、家臣たちが激怒して、婚姻に異を唱え、わたしたちが、彼《かれ》らをおさえきれなくなることを恐れたのだと思う。数が少なくなったとはいえ、ターサ氏族はまだ厳然と存在するわけだし、最近、アール領の若者たちと、ロタの若者たちが喧嘩《けんか》するようなことがふえているし。

そういう感情的な反発が、本格的ないさかいに発展して、ラクル地方全体にいさかいの波がひろがっていくことを恐れたのだと思うわ」

ルミナはため息をついた。

「伯父上はわるい人ではないのよ。ただ、ラクル地方の大領主として、地域を安定させなければ、という思いがとても強くて……」

キイが鼻を鳴らした。小さな音だったが、ルミナは気づいて、キイを見た。

ちょっと肩をすくめながらも、キイは、きつい目つきでルミナを見つめたまま、言った。

「大変失礼ですけどね、もしかしたらそうなるかも、くらいのことで、お頭《かしら》を殺されちゃたまりませんよ」

ルミナがなにか答えようとしたとき、ふいに、細い声が割ってはいった。

「……それはちがうわ、キイ」

みながおどろいて、声の主をふりかえった。

エオナが長椅子《ながいす》からすこし身体を起こして、真剣なまなざしでみなを見つめていた。その顔はまだ青白かったが、目にはしっかりとした光が浮かんでいた。

「思ってもみなかったけど、でも、サダン・タラムの頭は、マグア家にしてみれば、それほどに危険な存在だということなのよ。シャタ〈流水琴《りゅうすいきん》〉を奏《かな》でて、エウロカ・ターン〈森の王の谷間〉への道を開けるわたしたちは、ターサとロタの争いをひきおこしかねない——争いの扉《とびら》を開いてしまう鍵のようなものなんだわ」

エオナはルミナとクムに視線を移し、大きな目で、ふたりを見つめた。

「みなさんが話しておられる間、わたし、ずっと、考えていました」

言葉を探しながら、エオナはすこしふるえる声で、一生懸命《けんめい》話しはじめた。

「シャタ〈流水琴〉がわたしをうけいれたとき、母は、涙《なみだ》を流して喜びました。でも、わたしがシャタ〈流水琴〉を奏でることが、ターサとロタの争いの火種になるなら、わたしは、シャタ〈流水琴〉を奏でません。そんなことをしたら、シャタ〈流水琴〉に、申しわけないです。

争いで死んだ、ふたつの氏族の若者たちの魂《たましい》と、争いをなくすために死んだラガロの魂を慰《なぐさ》めるために、胴《どう》を破られても、一生懸命、風をはらんで、鳴ってくれているのに」

エオナの目に、涙がもりあがった。

「わたしたちはトル・アサ〈楽しみの子〉――ふたつの氏族の若者たちの愛が育《はぐく》んだ子どもたちの末裔《まつえい》。そのことを、けっして忘れないで、と、母はいつも言っていました。

わたしが、エウロカ・ターン〈森の王の谷間〉への道を開くことが、ふたつの氏族のいさかいのもとになる可能性が、わずかにでもあるのなら、わたしは去って、二度と、ここへはもどりません」

8　夜明け

明かりとりの円窓《まるまど》から見える空が、青みがかった灰色に変わりつつあった。

バルサはすこし前に目をさまし、かたわらで眠《ねむ》っているエオナの静かな寝息《ねいき》を聞いていた。

寝台《しんだい》を運ぶのはむずかしいということで、キイたちは結局、最初から用意されていた部屋に寝にいき、バルサだけが、床《ゆか》に毛布をかさねて敷《し》いてもらってエオナのそばで寝た。

まだ暗い部屋の中で、長椅子で寝ているエオナは灰色のかたまりにしか見えないが、その寝息を聞いているだけで、心がなごんだ。

（……意外だったたな）

あまり口数が多くない娘なので、いっしょに旅をしてきても、なにを考えているのか、いまひとつ、わからないところがあったのだが、エオナが、人の意見や思惑につられずに、思うことを口にできる娘であったことが、うれしかった。

（父さん）

バルサは、遠いジグロの面影《おもかげ》に呼びかけた。

（父さんの娘かどうかはさだかじゃないけど、そうだとしても、ふしぎじゃないね）

サリは、ジグロと別れてすぐ、長くつきあってきた六弦琴弾《ろくげんきんひ》きと再会したのだと、ガマルが言っていた。

その六弦琴弾きが富裕《ふゆう》な領主に見こまれて、おかかえになる話があったとき、サリはいい話だから断るな、と自ら送りだしたのだそうだ。領主が死に、ふたたび流しの楽人にもどった六弦琴弾きと、エウロカ・ターンからの帰途、偶然《ぐうぜん》再会して、サリはすぐによりをもどしたのだという。

——姉貴はああいう人だから、哀《かな》しそうな面《つら》なんて見せなかったけど、でも、つらかったんだと思うぜ。

熱が出てきて、すこし光って見える目で、苦笑しながら、ガマルは言った。

——ジグロさんと別れたとき、さ。平然としてたけど、ときどき、ため息をついてた。

風が渡《わた》る草原を、なにか話しながら歩いていたふたりの姿が目に浮かんだ。

エウロカ・ターン〈森の王の谷間〉でのできごとを経て、安全を見とどけると、ジグロはあっさりと、サダン・タラムの護衛士を辞《や》め、彼女《かのじょ》らと別れた。サダン・タラムにとって一流の護衛士を雇《やと》いつづけるのはかなりの負担だったから、その別れは当然のことで、愁嘆場《しゅうたんば》もないおだやかな別れだったが、その後もときおり、めずらしく酒を飲んだ夜などに、ジグロが小声で歌をうたっているのを聞いたことがあった。

バルサは目をつぶって、エオナの寝息を聞いていた。

もう、サリも老《ふ》けただろう。病《や》んでいるそうだけれど、それでも、あの美しさの片鱗《へんりん》は、どこかに残っているだろうか。

そんなことを思いながら、うとうとしたとき、ふいに、エオナが咳《せ》きこみはじめたので、バルサははっと目をさました。

エオナは身体《からだ》を横向きにして、苦しそうに咳きこんでいる。

バルサは起きあがると、エオナをささえて半身を起こしてやった。咳きこみ方は激しかったが、なにかの拍子《ひょうし》に唾《つば》が変なところに入っただけのようで、背をさすってやると、すぐに落ちついてきた。

「大丈夫《だいじょうぶ》ですか？」

たずねると、エオナはうなずいた。昨夜より身体に力が入るようで、手を離《はな》しても半身を起こしていられたので、バルサは水差しをとって水を茶碗《ちゃわん》につぎ、エオナに渡した。

「……ありがとう」

かすれた声で答えて、エオナは両手で茶碗を持って、そっと水をすすった。冷たい水がおいしかったのだろう。生きかえったような顔で、エオナは茶碗をバルサに返した。

「起こしちゃって、ごめんなさい」

「いや、もう目はさめていましたから」

明かりとりの円窓から見える空は、まだほんのりと夜明けの気配を残している。そっと横たえてあげると、エオナは目をつぶったが、また、すぐ瞼《まぶた》をあけて、バルサを見つめた。

「……たくさん、夢をみたわ」

「わるい夢ですか？」

「わるいというか……」

口ごもってから、エオナはため息をついた。

「そうね。――どうしたらいいかわからなくて胸が苦しいから、あんな夢ばかりみたのかな」

バルサがだまっていると、エオナはためらいながら、細い声でたずねた。

「すこし……すこし、話をしてもいい？」

バルサはほほえんだ。

「わたしでよければ、いくらでも」

エオナの顔が、ほっとゆるんだ。

「サンサやキイには言えなくて……」

目を伏《ふ》せて、エオナはささやくように言った。

「昨日《きのう》の夜、わたし、争いのもとになるならエウロカ・ターン〈森の王の谷間〉での鎮魂《ちんこん》儀礼をしないって言ったけれど、サダン・タラムの頭として、それは、どこかまちがっているような気がするの」

自分の心の中にある思いを、うまく言葉にできないのだろう。エオナはしばらくだまっていたが、やがて、口を開き、ゆっくりと言った。

「鎮魂儀礼は、あそこで無念の死を遂《と》げた人たちの魂を鎮《しず》めるためにやることなのだから、わたしの務めは戦死者の御霊《みたま》を鎮魂することで、それはアール家のあるなしとは、かかわらないはずだから。

でも、あそこにはラガロさまも眠っておられる。だから、鎮魂儀礼をおこなうとなれば、ラガロさまの子孫であるルミナさまと、たぶん、クムさまも、エウロカ・ターン〈森の王の谷間〉に入ることになる……」

エオナは顔をくもらせて、バルサを見た。

「あそこに遺骨があったら、ルミナさまはともかく、クムさまは家臣たちにだまっていられるかしら？　昨夜、あれは使えないものだという話になっていたけれど、エウロカ・ターンで、毒殺のしるしがある遺骨がみつかったことが漏《も》れてしまったら、ターサの男らは、マグア家への憎しみを燃えあがらせてしまうんじゃない？　わたしが襲撃《しゅうげき》されたことは、きっともうひろまっているでしょうし、それが、アザルさまに後ろ暗いことがあるなによりの証拠《しょうこ》だと思うんじゃないかしら」

バルサはうなずいた。

「そうですね。まあ、襲撃者は野盗《やとう》で、マグア家とのつながりは証明できないでしょうが」

エオナは、目を見ひらいた。

「え、野盗なの？」

バルサは苦笑した。

「あれは、野盗ですよ。子どもの頃から鍛錬《たんれん》を受けた武人の闘い方ではありませんでした。たぶん、酒場かなにかで雇われたのでしょう。雇った相手も知らされていないはずです。アザルさまも、つながりが残るようなことは、なさらないでしょうから」

エオナはきゅっと眉根《まゆね》を寄せた。

「でも、それでも……」

「ええ。それでも、領民の反感をあおる役には立つでしょうね。もともと証明する必要のないことですから。憎みたくてうずうずしている人たちの心をあおるのに、事実はいりません」

エオナは、細い声で言った。

「いったん火がついてしまったら、消すのはとてもむずかしいでしょうね」

「そうですね。それに、実際に大きないさかいごとになってしまえば、マグア家のご当主も力でねじふせようとなさるでしょうし、その火種が、証明できない昔話であれば、いかにイーハン陛下でも、アール家の味方はなさらないでしょう」

エオナは思いつめた目をしてうつむいた。

「やっぱりエウロカ・ターン〈森の王の谷間〉への道を開いちゃいけないわね……」

その顔が、ふいに、苦しげにゆがんだ。

「でも、鎮魂儀礼をしないなんて。──そんな選択《せんたく》をしたら、サダン・タラムはもう、サダン・タラムではなくなってしまう」

　手で顔をおおい、エオナは細い声で言った。

「……わたし、自信がない」

　声がふるえていた。

「そんな大切なこと、わたしなんかが決めてしまっていいのか……」

　まだ、とても若いエオナの、その声を聞きながら、バルサは静かな声で言った。

「サリさんも、エウロカ・ターン〈森の王の谷間〉での鎮魂儀礼をしない、という判断をなさったことがありましたよ」

　エオナがびっくりして顔から手をはなした。

「え？　本当？」

「ええ。ご自身の命のためには、鎮魂儀礼をあきらめることがなかったサリさんが、父とわたしのために、あきらめようとしたのです」

　バルサの話を聞くうちに、エオナの目がうるんできた。エオナは顔を伏せ、そのまま長くそうしていたが、やがて、ぽつん、とつぶやいた。

「……ああ、お母さんに会いたい」

それを聞いた瞬間《しゅんかん》、バルサは二度と会うことのできないジグロのことを思った。もうずいぶん遠くなってしまったけれど、それでも、いまだに恋《こい》しく思う。会って話ができたら。知りたいことを、聞くことができたら。――そう思う度《たび》に、二度とそれができない哀しみが、胸を刺《さ》す。

涙を一生懸命手でぬぐっているエオナに、バルサは低い声で言った。

「道がこれしか見えない、というときもあるものですよ」

うつむいたまま、エオナはつぶやいた。

「道が見えないのは、わたしが未熟だからかも……」

バルサはうなずいた。

「そうかもしれません。あとから、なんであんなことに気づけなかったか、と思うはめになるかもしれませんが、そりゃ、経験したあとからだから見えることで」

ため息をつき、バルサは言った。

「それにね、人ってのは案外、いくつになっても半端《はんぱ》なものです。考えつくしても、いま、それしか見えないなら、選んだら、行くしかない」

エオナはうつむいて、だまって聞いていた。

バルサはその肩にそっと手をおいた。

「島にもどったら、聞きたいことを思う存分サリさんに聞いてください。わたしなんぞより、ずっと、あなたに必要なことを話してくださるでしょう」

エオナは顔をあげて、涙がたまったままの目でバルサを見た。

「無事でいてくれるかしら。出発したとき、熱が高かったし……」

バルサは小さく首をふった。

「それは、してもしかたがない心配ですよ」

そして、ちょっと言葉をきってから、続けた。

「わたしはもう、二度と父に会うことはできませんが、それでもね、ときどき、声が聞こえることがあるんです」

「……え？」

バルサは目もとに笑みを浮かべて、言った。

「わたしの父は無口な人でね、生きていたときは、大事なことすら話してくれないような人だったのに、逝ってしまってこんなに経《た》ったいまでも、ときおり、ふっと、声が聞こえることがあるんですよ。

ふしぎなもんで、そうすると、これまで気づかなかったことが見えてきて、あ、となったりしてね、ずいぶん命を救われましたよ」

手をのばして、水差しをとり、茶碗に水をつぎながら、バルサは言った。

「行きづまっているときってのは、自分の考えにとらわれて——とらわれてることにすら気づかなくなっているんでしょうね。そんなとき、ふいっと別の人の目で見ると、それまで見えていなかった道が見えるのかもしれません」

茶碗をエオナに渡しながら、バルサは静かな声で言った。

「人はみんな、どこか中途半端《ちゅうと》なまま死ぬもので、大切なことを伝えそこなったな、と思っても、もう伝えられないってことがたくさんあるんでしょうが、自分では気づかぬうちに伝えていることも、あるのかもしれない」

「……」

「父と過ごした日々のあれこれは、わたしの身にしみこんでいて、ふとしたおりに浮きあがって、道を示してくれたりする。思いは血に流れてるわけじゃなくて、生きてきた日々のあれこれに宿っているものなんでしょう」

寝台に横たわっているエオナの、若い娘らしいつややかな顔を見ながら、バルサは言った。

「きっとわたしも、ある日、どこか中途半端なまま命を終える。その先をどうこうすることは、もうできない日がかならず来る。先のことは、そのとき生きている者に任せるしかないんです」

エオナはだまって、じっとバルサを見つめていた。

バルサは、ふと、ほほえんだ。

「いま、こうしているのがふしぎな気がしますよ。あれほど強かった父も、まだ若くて、とてもきれいで、幸せそうだったアール家のご夫妻も、みんな逝ってしまって、もうこの世にはいないなんて。……そのうえ、自分が、彼らの子どもらと、こんな話をする日が来ていると思うとね」

明かりとりの窓を小鳥たちが横切るたびに、床に小さな影《かげ》がおどった。

エオナはふと顔をくもらせて、つぶやいた。

「ご無念だったでしょうね、オリアさまも、シッサルさまも。お子さまがたを残して、こんなに急に逝くなんて。伝えておきたかったことが、いっぱいあったでしょうに。ルミナさまも、ご両親に聞きたいことが、たくさん、たくさんあるでしょうに
……」

その声がかすれ、目に、つっと怒《いか》りの色が浮かんだ。

「家臣たちも、氏族や家のことばかり考えていないで、おふたりのことを、もっと考えてあげればいいのに。ルミナさまだって、アール家を残したいという思いは、きっ

とだれよりも強いはずなのに……」

　バルサは、うなずいた。

「すべてがあまりにも急で、だれもが、じっくり考えて動く間を持てなかったんでしょうね。

　むかしおとずれたときより、この館《やかた》もずいぶん、殺風景な感じになっていますよ。むかしは、そこここに季節の花が飾《かざ》られていて、もっと明るかった。オリアさまが飾らせたのだと、キイが言っていましたが、館全体に、なんとなく華《はな》やいだ感じがあったものです」

　エオナは、大きくうなずいた。

「そう！　この館、もっと明るかったわよね。きっとオリアさまの明るさが、ここをあたためていたんだわ」

　エオナは遠いものを見ているような目をして、早口で話しはじめた。

「母はオリアさまと仲がよくて、このお屋敷《やしき》におとずれるたびに夜遅《よるおそ》くまで、話がつきない感じで話しこんでたわ。ときどきは、ルミナさまといっしょに、わたしもくわえてもらって、いろいろなことを話した……」

　ちらっとエオナは笑みを浮《う》かべた。

「オリアさまは、どこか子どものようなところがある方で、よく、夢のようなことを話しておられた。いつか〈ハンマの星祭り〉を復活させたいわね、とか。――オリアさまは、ご自分とシッサルさまのことを、むかしの若者たちとかさねておられたんだと思う。ルミナさまのことを、わたしのかわいいトル・アサ〈楽しみの子〉ちゃん、なんて呼んだりして」

ひとつ思いだすと、いくつも思い出が浮かんでくるのだろう、エオナは小さな声で話しつづけた。

「そのうちに、実家の父を説得してエウロカ・ターン〈森の王の谷間〉にいっしょに入れたらすばらしいわ、とか。いっそのこと国王陛下もお招きすれば、陛下が編纂《へんさん》を命じたロタ王国史の中に〈ラガロの英断〉という項目《こうもく》を入れていただけるかもしれないわ、とか」

エオナは、そこで言葉をきると、ため息をついた。

「そんな夢みたいなことを、よく話しておられたわ。マグア家の当主が、アール家の当主といっしょに、因縁《いんねん》のある禁域に入るなんて、ありうるはずもないことなのに……」

その瞬間、胸の底で、コトッとなにかが鳴ったような気がして、バルサは目を細めた。

ふいに思いついたことを考えるうちに、心が明るくなってきて、バルサは、つい、声をたてて笑ってしまった。

エオナがおどろいてこちらを見たので、バルサは、失礼、とつぶやいた。

「……いや、すごいな、と思ったのです。――それは、オリアさまにしか思いつけないことですね」

遠い日に見た、童女のように透きとおった光をたたえていたオリアの瞳《ひとみ》を思いだしながら、バルサは、ゆっくりと言った。

「オリアさまのおかげで、思いついたことがあるんですが」

バルサが落ちついた低い声で話すことを、エオナは真剣な表情で聞いていたが、やがて、その案の意味が読めてくると、はっと目を見ひらいた。

そして、頰《ほお》を上気させ、せきこむように言った。

「そ、そうだわ！　それがうまくいったら……！」

そのとき、廊下《ろうか》を近づいてくる複数の足音を聞きとって、バルサは扉の方をふりかえった。

「キイたちが来たようです」

バルサの声にかぶさるように、扉の外から、ためらいがちに呼びかけるキイの声が聞こえた。バルサが立っていって扉をあけると、キイとサンサが入ってきて、心配そうにエオナを見た。

「お頭、具合はいかがです？」

エオナは自分で半身を起こし、ふたりにほほえみかけた。

「心配をかけてごめんね。もう大丈夫」

キイとサンサの顔が、見るみるゆるんだ。

「ああ、よかった！　その声の張りなら大丈夫ですね！」

エオナはうなずき、キイに言った。

「あのね、急いでルミナさまに伝えてほしいの。大切なお話があるから、申しわけないけれど、朝食を終えたらここへいらしていただきたいって」

9　伯父《おじ》と姪《めい》

　話を聞きおえて、アザルは肘掛《ひじか》けに置いていた手をあげ、ゆっくりと髭《ひげ》をなでた。アール家からルミナがおとずれた、と聞いたときから、ずっと胸の底にあった固いこわばりはルミナの話を聞くうちに消えていき、いまはただ、率直《そっちょく》な驚《おどろ》きが胸を満たしていた。

（……だれか、背後にいるな。——だれだ）

　こんなことを、駆《か》け引《ひ》きの経験の浅いルミナがひとりで思いつくはずがない。退《ひ》きながらも負けず、双方《そうほう》に利があるうけいれやすい落としどころを示して見せる、実戦に長《た》けた戦上手《いくさじょうず》の思考が、ルミナの提案のむこうに透けてみえる。

（アガチではなかろう。あれには無理だ。——こんなことを助言できる家臣が、アール家にいたのか）

　そういうことをあれこれ考えながらも、心の大半を占《し》めているのは驚きだった。こういう手があることに、なぜ、これまで気づけなかったのか……。

アザルはひとつため息をつき、部屋の隅《すみ》に立っている警護の武人たちに目をやった。

「おまえたちは、さがってよい」

武人たちはおどろいたような顔をしたが、アザルが手をふると、一礼して部屋から出ていった。

彼らがいなくなると、部屋は、がらんと広くなった。暖炉《だんろ》にくべられている薪《まき》がたてている小さな音と、風が窓をおす音だけが聞こえている。

「……さて」

と、アザルはつぶやいた。

「いまの話だが、だれが考えた提案だ？」

ルミナはかたい声で、すばやく答えた。

「父と母でございます」

アザルは眉をひそめた。

「どういう意味だ、それは」

ルミナは唇を湿《しめ》してから、言った。

「先ほど、思わぬところから母の手記が出てきたと申しましたが、その中に、アール家存続の方策の思いつきがあれこれ書かれていて、この方策を話すと、父が興味をもって聞いてくれたと書いてあったのです」

アザルはだまって、ルミナを見つめた。

（なるほど、そういうことか）

それならば、わかる。いかにも妹が考えそうなことだ。

あまい夢ばかりみていた妹だが、だからこそ、なのか、ときおり、だれも考えつかなかったようなことを、ふいっと口にして、周囲をおどろかせたものだ。

（オリアのあまい夢の中にある、思いがけぬ可能性に気づいたシッサルが、妻の夢を実現可能な現実的なかたちに修正したというわけか）

しかし、それは、彼らの間では、たんに、そうする必要が生じたときには、という予防策のひとつだったにちがいない。それが、こんなかたちで娘に使われることになるとは思っていなかったのではなかろうか。

（それにしても……）

そんな予防策をあれこれ立てるほど、妹は、自分の実家を――血のつながった自分の家族を恐れていたのか。

（オリアは、すっかりアール家の一員になっていたのだな）

ルミナは、緊張《きんちょう》にあおざめた顔で、じっとこちらを見つめている。

その、妹によく似た目の底には、これまで見たことがない、本気でおびえている色があった。それを見るうちに、アザルは、ふいに、なんともいえぬ思い――しいて名づけるなら、後悔《こうかい》といえるような思いが、胸にひろがるのを感じた。

むかしは、よく膝《ひざ》に抱《だ》いて遊んでやった。菓子《かし》をあたえると、かならず母や弟の分、と言って、半分に割ってから、片方だけ食べるやさしい娘だった。

守ってくれる両親をいっぺんに亡《な》くしたばかりの姪に、こんな思いをさせている。

そのことを思いながら、アザルはつかのま、目を閉じた。

そして、目を開くと、静かに言った。

「……もう、よそう」

ルミナが、おどろいたように眉をひそめた。その幼さが残る顔に、ほろ苦い思いでほほえみかけながら、アザルは言った。

「おまえの言うとおり、血のつながった伯父と姪が、たがいを恐《おそ》れるような、こんなくだらぬ関係は、もう終わらせよう」

アザルは、ぽん、と手で太腿《ふともも》を軽くはたいた。

「おまえの提案は、よくできている。深くお辞儀をして後ろにさがりながら、片方の手で、わたしの急所に短剣をむけている。みごとなものだ」

ルミナは、ラガロの遺骨について知った、と言った。

思わぬところにしまわれていた母の手記をみつけたということで、遺骨にまつわる両家の秘められたあれこれを、詳細《しょうさい》に知っていると。

そのうえで、アザルに、明後日《あさって》、エウロカ・ターン〈森の王の谷間〉でおこなわれる鎮魂儀礼に、参加してもらえないか、と提案しにきたのだ。

遺骨がエウロカ・ターン〈森の王の谷間〉にあるのなら、それをふたりでみつけて、共有しようという提案だった。

脅《おど》し、脅されるような関係は、もう終わりにしましょう、とルミナは言った。ラガロが望んだのは和平であって、戦ではないのですから、と。

ただ、それだけの提案であったなら、アザルは首を縦にふらなかっただろう。

すべてを知ったのであれば、ルミナもクムも、そして、母娘《ははむすめ》ともに暗殺されかけたサダン・タラムの頭も、アザルを恨《うら》んでいるはずだ。

和睦《わぼく》を、と呼びかけにきたラガロをマグア家が暗殺したように、己《おのれ》の優位に安堵《あんど》しきって、のこのことエウロカ・ターン〈森の王の谷間〉にやってきたアザルの首をとる、ということを考えている可能性もある。

エウロカ・ターン〈森の王の谷間〉はなにが起きるかわからぬ魔物《まもの》の領域。かつてターサの血を流したマグア家の当主が急死したとしても、呪《のろ》いのせいにすることができる。

アール家の崩壊《ほうかい》をゆるせぬ家臣たちには、その溜飲《りゅういん》をさげさせて、事態を納得《なっとく》させる最高の復讐《ふくしゅう》の達成だ。彼らの憤懣《ふんまん》を鎮められるうえに、ルミナがマグア家に嫁《とつ》ぐことにも新たな意味をあたえられる。

だから、遺骨をいっしょに探しましょう、という提案だけなら、アザルは首を縦にはふらない。それがわかっていて、ルミナは、もうひとつ手を打った。——なんと、イーハン陛下に招待状を送ったのだ。

今年ではなく、来年の鎮魂儀礼《ぎれい》に、陛下を招いたのである。

マグア家とアール家、相争っていた両家の間に和睦をむすんだラガロの伝説に興味がおありでしたら、エウロカ・ターン〈森の王の谷間〉にご案内します、という招待状を送り、陛下から、おどろくべき早さで、大変興味深い招きに感謝する旨《むね》の返答がとどいたというのだ。

しかも、たとえ自分が行かれない事情が生じた場合でも、国史に載《の》せるために、筆記者をかならず送ると書いてあったという。

考えつきもしなかったが、これはみごとな一手だ。

（……正式に王位を継《つ》いで日も浅いイーハン陛下にしてみれば）

ラガロの伝説は、氏族同士の争いを鎮め、国を安定させる模範《もはん》のような話だから、興味を抱《いだ》かぬはずがない。

イーハン陛下が、ラガロの伝説を氏族の争いを鎮めた美談として国史に載せるとするなら、よほどの理由がないかぎり、そのラガロの末裔であるアール家を、マグア家が併合《へいごう》して潰《つぶ》すことをおゆるしにはならないだろう。クムという跡継《あとつ》ぎもちゃんといるのだから。

いさかいが絶えないというのであればともかく、婚姻《こんいん》をむすび、血をまじえ、助けあっているうるわしき間柄《あいだがら》であるのなら、カサル・ア・ロタ〈生粋《きっすい》のロタ〉でなくとも、その誇《ほこ》りと伝統を守りつづけられるのだということを広く示そうとする――イーハン陛下はそういう人だ。

これは、マグア家にとっても、わるいことではない。

アール家の存続が成ればターサ氏族の家臣たちも安堵して、ルミナの輿入《こしい》れに賛同するだろうし、ロタ国王が氏族間の友愛を示す史実としてラガロの話を後世に書きのこすとなれば、彼らも面目《めんぼく》をたもたれた気持ちになり、融和《ゆうわ》に反する行為《こうい》はしづらくなるだろう。

そうなれば、ラクル地方の安定につながる。しかも、マグア家は北部氏族の模範として、国王陛下からますます重用される。

（こういう方法もあったとはな）

これまで、ちらりとも頭に浮かばなかったのがふしぎだった。

（しかし、これは、こちらからやれる手ではないから、な）

アール家の側から手を差しのべられて、はじめて可能になったことだ。——害された側からゆるされることで、ようやく成ったことなのだ。

窓から、ふいに白い光が射した。風に雲がおされたのだろう。床の嵌《は》め込《こ》み模様が明るく浮かびあがり、部屋全体が、やわらかい秋の光につつまれた。

（もう、いいのか）

ふと、そんな言葉が心に浮かんだ。なにか遠いものにゆるされたような気がしたが、どこか落ちつかぬ気持ちも残っていた。

アザルは深くため息をつき、姪に言った。

「アール家の現当主のお招きだ。エウロカ・ターン〈森の王の谷間〉での鎮魂儀礼にうかがおう」

ルミナは瞬《まばた》きをした。瞳が揺れている。なにかたくみにだまされているのではないか、それを自分は見ぬけていないのではないか、という不安がその目にあらわれていた。ルミナはもう子どもではない。まだまだ未熟だが、駆け引きの中に身を置く領主への階段を上りはじめている。

アザルは、じっとルミナを見つめた。

「ラガロの遺骨の話だがな、おまえたちは、マグア家が卑劣《ひれつ》なことをしたと思っているのだろうが、我らの側には、我ら側の言い伝えがあるのだ。マグアの当主家にだけ伝えられてきた言い伝えがな。……なにしろ古い話で、証拠もないことだから、信じない、と言われてしまえばそれまでだが」

椅子に座《すわ》るよううながし、ルミナが座るのを見とどけてから、アザルは話しはじめた。

「ラガロが毒殺された、ということは事実だ。だが、マグア家の当主が毒を盛れと命じたわけではない。

当時、マグア家も戦に疲《つか》れ、和睦を望んでいたのだ。その交渉《こうしょう》に、わざわざ、むこうから来てくれた者を殺す必要など、あるはずがない。ラガロを殺せばアール家を滅《ほろ》ぼせるというのならともかく、ラガロには有能な跡継ぎ息子《むすこ》が三人もいたのだからな。

だが、晩餐《ばんさん》をともにし、和睦の交渉ごとを終えた翌朝、ラガロは突然《とつぜん》、猛烈《もうれつ》に苦しみだした。心《しん》ノ臓《ぞう》の病を発したのかと思われたとき、ラガロの苦悶《くもん》を見て、ふいに高笑いしはじめた女がいた。当時のマグア家の当主の側女《そばめ》で、かつて、小競《こぜ》り合いのおりに、アール家の武人に息子を惨殺《ざんさつ》された女だった。

一説では、その女は息子を当主の跡継ぎにすることを熱望していて、息子の死を認められず、心を病んでいたともいうが、とにかく、その女がラガロに毒を盛ったのだ。

毒を盛られた、と悟ったラガロは、苦しい息の下から、自分につきそってきていた次男に、自分の死が毒殺であることを伏せろ、と命じたのだという」

アザルはルミナを見つめて、言った。

「ラガロという男は、真の武人だった。英雄《えいゆう》と呼ばれるにふさわしい武人だった。それは、まちがいない。……そして、ラガロの次男もまた、すぐれた男だった」

ルミナは唇《くちびる》をむすび、真剣《しんけん》な表情で聞いていた。

「ラガロの次男は、父親が目の前で毒殺されたのを見ながら——苦悶して死んでいくのを見ながら、父の最後の願いをかなえるために、その死が毒殺であることを一族に伏せた。

そして、エウロカ・ターン〈森の王の谷間〉に埋《う》めろ、と、ラガロが言ったことにしたのだ。一族の信頼《しんらい》厚い次男の言葉だったからこそ、アール家の人びとはそれを信じ、そのおかげで和睦は成ったのだ」

ふいにこみあげてきた思いに、アザルは顔をゆがませた。

「一方で、マグア家の当主は恥《はじ》と罪を背負うことになった。――我らがやったことではないが、それでも恥であり、罪であることにはちがいはない。長い、長い間、我らは代々、この話を伝えてきた。けっして明かすことのできぬこの恥を、胸に抱いて生きてきたのだ」

ルミナの目が、大きくなった。

驚きをそのまま顔に出したその表情は、はっとするほど無防備で、いかにも幼かったが、やがて、その目に、なにかを思う色が浮かんだ。

ルミナがどういう思いで聞いているのかわからなかったが、アザルは息をつぎ、言わねばならぬことを、話しつづけた。

「ルミナ、おぼえておきなさい。領主というものは、恥も罪も、素直に雪《そそ》げぬものなのだ。わたしたちだって人だから、な、恥は雪ぎたいし、罪もつぐなってしまいたい。そうすれば楽になれる。だが、その行為は氏族の名誉《めいよ》を傷つけ、民《たみ》の不利益につながってしまう。

とくに、このラガロの毒殺の事実は、ふたつの氏族のあやうい仲を、ふたたびひき裂《さ》くことにもなりかねん。マグア家の代々の当主は、ラクル地方の安定のために、あえて暗いものを身の奥《おく》に沈《しず》めて生きねばならなかったのだ」

だから、と、アザルはつけくわえた。

「ラガロの毒殺の話は公《おおやけ》にする気はないぞ。たとえ遺骨がみつかっても、マグア家は全力でその話を封《ふう》じる。クムがアール家を継ぐことにはもう異は唱えぬし、アール家をささえるためにこれまで以上に力をつくすが、カサル・ア・ロタとユギ・ア・ロタの仲を裂き、マグア家を貶《おとし》めるようなことは絶対に、させぬ」

アザルが口を閉じると、ルミナとの間に、なにか落ちつかぬ沈黙《ちんもく》が残った。

「……おまえはわかってくれるだろうから、あえて聞くが」

低い声で、アザルは言った。

「この話をクムも知っているのなら、あれをおさえておけるか。――エウロカ・ターン〈森の王の谷間〉に遺骨があったとして、クムは素直にそれを葬《ほうむ》りされるか」

ルミナが答える前に、アザルは続けた。

「おまえが気づいているかどうか知らぬが、ターサ氏族の若者たちの間には、〈ターサの誇り〉という集団が生まれつつある。まだ、盛《さか》り場《ば》で鬱憤《うっぷん》晴らしをしているだけの、ちっぽけな集まりだが、アール家の家令アガチの息子が中心になって騒《さわ》いでいて、その息子とクムは仲がいいようだ」

ルミナの顔に驚きの色が走った。

「知らなかったのだな」

「……はい」

うなずいてから、ルミナは、でも、と、つぶやいた。

「なんとなく、そういうことがあるのかもしれないと思っていました。このところ急に、ターサの誇りというようなことを口にすることが多くなりましたから」

そして、ため息をつき、しばらくうつむいていたが、やがて、目をあげた。

「クムや、家臣たちの気持ちが、すぐに変わるとは思えません。でも、彼らの――わたしたちの、気持ちの根底にあるのは、不安と、不満で……アール領ばかりがなぜ貧しいのか、仕事上のつきあいでなぜ差別されるのか、このままアール家がマグア家にのみこまれたら、自分たちはどうなるのか……そういうことが、長い長い間のさまざまといっしょになって……混ざってねじれて、こうなっているので」

ルミナはまっすぐにアザルを見つめて、言った。

「そのことで、もうひとつ、伯父さまにお願いしたいと思うことがあるのです」

「なんだ」

「わたしの輿入れを、もうすこし、待っていただけませんか」

アザルは顔をしかめた。

「……それは」

その声にかぶせるように、ルミナは言った。

「じつは、母の手記に、ターサの男たちの不満の源は不遇感《ふぐうかん》だ、という記述があって、ああ、そうだわ、と思ったのです。

たとえ、国王陛下がラガロの逸話《いつわ》を称賛《しょうさん》してくださって、クムが当主を継ぎ、アール家が存続することになったとしても、いまのように、伯父さまに助けていただくかたちで領地経営を続けていくとしたら、マグア家に食べさせてもらっている、という不名誉な気持ち——カサル・ア・ロタにお荷物だと思われている、という気分は消えないでしょう」

頰を上気させて、ルミナは続けた。

「こういうことは、時間がかかると思います。でも、時間がかかっても、伯父さまに相談させていただきながら、領地経営を上向きの軌道《きどう》にのせていきたいのです。まずは、わたしたちの手で軌道にのせられた、という実感がほしいのです。

クムはまだ幼いですし、アガチの息子も心が幼いところがありますけれど、でも、父親に似て芯《しん》は勤勉で、生真面目《きまじめ》です。だから、彼らに領地経営を任せるために、もうすこし時間をいただければ……」

アザルは、ルミナの真剣な口調を聞きながら、むかし、どこかで、こんなことがあった、という感覚を味わっていた。たしかに、同じような話を、どこかで聞いた。

（……いつ、どこで）

そう思ったとき、ふいに気づいた。

（そうか、あのときか）

妹のオリアが遺骨をみつけた、と言いにきた、あのときだ。

ユギ・ア・ロタである家臣たちの不遇感をなくすこと、アール領が豊かになることが、すべての解決につながるのだと熱弁をふるった、あの妹の顔が思いだされた。

その目と、いま目の前にいるルミナのまなざしは、あまりにもよく似ていた。

「……結婚は、するのだな」

熱弁をさえぎって声をかけると、ルミナは、おどろいたように瞬きした。

「はい。もちろんです」

そして、なにを思ったのか、ふと口ごもった。その目にうすく、涙《なみだ》が浮かんだ。

「は……母は」

唇をふるわせ、胸《むな》もとの飾りを指先でなでながら、ルミナは細い声で言った。

「わたしのことを、よく、わたしのかわいいトル・アサ〈楽しみの子〉ちゃん、と呼んでいました。それを、おぼえておられますか？」

アザルは、うなずいた。

そう、おぼえていた。生まれたばかりのルミナを抱いて、父に見せにきたときにも、そう呼んで、父から、その言葉ははしたないから使うな、とたしなめられていたが、オリアは頑《がん》として聞きいれず、わざとのように、ルミナやクムを、そう呼んでいた。

ルミナは、ふるえているが、強い思いのこもった声で言った。

「わたしは、ロタ氏族の母とターサ氏族の父が愛しあって生まれたトル・アサ〈楽しみの子〉です。わたしもまた、母のように、生きたいと思っています」

つかのま、かける言葉すら浮かばず、アザルはただ、ルミナを見つめていた。

ルミナは、ずっと胸飾りに指を置いたままだった。女神《めがみ》ハンマを示す麦の穂《ほ》と、その夫である天の神を示す星形のマグアの花をかたどった、その小さな胸飾りには見覚えがあることに、いまさらながら、アザルは気づいた。

（……そうか）

オリアがいつもつけていた胸飾りだ。

遠いむかし、ハンマが天への梯子《はしご》を昇《のぼ》っていく夜にだけ、ロタとターサの若者たちが愛をかわしたという〈ハンマの星祭り〉。妹が大好きだった、あの話を思わせる胸飾りだ。

そのことに気づいたとたん、ふと、遠い記憶《きおく》が――おぼえているとも思っていなかった記憶がよみがえってきた。

むかし、まだ幼かった妹から、ハンマの星祭りの話を聞いたことがあった。

ひときわ寒さが厳しい冬の夜に、窓をあけて空を見あげている妹を叱《しか》ったら、ふりかえって、手をふりまわしながら、とうとうと自分の夢を語りはじめたのだ。

あのときの妹にとって、恋は胸おどらせる夢だったのだろう。やがて、恋は妹に厳しい現実を連れてきた。

そして、もう、妹はいない。オリアはもう、いない。

目の前で、オリアを思い、オリアと同じ道を行く、と一生懸命《けんめい》語っている娘の顔が、ぼやけて見えはじめ、アザルはうつむいた。

いつか、〈ハンマの星祭り〉を復活させられるほど、ふたつの氏族の仲をとりもつことができたら。

（……おまえへの、よい供養《くよう》になるな）

妹の明るい目が、あの細く白い指が、長く首にかかっていた暗く重い秘められたくびきを、そっとはずしてくれたような気がした。

晩秋の光が床《ゆか》に白い斑《ふ》を落としているのを、アザルはじっと見つめていた。

終章　風が憩《いこ》うところ

ひゅうひゅうと唸る風が、ラサル葦《あし》で編まれた壁《かべ》を揺《ゆ》すっている。

冬囲いで家を守っていても、この時季、湖の上を渡《わた》ってくる風は強くて、葦束の囲いも、壁もすりぬけて、炉《ろ》の火を揺らした。

炉の脇《わき》の寝床《ねどこ》で風の音を聞いていたサリは、ふと目をあけて、炉辺《ろばた》で魚を焼いている弟のガマルに顔をむけた。

「……聞こえた？」

ガマルは太い眉《まゆ》をひそめ、しばらく耳を澄《す》ませていたが、やがて、うなずいた。

その髭面《ひげづら》に、笑《え》みが浮《う》かんだ。

「帰ってきたな」

風のうなりの中に、チリチリと鈴《すず》の音《ね》が聞こえ、その音に、ときおり、小太鼓《こだいこ》の音が混じった。

「手伝って」

声をかけると、ガマルはすこしためらったが、うなずいて立ちあがり、サリが寝床から起きあがるのを手伝ってくれた。

半身を起こしたままでいられるように、大きな枕《まくら》を三つかさねて壁との間のささえにし、毛織の布で身体《からだ》をくるんでくれた。

そうしている間にも人の気配は近づいてきて、やがて、冬用の、しっかり編まれた葦の戸が開き、冷たい風とともにエオナたちが入ってきた。

「お母さん！」

エオナは、つかのま、こちらを見つめて立ちつくしていたが、すぐに、もどかしげにカッルを脱《ぬ》いでキイに渡すや、駆《か》けよってきた。

あっという間に、娘《むすめ》に抱《だ》きしめられて、サリは小さく声をたてて笑った。胸のあたりに、シャタ〈流水琴《りゅうすいきん》〉が触《ふ》れている。

エオナの髪《かみ》も頰《ほお》もひんやりと冷たくて、風のにおいがした。

「……ああ、ああ、こんなに冷たい手をして」

サリは、かすれ声でつぶやいた。

「こんな夜風の中を帰ってこなくても、オキの街で一泊《いっぱく》して、あたたかい昼間に帰ってくればよかったのに」

エオナは抱きついたまま、首をふった。長いこと、そうして抱きしめていたが、やがて、ゆっくりと腕《うで》をほどき、ちょっと恥《は》ずかしげに、ほほえんだ。

　サリは細くなってしまった腕をそっとあげて、娘の額にかかっている髪を指で直した。

「お帰り」

　ささやくと、エオナの目に、涙《なみだ》が浮かんだ。

「ただいま、お母さん」

　ふるえながら息を吸い、エオナは喉《のど》がつまったような、かすれ声で言った。

「たくさん、たくさん、話すことがあるの。すごい旅だったのよ。お母さん、きっとおどろくわ」

　サリはほほえんだ。

「ガマルから、すこし聞いたわ。――バルサが守ってくれたんですって？」

　エオナはうなずいた。なにか言おうとし、言いたいことがありすぎて、なにから話そうか、という顔で口ごもった。

「さあ、まずはすこし休んで、夕餉《ゆうげ》を食べて、身体をあたためなさい。話はゆっくり聞くから」

　エオナの背後に立っているキイとサンサに目をむけると、ふたりもまた、話したくてうずうずしているような顔で、うなずいた。

急に賑《にぎ》やかになった炉辺で、キイとサンサは、たがいに話題をとりあうように話しはじめ、ふだんはあまり話さないエオナも、びっくりするほど饒舌《じょうぜつ》に、さまざまなことを話した。

アール家のオリアとシッサルが逝《い》ったこと、どんな危ういことがあったのか、そして、その後の大きな変化が、どういう経緯《いきさつ》でおとずれたのか。

語り物のような、彼女《かのじょ》らの話を聞きながら、サリは、むかしの旅のことを思いだしていた。

（……あの人は逝ったのね）

強い人だった。口数は少なかったけれど、語る言葉には実《じつ》があった。

そのかたわらに寄りそっていた、棒のように細い娘のことも、いま目の前にいるように思いだせる。

自分が年頃《としごろ》の娘であることなど思ったこともなく、幸せであることを罪であると思うような――心の中にある火で、己《おのれ》を焼いているような娘だった。

それでも、やさしい娘だった。心の深い、やさしい娘だった。

（あの人が）

いつも、自分のことを話していたと、あの娘は知っていただろうか。過酷《かこく》な暮らしをしていることを淡々《たんたん》とうけいれていたあの人が、ただひとつ、娘のことだけはさまざまに思い、迷い、考えつづけていたことを。

(伝わっているわね。あの人の思いは……)

バルサのことを話しているエオナの、上気した顔を見ればわかる。

あの人にしっかりとつつまれて、あの娘《こ》は、酷《ひど》い暮らしをみごとに生きぬいたのだ。

そして、あの人のような護衛士になったのだ。守られた者に、これほどの思いを残す守り手に。

エオナたちの話がとぎれたとき、サリは細い声で問うた。

「バルサは、ここに寄らなかったのね。新ヨゴに帰ったの？」

キイがうなずいた。

「帰りましたよ。ちょっと寄って、お頭《かしら》の顔を見ていけばって誘《さそ》ったんですけどね、老《ふ》けた顔を見せたくないからって」

にやっと笑って、キイはつけくわえた。

「良い人のところへ早く帰りたかったんでしょ。ま、こんだけ寒くなると、あたたかい肌《はだ》が恋《こい》しくなるから」

エオナが遠くを見るような目で、つぶやいた。

「もう、そろそろ、青霧《あおぎり》山脈についた頃かな。吹雪《ふぶ》いてないといいけど」

いつの間にか、風の音がやんで、炉の火も、安らいだように静かに燃えていた。

＊

吹雪《ふぶき》に背をおされながら戸をたたくと、ほどなく戸が引きあけられた。

「お……おお」

タンダはおどろいたように眉をあげたが、すぐに満面の笑みを浮かべ、手を差しのべてきて、肩《かた》を抱いてくれた。

なれた、慕《した》わしいにおいと温《ぬく》もりを感じながら、バルサは後ろ手に戸を閉めた。

「寒かったろう。よくここまで登ってきたなあ」

「里のあたりまでは吹雪いてなかったんだよ。途中《とちゅう》でいきなり強い吹き降りになってさ」

床《ゆか》を濡《ぬ》らさぬように土間で雪まみれのカッルと長靴《ちょうか》を脱いで、濡れている荷と短槍《たんそう》をそのまま土間に置き、炉間《ろま》にあがると、足の裏に板の間があたたかく感じられた。

炉の火がパチパチと音をたて、山菜鍋《さんさいなべ》の煮《に》えるいい香《かお》りがただよっている。乾《かわ》いた薬草のにおいと、炉の煙《けむり》のにおい、そして、炊《た》き立てのごはんと、くつくつと煮えている山菜鍋のにおい。住みなれた我《わ》が家のにおいだった。

「この冬はロタで越《こ》すんだろうと思ってたよ」

「そうしようかとも思ったんだけどね。今年は雪が早かったから、国境の峠《とうげ》を越えるのも難儀《なんぎ》だったし」

冷えきった手を炉の火にかざして、不在の間のあれこれを話すうちに、肌が、ぽっぽと、ほてってきた。

トロガイは毎年恒例《こうれい》の湯治に出かけ、ここしばらくタンダはひとりで、猪《いのしし》の牙《きば》で太《ふと》腿《もも》をえぐられた猟師《りょうし》の手当てやら、耳を病《や》んだ子どもの治療《ちりょう》やらで忙《いそが》しくしていたようだった。

「その猟師が、いい肉をくれてさ。予感があったわけでもないんだが、多めにつくっておいてよかったなぁ」

そう言いながらタンダが渡してくれた猪肉《ししにく》入りの山菜汁《さんさいじる》のお椀《わん》をとって、ひと口すすると、汁の熱さが歯にしみた。

猪肉の旨味《うまみ》と茸《きのこ》のこくが混ざりあいながら舌をつつむ。口の中で、ほろほろとくずれるほど煮こまれている肉は、塩味も絶妙《ぜつみょう》で笑いたくなるほどうまかった。粒《つぶ》がつやつやと立っている米飯《べいはん》に、汁をかけてかきこむと、腹の底からあたたかくなり、汗《あせ》がふきだしてきた。

タンダもいっしょに飯を食べていたが、なにを思いついたのか、ふと箸《はし》を置くと、立ちあがって、部屋の隅《すみ》に行った。

そして、細長い棒を持ってもどってきた。

「つい一昨日《おととい》、屋根裏の掃除《そうじ》をしていてみつけたんだが、おまえ、これ、なつかしいだろう」

渡された棒を手にとって、バルサは、はっとした。――ジグロがつくってくれた、練習用の短槍だった。

穂先《ほさき》はないが、長さはカンバルで武人の子どもが持つ短槍と同じほどある。しっかりとしたつくりで、見た目よりも重かった。

どうしても武術を習いたくて、自分で木の枝を削《けず》ってつくった棒をふりまわしていたら、だまってこれを渡してくれたのだ。そんな棒では、怪我《けが》をする、と言って。

手の脂《あぶら》がしみこんで、飴色《あめいろ》になっている棒をさすると、てのひらが心地《ここち》よいほどになめらかだった。

「……ていねいな仕事だよな」

タンダの言葉に、バルサは声もなくうなずいた。棘《とげ》がたたぬようにていねいに、ていねいに削って磨《みが》いてくれたのだ。

この棒で、ひととおりの動きに充分《じゅうぶん》なれさせてから、鋭《するど》い穂先がついた本物の短槍を渡してくれた。ひとつ、ひとつ、考えながら育ててくれたのだ。

飴色に汚《よご》れた棒を見つめながら、バルサはつぶやいた。

「……こんなに経《た》ってから、気づくことってのも、けっこうあるね」

タンダが眉をあげた。人の好《よ》さまるだしの、その顔に、バルサはほほえみかけた。

「逝っちまって、ずいぶん経つのにさ」

ああ、と、タンダは口の中でつぶやいた。

なにを考えているのか、しばらくだまっていたが、やがて、静かな声で言った。

「こういうことのすべてが、生きているってことなんだろうな。刹那《せつな》、刹那で、流れて消えていくあれこれが」

ふと、草原が見えた気がした。

風に吹《ふ》かれて流れていく、色あざやかな衣《ころも》をまとった楽人たちと、そのかたわらを歩いていた自分たちが。

バルサは棒をかたわらに置いて、顔をあげた。

「……そのうちさ」

「うん？」

「そのうち、ロタに行こうよ。ラクル地方に」

タンダは瞬《まばた》きをした。

「なんだ、突然《とつぜん》。ラクル地方？」

「うん。ラクル地方で、雪が根雪にかわる頃にさ。北西の空に〈ハンマの梯子《はしご》〉っていう星座があらわれる頃に」

そこで、やがて、〈ハンマの星祭り〉がおこなわれるかもしれない。おこなわれる、という知らせがとどいたらいっしょに行こうと言うと、タンダは、まだいぶかしげな顔で、ふうん？　と言った。

「日頃、縁《えん》がなかった異氏族の男と女が、出会って、結ばれる夜なんだってさ。風流だろう？」

困惑《こんわく》しているつれあいの顔がおもしろくて、わざと遠まわりをしながら、バルサは、サダン・タラムとの旅がむすんだ氏族の縁について、ゆっくりと話しつづけた。

吹雪が家の壁を打つ音がくぐもって聞こえ、ときおり、隙間風《すきまかぜ》が炉の火を揺らしている。雪の夜の炉辺ほど、長い話が心地よい場所はないな、と思いながら、バルサは、はるかに遠い旅のことも、つれあいに話した。

話している間ずっと、耳の底に歌が響《ひび》いていた。草原に渡っていく風と歩きながら、太く低い艶《つや》のある声が、朗々とうたっていた、歌が。

——ユサの山なみ、雪の峰《みね》、凍《こお》る風にも光る月
行けよ、男《おのこ》よ、槍を持て、高き峰みね、踏《ふ》み越えて
この世はすべて、つかのまの、落ちては消える、淡雪《あわゆき》ぞ
行けよ、男よ、槍を持て、高き峰みね、踏み越えて
雪の狭間《はざま》に身を揺する、小さな花を胸に抱き、遠き彼《か》の地へ歩みゆけ……

〈おわり〉

あとがき

――息を吹《ふ》きかえした物語

勇んで書きはじめて数百枚も書いたのに、途中《とちゅう》で書けなくなった物語を、わたしは数作かかえています。

書きはじめたときには見えていたはずの道が、途中から霧《きり》の中にぼやけて見えなくなっていき、あるとき、どうしても先にすすまなくなることがあるのです。この『風と行く者』も、そうした〈途中で書けなくなった〉物語のひとつでした。

書けないのならしかたがない、とながらく置いたままにしていたのですが、思いだして読みかえしてみたとき、物語の中のひとつひとつのエピソードは生き生きと輝《かがや》いて見えたもので、このまま葬《ほうむ》るのはもったいないなあ、と、一部分だけ抜《ぬ》きだして別の作品に生まれかわらせたのが「十五の我《われ》には」（『炎路《えんろ》を行く者』収録）でした。

それからまた数年経《た》ち、NHKで大河ファンタジードラマとして放送された『精霊《せいれい》の守《も》り人《びと》』を観《み》おわったとき、担当編集者さんが、

「バルサとジグロの話、もうすこし書けない？」

と、問いかけてきました。

「いや、それは無理」

と、笑ったとき、頭の中に、ふと、もうあきらめかけていたあの物語の〈面影《おもかげ》〉のようなものが、すっと浮《う》かびあがって見えたのです。

そのとき、ふしぎなことに、「あ、書ける」と思いました。

数年前には見えていなかった、その物語の奥底《おくそこ》にある〈核《かく》〉のようなものが、はじめて、くっきりと見えたのでした。

なぜ、今、それが見えたのか。──それはたぶん、母を送ったから、です。

わたしを心からいつくしみ、育《はぐく》んでくれた大切な母が逝《い》ってしまって、はじめて見えたことはたくさんあるのですが、弔《とむら》うということは、けっして一様ではないな、と気づいたいま、ようやく書くことができたのが、この『風と行く者』なのです。

『闇《やみ》の守り人』とはまた違う、弔いと気づきと救いを、感じていただけたら幸せです。

二〇一八年秋　日吉本町にて

文庫版あとがき「人の生が消えたあと」

久しぶりにバルサに会ったなあ、と、懐《なつ》かしく思いながらゲラを読み始めました。読むうちに胸にこみ上げてきたのは、この物語を書いてから今までの間に、なんと多くのことが変わってしまったことか、という思いでした。

書籍版と軽装版のあとがきで母を送ったことを書いていますが、当時はまだ生きていた父も二年前に逝《い》きました。

父が老衰でこの世を去ったのは、初めての緊急事態宣言発出日の翌日でしたから、母のときのように抱きしめてあげることもできず、送ることになりました。

洋画家だった父は能弁で、学ぶことが好きな人でした。

二度の脳梗塞《のうこうそく》を患《わずら》い、その度に、かつての頭の切れは失われていきましたが、それでも、失われた機能を取り戻そうとする気力があって、日に一度は、実家のそばの坂道をよろよろしながら上り下りしていたものです。

いま思えば、多くのつらいことがあったはずで、もっと父を思い遣《や》ることが出来ていたら、と毎日悔いていますが、当時の私は、進行した肺がんが発覚した母のことで頭がいっぱいで、身体《からだ》が不自由な父の介護に疲れ、苛立《いらだ》ち、心ない言葉をぶつけることも多くありました。

母が逝ったあとも、私はしばらく自宅には戻らず、実家で父の介護をしていたのですが、父は深夜に度々転倒するようになり、小柄な私には、父の身体を傷《いた》めずに起こすことが難しく、冷たい床にふたりで転がって、途方に暮れたこともありました。そんな私のことを思い遣ってくれたのでしょう。父は、自ら望んで施設に入ってくれました。人から干渉されることを嫌う父が、施設での暮らしに耐えられるのだろうか、と心配しましたが、父は淡々と施設で暮らし、元の暮らしに戻りたいというような言葉を漏らすことは一切ありませんでした。しかし、施設に入ってから、父の脳血管性認知症は急速に進み、次第にコミュニケーションをとることが難しくなっていきました。

最後は誤嚥《ごえんせい》性肺炎を繰り返し、入院して、少し回復して退院してもまた入院、という状態で、ただただ天井を見上げて寝ているだけ。かつての、好奇心旺盛《おうせい》でよくしゃべり、テレビも本も大好きだった父と同じ人であるとは思えぬ姿になっていき、毎日見舞っても、ベッドの脇《わき》で見守ることしか出来ませんでした。

父が長くはもたぬことは明白でしたから、なにか意味のあることを言わねば、いま伝えねば、という思いが募って、ある日、父に、母の闘病生活に付き添っていた頃、つらく当たったことを詫《わ》びました。

すると、父は、「そんなことがあったか?」と、言ったのです。本当に覚えていない、という表情でした。そして、父を、実家で暮らさせてあげられなかったことを詫び、なにもしてあげられなかった、と続けた私に、一言、

「充分だ」

と、言ってくれたのでした。

その表情と、声は、いまもはっきりと思い出せます。私の中には、一生消えることのない重い悔いが残っていますが、それでも、その一言は、父が最後に私にくれた、これ以上は望めぬ一言でした。

戦後の混乱期がそろそろ終わる頃、十代で、たったひとりで上京し、なんのつてもない東京で歯を食いしばって働いて九州から母親を呼び寄せ、やがて、母と出会って結婚し、画業だけで家族を養った父。どうやって画家になったのかなど、聞いておきたかったと思うことが山ほどありますが、もはやそれを知るすべはありません。

性格が似ているせいか、私は父に反発することが多くありました。それでも父は、

私が作家と学者の二足の草鞋《わらじ》を履いたことを心から喜び、私が書いた本はすべて読んでくれていました。父のアトリエの机に、自分の本が置かれているのを見るたびに、恥ずかしいような、うれしいような、複雑な気持ちになったものです。

漫画などは嫌いだった父ですが、『精霊の守り人《もりびと》』がアニメになったときには初回の放送時間が近づくとテレビの前に陣取り、「お母さん、早く座りなさい。始まるぞ」と台所にいる母に声をかけ、私の名が画面に出ると、母と一緒に拍手してくれました。

「守り人」シリーズの第一作『精霊の守り人』を世に出してから二十五年もの年月が過ぎ、この『風と行く者』の新潮文庫版は、父母のいない世界に出て行きます。

離れて暮らしていても、電話をかければ元気な父母の声を聞くことができた、あの暮らしが永久に消え去ってしまったことを思うと、なにか手品を見せられたような、一瞬で壁が反転して別の世界に来てしまったような、奇妙な心地になります。

人の生は、このように消えるものなのです。

それでも、善《よ》く生きた人の生は、その人と関わった者たちに、静かな温《ぬく》もりを残していきます。『風と行く者』のゲラを読み終えて、自分がそのことを描いていたことに、私は、少し安堵《あんど》したのでした。

二〇二二年五月　日吉本町にて

解説

大矢博子

人の世と精霊の世が重なり合う世界を舞台に、女用心棒バルサの闘いと新ヨゴ皇国《おうこく》の皇太子チャグムの数奇な運命を描いてきた〈守《も》り人《びと》シリーズ〉。記念すべきシリーズ第一作『精霊の守り人』が一九九六年に刊行されてから、今年で二十六年が経《た》つ。その間、本編十巻と本書を含む外伝が三巻、読者のもとに届けられた。壮大なスケールで綴《つづ》られる世界観とドラマティックな人間模様は、今も多くの読者を虜《とりこ》にし続けている。

あなたと〈守り人シリーズ〉の最初の出会いはいつだろう。第一作からリアルタイムで読んできた？　新潮文庫に入ってから？　二〇〇七年のアニメ放送？　二〇一六年からのテレビドラマがきっかけ？

本書が初めてという人もいるかもしれないが〈ようこそ！　あなたは今、とてつもなく芳醇《ほうじゅん》な世界の扉を開けましたよ）、最初に出会ったのは学生時代で、今は社会の中堅どころ、あるいは親になったという人も多いだろう。すでに仕事をリタイヤしたり、子供を巣立たせた世代の人もいるに違いない。災害や病気で、生活が大きく変わった人もいるかもしれない。そして〈守り人シリーズ〉が始まってからのこの四半世紀の間に、家族や大事な人を見送る経験をした人も少なくないはずだ。

　本書はそんなあなたにとって、最高の贈り物になる一冊である。なぜならここに描かれているのは、歳月がもたらす物語だから。

『天と地の守り人　第三部　新ヨゴ皇国編』での戦乱と災害から新ヨゴが復興に向かう中、バルサがつれあいのタンダと市に出かけた場面から物語が始まる。そこでバルサは、旅をしながら鎮魂の歌舞を奉じるサダン・タラム〈風の楽人〉の人々の危機に行き合わせた。

　彼女たちを救ったバルサはそのまま護衛を引き受け、ロタ国のアール領までともに旅をすることに。実はバルサがサダン・タラムに会うのは初めてではない。二十年前、養父のジグロとともにサダン・タラムを護衛した経験があったのだ。当時のサダン・タラムの頭だったサリは道中で何度も命を狙《ねら》われ、それをジグロとバルサで守ったの降りかかる――。である。何の権力も持たない楽人がなぜ、誰から狙われたのか。過去の因縁が二十年の時を経て、サリの娘でありサダン・タラムの今の頭であるエオナと、バルサの上に降りかかる――。

ということで本書は、三十代も半ばになったバルサがエオナたちを護衛する「今」の物語の中に、十代半ばのバルサと養父のジグロがサリたちを守る「過去」の物語が挟み込まれるという構成になっている。

過去パートを読みながら、何だか見覚えのある場面に「おや？」と思われた人も多いだろう。二十年前、バルサとジグロがサダン・タラムの人々に出会う経緯は、著者のあとがきにもあるように『炎路を行く者』所収の短編「十五の我には」で描かれたものだ。なるほど、あのあと、バルサとジグロはサダン・タラムに合流したのだなと納得したが、まさかジグロとサリが……ということはエオナはジグロの……という新たな驚きまで用意されていたのには目を見張った。

この「十五の我には」もまた、現在のバルサが二十年前のできごとを回想するという、本書と同じ構成になっている。そのできごとは苦い失敗談で、大人になったバルサが当時の自分がいかに未熟だったか、そんな自分をジグロがいかに優しく導いてくれたかを思い出すというものだ。時が経って初めてわかることがある――というのが短編に込められたテーマだった。

本書もまた、そのテーマを踏襲している。しかしそれだけではない。本書を読み解く鍵《かぎ》は、二十年前と現在の対比にある。エオナが襲撃されるのは二十年前に母であるサリが襲われた事件に理由があるのだが、その経緯を知るアール領の若き領主夫妻が死んでしまったため真相がわからない。急逝した両親の跡を継いだ二十歳の長女ルミナは慣れない領地経営に戸惑い、母の実家に領地ごと吸収される瀬戸《せと》際《ぎわ》に立っている。

過去のできごとや先人の意図が正しく伝えられない、というのはこのシリーズの序盤から繰り返し書かれてきたことだ。施政者の都合で歴史がねじ曲げられることもあれば、真実を知る少数民族が迫害されて伝承者が途切れたケースもある。真実がわからないがゆえに、誰もが自分の信じたい物語を真実だと思い込む。

ただ今回は、両親の急逝という思いがけない事故で、真実がわからなくなったというのがポイント。両親は、いずれ娘や息子にちゃんと伝えるつもりだった。領地の将来と自分たちの夢を、きちんと我が子に託すつもりだった。それが図らずも、断ち切られてしまったのだ。そこに分断や対立が生まれる。その対立をどうにかして打破しようとするバルサやエオナ、ルミナの闘いが本書の読みどころであることは間違いない。

これは、第二世代の物語である。前領主夫妻とルミナ。サリとエオナ。そしてジグロとバルサ。親から受け取ったもの、受け取れなかったもの。その両方を抱えて、子どもたちが生きていく物語なのだ。

死に別れたらそれまでなのか。否《いな》、そうではない、と本書は告げている。たとえ早すぎる別れではあったとしても、ルミナの中には、バルサの中には、愛された記憶が残っている。導かれた記憶が残っている。ずっと覚えていることもある一方で、何年も経ってから「あれがそうだったのか」「そんなふうに思っていたのか」と気づくこともある。生きていく中でさまざまなできごとに出会い、自分が変化し、成長し、初めて意味がわかることもある。そしてそれらの記憶や発見は折に触れ、彼女たちの指針になっていくのだ。

それこそが「弔い」なのだ。鎮魂の歌舞を奉じるサダン・タラム〈風の楽人〉が物語の中枢《ちゅうすう》にいるのもそのためだ。まだ伝えきれていないことがたくさんあるのに逝《い》かなくてはならない親は辛《つら》いだろう。けれど子は、ちゃんと受け取っている。受け取って前に進んでいる。それこそが鎮魂でなくてなんだろう。

ヒントは序盤に出ていたのだ。第一章でタンダがバルサにこんなことを言う。

「おまえが思いだすのがいやだといった、そういう旅が……ひとつ、ひとつの旅が、おまえを、おまえに、してきたんだろうな……」

思い出したくない過去だった二十年前のできごと。けれどそれも間違いなくバルサの一部だ。どうか過去パートと現在パートでバルサがどう変化したか、じっくり読み比べていただきたい。そして二十年経った今、昔ジグロに導かれたのと同じ道を辿《たど》り、今度はバルサが若き領主ルミナを「導く側」になる。ジグロの思いはバルサの中に生き、バルサの助けでルミナは母の思いを見事に引き継ぐのである。

思えば、シリーズ開始当時からジグロは故人だった。作中で語られるジグロは、すべてバルサの記憶によるものだった。しかしそれでも、読者の中にはジグロという人物がくっきりと浮かび上がっていた。短編集『流れ行く者』で初めて生前のジグロとバルサの話が語られたが、それを待つまでもなく、ジグロは読者の中に生きていた。なぜか。バルサの中に生きていたからだ。それが読者に伝わったからだ。

思えばこの〈守り人シリーズ〉そのものも、同じかもしれない。初読のときは精霊とのエキサイティングなバトルに熱中した『精霊の守り人』を時が経って読み返したら、歴史改竄《かいざん》という背景の方が強烈に印象に残った。バルサとシハナの対決に心躍らせた『神の守り人』を十年後に読み返すと、恐るべき力を持ってしまったアスラを懸命に守ろうとする兄・チキサに感情移入してしまった。昔は気づけなかったことに気づけるようになった。物の見方が変わったことが自分でわかった。

これが歳月だ。十年、二十年のうちに積み重なったものだ。

バルサの中にジグロが生きているように、読者の中に〈守り人シリーズ〉は生きている。ぜひ、これを機に既刊を再読してみていただきたい。初読のときとは違った感想を持つだろう。新たな発見もあるに違いない。それはあなたが〈守り人シリーズ〉とともに歩んできた歳月がもたらしたものなのだ。

——あれ？　なんだか〈守り人シリーズ〉の弔いみたいな言い方になってしまったが、もちろんそんなつもりはない。これでシリーズが終わるとは私は露ほども思っていないからね？　またきっとバルサたちに会えると信じている。チャグムの婚礼にバルサが招かれる話とか読んでみたいんだけど、どうですかね？


（令和四年六月、書評家）

この作品は平成三十年十二月偕成社より刊行された。

上橋菜穂子著

狐笛のかなた

野間児童文芸賞受賞

不思議な力を持つ少女・小夜と、霊狐・野火。森陰屋敷に閉じ込められた少年・小春丸をめぐり、孤独で健気な二人の愛が燃え上がる。

上橋菜穂子著

精霊の守り人

野間児童文芸新人賞受賞
産経児童出版文化賞受賞

精霊に卵を産み付けられた皇子チャグム。女用心棒バルサは、体を張って皇子を守る。数多くの受賞歴を誇る、痛快で新しい冒険物語。

上橋菜穂子著

闇の守り人

日本児童文学者協会賞・
路傍の石文学賞受賞

25年ぶりに生まれ故郷に戻った女用心棒バルサを、闇の底で迎えたものとは。壮大なスケールで語られる魂の物語。シリーズ第2弾。

上橋菜穂子著

夢の守り人

路傍の石文学賞・
巌谷小波文芸賞受賞

女用心棒バルサは、人鬼と化したタンダの魂を取り戻そうと命を懸ける。そして今明かされる、大呪術師トロガイの秘められた過去。

上橋菜穂子著

虚空の旅人

新王即位の儀に招かれ、隣国を訪れたチャグムたちを待つ陰謀。漂海民や国政を操る女たちが織り成す壮大なドラマ。シリーズ第4弾。

上橋菜穂子著

神の守り人

（上 来訪編・下 帰還編）

小学館児童出版文化賞受賞

バルサが市場で救った美少女は、〈畏ろしき神〉を招く力を持っていた。彼女は〈神の子〉か？　それとも〈災いの子〉なのか？

上橋菜穂子著

蒼路の旅人

チャグム皇太子は、祖父を救うため、罠と知りつつ大海原へ飛びだしていく。大河物語の結末へと動き始めるシリーズ第6弾。

上橋菜穂子著

天と地の守り人

（第一部 ロタ王国編・第二部 カンバル王国編・第三部 新ヨゴ皇国編）

バルサとチャグムが、幾多の試練を乗り越え、それぞれに「還る場所」とは——十余年の時をかけて紡がれた大河物語、ついに完結！

上橋菜穂子著

流れ行く者

—守り人短編集—

王の陰謀で父を殺されたバルサ、その少女を託され用心棒に身をやつしたジグロ。故郷を捨てて流れ歩く二人が出会う人々と紡ぐ物語。

上橋菜穂子著

炎路を行く者

—守り人作品集—

ヒュウゴは何故、密偵となり、バルサは何故、女用心棒として生きる道を選んだのか——二人の原点を描く二編を収録。シリーズ最新刊。

上橋菜穂子著

精霊の木

環境破壊で地球が滅び、人類が移住した星で、過去と現在が交叉し浮かび上がる真実とは——「守り人」シリーズ著者のデビュー作！

上橋菜穂子
チーム北海道著

バルサの食卓

〈ノギ屋の鳥飯〉〈タンダの山菜鍋〉〈胡桃餅〉。上橋作品のメチャクチャおいしそうな料理を達人たちが再現。夢のレシピを召し上がれ。

佐藤多佳子著
しゃべれども しゃべれども
頑固でめっぽう気が短い。おまけに女の気持ちにゃとんと疎い。この俺に話し方を教えろって？「読後いい人になってる」率100％小説。

佐藤多佳子著
サマータイム
友情、って呼ぶにはためらいがある。だから、眩しくて大切な、あの夏。広一くんとぼくと佳奈。セカイを知り始める一瞬を映した四篇。

佐藤多佳子著
黄色い目の魚
奇跡のように、運命のように、俺たちは出会った。もどかしくて切ない十六歳という季節を生きてゆく悟とみのり。海辺の高校の物語。

佐藤多佳子著
明るい夜に出かけて
山本周五郎賞受賞
深夜ラジオ、コンビニバイト、人に言えないトラブル……夜の中で彷徨う若者たちの孤独と繫がりを暖かく描いた、青春小説の傑作！

小川洋子
河合隼雄 著
生きるとは、自分の物語をつくること
『博士の愛した数式』の主人公たちのように、臨床心理学者と作家に「魂のルート」が開かれた。奇跡のように実現した、最後の対話。

小川洋子著
いつも彼らはどこかに
競走馬に帯同する馬、そっと撫でられるブロンズ製の犬。動物も人も、自分の役割を生きている。「彼ら」の温もりが包む8つの物語。

恩田陸著

歩道橋シネマ

その場所に行けば、大事な記憶に出会えると——。不思議と郷愁に彩られた表題作他、著者の作品世界を隅々まで味わえる全18話。

恩田陸著

球形の季節

奇妙な噂が広まり、金平糖のおまじないが流行り、女子高生が消えた。いま確かに何かが大きく変わろうとしていた。学園モダンホラー。

恩田陸著

六番目の小夜子

ツムラサヨコ。奇妙なゲームが受け継がれる高校に、謎めいた生徒が転校してきた。青春のきらめきを放つ、伝説のモダン・ホラー。

恩田陸著

ライオンハート

17世紀のロンドン、19世紀のシェルブール、20世紀のパナマ、フロリダ……。時空を越えて邂逅する男と女。異色のラブストーリー。

恩田陸著

図書室の海

学校に代々伝わる〈サヨコ〉伝説。女子高生は伝説に関わる秘密の使命を託された——。恩田ワールドの魅力満載。全10話の短篇玉手箱。

恩田陸著

夜のピクニック

吉川英治文学新人賞・本屋大賞受賞

小さな賭けを胸に秘め、貴子は高校生活最後のイベント歩行祭にのぞむ。誰にも言えない秘密を清算するために。永遠普遍の青春小説。

恩田陸著

中庭の出来事

山本周五郎賞受賞

瀟洒なホテルの中庭で、気鋭の脚本家が謎の死を遂げた。容疑は三人の女優に掛かるが。芝居とミステリが見事に融合した著者の新境地。

恩田陸著

朝日のようにさわやかに

ある共通イメージが連鎖して、意識の底にある謎めいた記憶を呼び覚ます奇妙な味わいの表題作など14編。多彩な物語を紡ぐ短編集。

恩田陸著

私と踊って

孤独だけど、独りじゃないわ——稀代の舞踏家をモチーフにした表題作ほかミステリ、SF、ホラーなど味わい異なる珠玉の十九編。

近藤史恵著

スティグマータ

ドーピングで墜ちた元王者がツール・ド・フランスに復帰！　白石誓はその嵐に巻き込まれる。「サクリファイス」シリーズ第四弾。

近藤史恵著

サクリファイス

大藪春彦賞受賞

自転車ロードレースチームに所属する、白石誓。欧州遠征中、彼の目の前で悲劇は起きた！　青春小説×サスペンス、奇跡の二重奏。

近藤史恵著

エデン

ツール・ド・フランスに挑む白石誓。波乱のレースで友情が招いた惨劇とは——自転車競技の魅力疾走、『サクリファイス』感動続編。

伊与原 新著

青ノ果テ

―花巻農芸高校地学部の夏―

僕たちは本当のことなんて1ミリも知らなかった――。東京から来た謎の転校生との自転車旅。東北の風景に青春を描くロードノベル。

伊与原 新著

月まで三キロ

新田次郎文学賞受賞

わたしもまだ、やり直せるだろうか――。ままならない人生を月や雪が温かく照らし出す。科学の知が背中を押してくれる感涙の6編。

角田光代著

キッドナップ・ツアー

産経児童出版文化賞・路傍の石文学賞受賞

私はおとうさんにユウカイ(=キッドナップ)された！ だらしなくて情けない父親とクールな女の子ハルの、ひと夏のユウカイ旅行。

角田光代著

おやすみ、こわい夢を見ないように

もう、あいつは、いなくなれ……。いじめ、不倫、逆恨み。理不尽な仕打ちに心を壊された人々。残酷な「いま」を刻んだ7つのドラマ。

角田光代著

しあわせのねだん

私たちはお金を使うとき、べつのものも確実に手に入れている。家計簿名人のカクタさんがサイフの中身を大公開してお金の謎に迫る。

角田光代著

平凡

結婚、仕事、不意の事故。あのとき違う道を選んでいたら……。人生の「もし」を夢想する人々を愛情込めてみつめる六つの物語。

桐野夏生著　ジオラマ

あたりまえのように思えた日常は、一瞬で、あっけなく崩壊する。あなたの心も、変わってゆく。ゆれ動く世界に捧げられた短編集。

桐野夏生著　冒険の国

時代の趨勢に取り残され、滅びゆく人びと。同級生の自殺による欠落感を埋められない主人公の痛々しい青春。文庫オリジナル作品！

桐野夏生著　魂萌え！（上・下）
婦人公論文芸賞受賞

夫に先立たれた敏子、五十九歳。「平凡な主婦」が突然、第二の人生を迎える戸惑い。そして新たな体験を通し、魂の昂揚を描く長篇。

桐野夏生著　東京島
谷崎潤一郎賞受賞

ここに生きているのは、三十一人の男たち。そして女王の恍惚を味わう、ただひとりの女。孤島を舞台に描かれる、〝キリノ版創世記〟。

桐野夏生著　残虐記
柴田錬三郎賞受賞

自分は二十五年前の少女誘拐監禁事件の被害者だという手記を残し、作家が消えた。折り重なった虚実と強烈な欲望を描き切った傑作。

桐野夏生著　抱く女

一九七二年、東京。大学生・直子は、親しき者の死、狂おしい恋にその胸を焦がす。現代の混沌を生きる女性に贈る、永遠の青春小説。

風《かぜ》と行《ゆ》く者《もの》

—守り人外伝—

新潮文庫　う - 18 - 15

令和四年八月一日発行

著者　上《うえ》橋《はし》菜《な》穂《ほ》子《こ》

発行者　佐藤隆信

発行所　株式会社 新潮社

郵便番号　一六二―八七一一
東京都新宿区矢来町七一
電話　編集部(〇三)三二六六―五四四〇
　　　読者係(〇三)三二六六―五一一一
https://www.shinchosha.co.jp

価格はカバーに表示してあります。

乱丁・落丁本は、ご面倒ですが小社読者係宛ご送付ください。送料小社負担にてお取替えいたします。

印刷・錦明印刷株式会社　製本・錦明印刷株式会社

ISBN978-4-10-130285-0 C0193